SOMBRES CŒURS

OUVRAGES ÉCRITS PAR D.K. HOOD

En français

Detective Beth Katz

Filles fleurs

Anges d'ombres

Sombres Cœurs

Les enquêtes de Jenna Alton & David Kane

Pas un mot

Pas une larme

Pas un cri

Pas un bruit

Pas un doute

Pas une ombre

En anglais

Detective Beth Katz

Wildflower Girls

Shadow Angels

Dark Hearts

Detectives Kane and Alton

Don't Tell A Soul

Bring Me Flowers

Follow Me Home

The Crying Season

Where Angels Fear

Whisper in the Night

Break the Silence

Her Broken Wings

Her Shallow Grave

Promises in the Dark

Be Mine Forever

Cross My Heart

Fallen Angel

Lose Your Breath

Pray for Mercy

Kiss Her Goodnight

Her Bleeding Heart

Chase Her Shadow

Now You See Me

Their Wicked Games

Where Hidden Souls Lie

A Song for the Dead

D.K. HOOD

SOMBRES CŒURS

Traduit par Raphaëlle Pache

bookouture

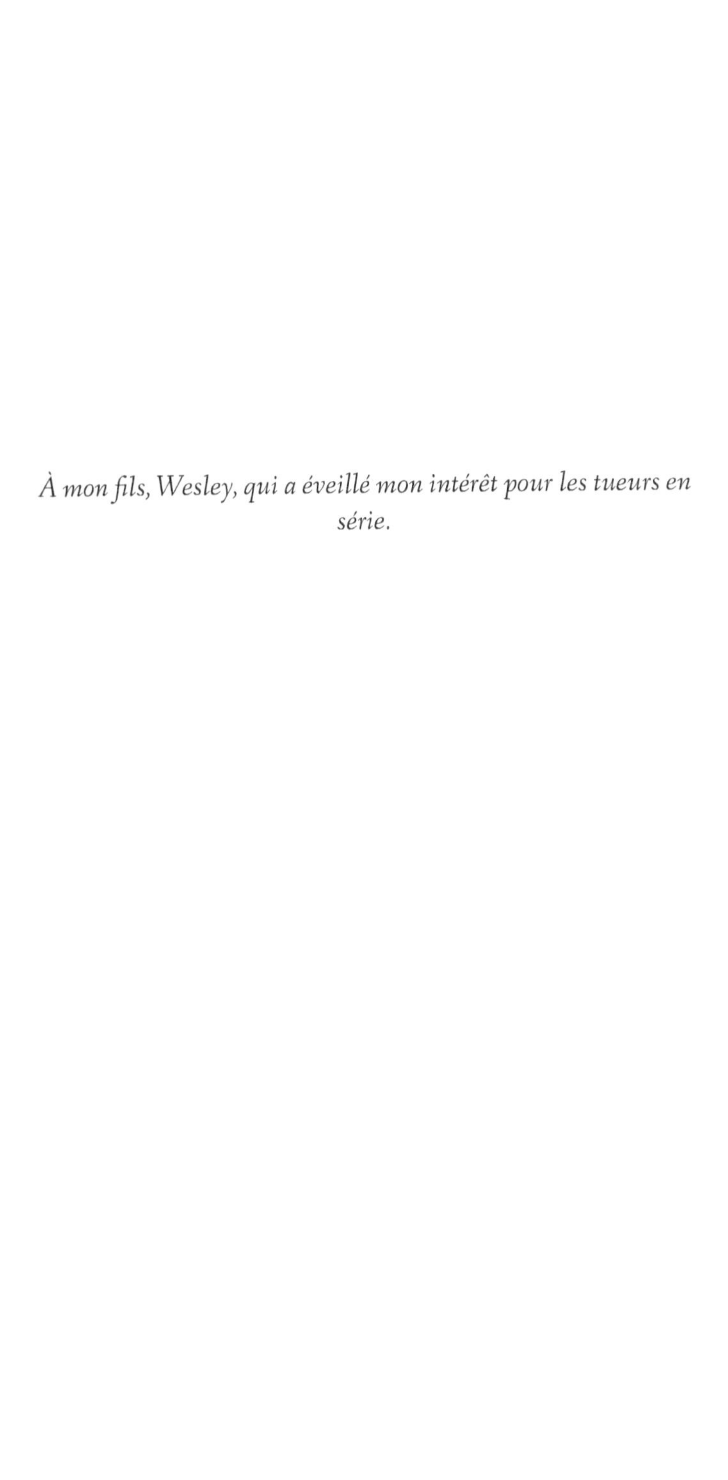

À mon fils, Wesley, qui a éveillé mon intérêt pour les tueurs en série.

PROLOGUE
DIMANCHE

Roaring Creek

La cloche au-dessus de la porte de la supérette tinta et Cassidy Wilder regarda avec horreur l'homme qui la franchissait en dégainant une arme. Il y vissa nonchalamment un silencieux et le pointa sur le jeune rouquin au visage boutonneux qui se trouvait derrière le comptoir. Deux autres personnes dans le magasin s'éloignèrent et s'accroupirent pour ne pas être vues. Le cœur battant à tout rompre, Cassidy recula aussi, se recroquevillant pour se cacher entre un présentoir à lunettes de soleil et un assortiment de produits de toilette. L'avait-il vue ?

— Remplis-moi un sac d'argent, fit l'homme dont la voix était à peine plus forte qu'un murmure. Tout ce que tu as... et ces jeux de grattage.

Un homme qui se trouvait tout près s'avança de quelques centimètres et sortit un pistolet avec des doigts tremblants. Le voleur se déplaça, rapide comme l'éclair, fit pivoter son arme et tira.

Pan !

Le client s'effondra sur le sol, son pistolet partit valser en tourbillonnant sur le carrelage. Le sang qui dégoulinait d'un trou dans sa poitrine s'accumulait autour de lui. Il remuait la bouche, sans qu'aucun son ne sorte de ses lèvres exsangues. Cassidy rampa vers lui, il la fixa, battit deux fois des paupières, puis son regard se figea. Mort. Prise de panique, elle recula pour observer le tireur entre les étagères. Il était grand, un mètre quatre-vingt-dix, peut-être, et portait une cagoule, des gants de cuir et un long manteau sombre. Des bottes cirées dépassaient de son Wranglers. Non, il ne ressemblait pas au type désespéré de base qui braque un magasin. Elle entendit une voix, celle d'une femme, venue chercher une explication au bruit.

— Reste où tu es, maman.

Le jeune derrière le comptoir se pressa contre les étagères derrière lui.

Une femme sortit de l'arrière-boutique.

Pan ! Pan !

Même avec le silencieux, le bruit des coups de feu, pareil à une explosion, résonna à travers la pièce. Cassidy tressaillit, terrifiée et écœurée par le bruit de deux corps percutant le sol. Il avait abattu les personnes derrière le comptoir. À qui le tour ? Paniquée, une femme cachée dans l'allée voisine se précipita vers la porte en hurlant. Deux nouveaux coups de feu retentirent. Elle tomba à genoux et rampa, dérapant dans son propre sang, comme elle tentait de s'enfuir. L'homme tira à nouveau, et elle s'affala, le regard dans le vide.

Tremblante, Cassidy noua les bras autour de ses genoux et garda la tête baissée. Le magasin était si silencieux qu'elle ne comprenait pas ce qui se passait. La puanteur laissée par les coups de feu avait empli la pièce, mêlée à l'odeur du sang et de la mort. Les pas s'approchaient d'elle, lents et délibérés comme si le tireur avait tout son temps. Figée par la terreur, Cassidy fixait le sol.

L'homme lui donna un petit coup avec son arme.

— Lève-toi. Et pas un bruit ou je t'explose la cervelle sur la machine à café.

La chaleur qui émanait du silencieux traversa ses vêtements. Relevant la tête, elle rencontra une paire d'yeux froids. La bouche du canon était maintenant braquée sur son front. Tremblante, elle se leva en chancelant. Il lui jeta un sac d'argent, dont elle s'empara sans réfléchir. L'homme agita le pistolet vers la porte. Elle la regarda fixement, trop effrayée pour bouger.

— Tu vois le camion là devant ? Sors gentiment et calmement, et grimpe dedans, ordonna-t-il en appuyant le pistolet sur son front. Un bruit, un faux mouvement, et tu es morte. On va faire un petit tour, acheva-t-il dans un gloussement.

1

LUNDI

Absorbée par un dossier d'homicide, l'agent spécial Beth Katz était assise à son bureau, dans les locaux du FBI à Rattlesnake Creek. Pour elle, il était évident qu'un tueur en série rôdait dans le comté voisin de Mischief. Son côté sombre, soigneusement dissimulé, avait été déclenché par une affaire. Elle enquêterait seule sur celle-ci, en gardant le secret sur son implication, et si le tueur s'avérait impossible à arrêter, elle laisserait son alter ego prendre le relais et l'abattre. Cela faisait longtemps qu'elle n'avait pas cédé à ses pulsions dormantes, même s'il avait été difficile de les ignorer. Elle comprenait ses déclencheurs, et cette série de meurtres non résolus exigeait qu'elle mette son nez dedans.

Des adjoints travaillaient sur l'affaire au bureau du shérif de Mischief, et ils avaient dressé une liste de suspects, mais les hommes en question avaient des alibis solides. Elle se gratta la tête et s'adossa à sa chaise, regardant la longue liste de jeunes femmes et de jeunes filles retrouvées mortes dans les communautés de Wolf Valley, Buffalo Pass et Second Thought. Les meurtres présentaient tous des similitudes. Les jeunes filles et femmes, âgées de treize à vingt ans, avaient disparu pour réapparaître à des kilomètres de chez elles, violées et étranglées. Leurs corps étaient retrouvés dans des décharges, des ruelles, des bâtiments déserts, des chantiers de construction ou simplement le long de l'autoroute.

Beth avait vérifié auprès du bureau du shérif de Mischief et, bien qu'il soit plus qu'évident que ces meurtres étaient l'œuvre d'un dangereux tueur en série, aucun renfort n'avait été demandé. En fait, dans une récente déclaration aux médias, le shérif avait annoncé qu'il interrogeait des suspects et évoqué l'implication d'un gang des environs. L'affaire l'intriguait, principalement parce que les forces de l'ordre locales devaient être aveugles pour ne pas avoir remarqué les points communs dans le mode opératoire. Ce n'était pas un groupe d'hommes, mais un homme seul qui avait commis ces crimes. Par ailleurs, on avait fait appel aux médecins du coin pour examiner les corps. En revanche, le médecin légiste du secteur, le docteur Shane Wolfe, n'avait pas été sollicité. Les enquêtes étaient dans l'ensemble bâclées, mais ce n'était pas une affaire qu'elle voulait explorer avec son partenaire, l'agent Dax Styles. Même si Styles savait que Jack l'Égorgeur était le père de Beth, il n'avait aucune idée de son côté obscur à elle, et elle devait faire en sorte qu'il reste dans l'ignorance. Il ne comprendrait pas qu'elle fasse de l'élimination des monstres une affaire personnelle. Le tueur en série de Mischief devait être arrêté et elle était justement celle qui pouvait le faire tomber. Cela lui prendrait peut-être du temps, mais elle finirait par le débusquer. Après avoir jeté un dernier coup d'œil aux fichiers, elle les referma et, grâce à ses compétences en cybercriminalité, supprima tout ce qui pourrait indiquer une incursion de sa part dans la base de données du bureau du shérif de Mischief. Elle sourit en elle-même lorsque Styles entra, son chien, un berger malinois du nom de Bear, sur les talons. *Je vais me le faire, celui-là.*

Avant que Beth ne puisse le saluer, Styles avait levé un doigt et s'était dirigé vers la kitchenette pour déposer sur le comptoir des sacs pleins de nourriture provenant de chez le traiteur. Il se pencha pour fourrer les plats dans le réfrigérateur, tout en répondant manifestement à un appel du directeur du FBI. Styles était un franc-tireur – il suivait ses propres règles – et le directeur était la seule personne à qui il donnait du « monsieur », du moins à la connaissance de Beth. Elle s'adossa donc à sa chaise et l'observa avec intérêt.

Son coéquipier était un cow-boy pur et dur, un mètre quatre-vingt-dix, musclé, sans une once de graisse, avec des cheveux châtain clair qui frisaient au niveau du col. Sa tenue de travail consistait généralement en un pantalon Wranglers, des santiags et un Stetson. Il était beau, avec des yeux doux et une cicatrice au menton, et elle avait eu l'occasion de voir bien d'autres cicatrices sur son corps, séquelles de diverses bagarres, au cours de leurs entraînements quotidiens. Son holster avait beau abriter un Magnum, elle l'avait rarement vu tirer sur quelqu'un. Il avait l'habitude de gérer les troubles à l'ancienne : il parlementait un peu et, en cas d'échec, il attendait généralement qu'on l'attaque. Grave erreur de la part des voyous ! En tant que policier militaire, il avait été formé pour abattre les soldats les plus expérimentés. Autrement dit, quelques gars du coin en colère relevaient simplement de l'entraînement pour lui. Lorsqu'il raccrocha et retira l'écouteur sans fil de son oreille, elle alla préparer la machine à café.

— Alors, quoi de neuf ?

— C'était le directeur. Il a une affaire à nous confier, répondit Styles en haussant les épaules. Tu te souviens des braquages de supérettes de ces dernières semaines ?

Beth alluma la machine et s'appuya sur le comptoir.

— Seulement ce qu'ils en ont dit aux infos. Il y a eu des hold-up partout. L'employé du magasin a été abattu, je crois. Ce n'est pas le genre d'affaires dont on s'occupe normalement. Le shérif du patelin ne peut pas s'en charger ?

Styles gratta la cicatrice qu'il avait au menton, une habitude, chez lui, lorsqu'il réfléchissait.

— C'est ça, le problème. Ça concerne trois localités éloignées qui ont toutes leur propre shérif, et il n'y a pas beaucoup de coopération entre eux. Mais ce ne sont pas seulement les braquages qui dérangent, même si le nombre d'innocents abattus par ce type augmente sacrément, c'est qu'ils donnent lieu en plus à chaque fois à un enlèvement suivi d'un meurtre.

C'était la première fois que Beth entendait parler d'enlèvement dans cette affaire. Elle fronça les sourcils et jeta un coup d'œil dans le sac de plats tout prêts que Styles n'avait pas encore rangés dans le frigo. Sourire aux lèvres, elle en sortit un sandwich à la salade d'œufs et lui en tendit un second. Avant, il se nourrissait de beignets, mais il avait fini par adopter une alimentation plus saine depuis qu'elle était arrivée.

— Ça n'a jamais été mentionné aux informations.

Styles alla déposer le sandwich sur son bureau et s'appuya sur le comptoir à côté d'elle.

— Non, parce que c'est resté secret. Les vols ont eu lieu à Roaring Creek, Broken Bridge et River's Edge. Ça fait deux fois qu'il attaque la supérette de Roaring Creek maintenant. Les nouveaux propriétaires ont rouvert la semaine dernière et, hier, quelqu'un est entré, a tué quatre personnes et enlevé une adolescente de seize ans, indiqua-t-il, avant d'ôter son chapeau pour se passer les doigts dans les cheveux. Elle est toujours portée disparue. Les images de vidéosurveillance montrent le même homme, portant une cagoule et des gants, avec un pistolet muni d'un silencieux. Les images ont permis d'identifier l'arme : un Beretta M9A3. Les balles qu'on a trouvées sur la victime sont du 9 x 19 mm FMJ M882.

Beth assimila l'information pendant que la cafetière lançait ses nuages de vapeur derrière elle, remplissant la pièce de l'arôme délicieux du café fraîchement passé.

— Il s'agit du même individu dans chaque cas ? On a des images de vidéosurveillance pour tous les cambriolages ?

Styles se dirigea vers la kitchenette où il prit deux tasses.

— Pas pour tous, mais chaque fois qu'on en a, le type a l'air d'être le même. Le problème, c'est que les images sont granuleuses pour tous les vols, sauf pour le dernier : en reprenant le magasin, les nouveaux propriétaires ont remplacé l'ancienne caméra. Mais on n'a pas de témoins directs, parce qu'il a tué tout le monde et emmené la fille avec lui. Elle n'était pas consentante, d'après ce que le directeur vient de m'apprendre. Elle était morte de peur.

Opinant pour montrer qu'elle écoutait, Beth sortit de quoi agrémenter leur boisson et posa le tout sur le comptoir.

— Tu as dit qu'il enlevait des jeunes femmes dans les magasins pendant le cambriolage. Est-ce que certaines sont réapparues vivantes ensuite ?

Styles versa du café, y ajouta ce dont il avait besoin et rapporta sa tasse à son bureau.

— Non. Elles ont toutes été retrouvées mortes à des kilomètres de la ville, généralement abandonnées sur le bord de la route. Agressées sexuellement puis tuées d'une balle dans la tête.

Remuant lentement son café, Beth le regarda.

— Combien de meurtres à ce jour ?

Styles se laissa tomber sur sa chaise et mordit dans son sandwich, mastiqua puis avala.

— Dix dans les magasins, plus trois filles et une disparue. Son *modus operandi* veut qu'il les tue le lendemain matin de l'enlèvement, dit-il avant de s'interrompre pour boire une gorgée de café, tout en la regardant par-dessus le bord de sa tasse. Autre chose, on retrouve un jeu à gratter d'un ou deux dollars sur toutes ses victimes. On ne sait pas trop s'il laisse le truc derrière lui comme une signature.

L'affaire inspirait des sentiments mitigés à Beth.

— Intéressant, lâcha-t-elle. Est-ce qu'on nous a envoyé les dossiers et les contacts des forces de l'ordre locales pour chaque affaire ?

Styles s'adossa à sa chaise et la regarda avec intérêt.

— Oui. Je vois ton esprit carburer d'ici. Qu'est-ce que tu devines que je ne remarque pas ?

Amusée, Beth secoua la tête.

— Tu viens juste de m'énoncer les faits bruts d'un homicide-vol-enlèvement-meurtre et aucune conclusion. Je vais devoir lire toutes les informations dont on dispose avant de me risquer à deviner ce qui se passe dans l'esprit de ce triste individu.

— Aucun suspect, ajouta Styles en se saisissant de son sandwich. On suppose qu'il est arrivé avec un véhicule, mais personne n'a rien vu. Les rares témoins sont morts, y compris un homme qui promenait son chien devant le magasin. Personne ne semble avoir entendu quoi que ce soit non plus. C'est vraiment bizarre.

Beth réfléchit un instant.

— Donc il n'est pas originaire d'une des localités qu'il a visées, sinon quelqu'un l'aurait reconnu sur la vidéo qui le montre en train d'entrer dans le magasin.

— Il veille à bien se couvrir : cagoule, chapeau de cow-boy, long manteau, il porte des gants et il est froid, calme et posé. J'ai d'abord pensé à un coup fait au hasard, mais ça ne me semble pas être le cas.

Le chien de Styles suivait attentivement des yeux le grand geste que faisait son maître avec son sandwich à la salade d'œufs, dans l'espoir qu'il en tombe un morceau.

Le signal indiquant l'arrivée d'un courriel retentit sur son ordinateur, puis sur celui de Beth. Elle se dirigea vers son bureau.

— Ah, voilà les dossiers. Il faudra qu'on imprime toutes les images et qu'on les affiche sur un tableau blanc pour les comparer. Je suis particulièrement intéressée par les filles qu'il a kidnappées.

— Comment ça ?

Sur une dernière bouchée de son sandwich, Styles jeta le reste à Bear.

Beth scanna les fichiers et envoya les images à l'imprimante, qui bourdonna bientôt, puis recracha des feuilles.

— D'après ce que j'ai entendu, ce tueur a deux angles d'attaque ou deux fantasmes, ce qui est inhabituel, expliqua-t-elle en lui jetant un coup d'œil par-dessus son écran. Laisse-moi le temps d'examiner les dossiers, pour voir si je peux découvrir la nature de la bête.

2

Tout en réfléchissant aux propos du directeur, Dax ouvrit les dossiers. Il parcourut quelques rapports et sirota son café, mais son attention se reporta sur Beth. Elle était arrivée de Washington sous de mauvais auspices. Rapidement, il était devenu tout à fait évident que cette belle blonde à la silhouette élancée était une énigme. Elle ne ressemblait à aucun des agents du FBI qu'il avait rencontrés auparavant et elle ne reculait devant personne. Après l'avoir vue en action, il avait pitié de ceux qui se montraient assez stupides pour l'attaquer dans une ruelle sombre. Le rapport qu'il avait reçu mentionnait son manque de compassion et pourtant il l'avait vue mettre sa vie en jeu pour sauver des enfants. Volontairement, elle se mettait dans des situations où elle ne pouvait compter sur rien d'autre que ses mains nues et elle parvenait malgré tout à faire tomber la racaille.

Il trouvait parfois déconcertante sa façon excentrique de faire les choses. Elle avait une conception bien à elle de la loi, mais lui aussi, en fait. À Rattlesnake Creek, où il n'y avait qu'un shérif et pas d'adjoints, il était souvent appelé à la rescousse, et il n'était pas du genre à s'en prendre à qui que ce soit quand il était possible de raisonner un individu. Si on l'attaquait – ce qui n'était arrivé qu'une fois –, il n'aimait pas ou ne voulait pas tuer des gens ni les arrêter pour avoir trop bu et s'être battus.

Beth n'était pas un fardeau pour lui. Elle aimait être seule, ce qui lui convenait parfaitement. Elle vivait dans le même immeuble que lui, mais ils possédaient chacun un petit chalet dans la forêt. S'il aimait s'évader pendant son temps libre et aller pêcher, Beth, de son côté, avait de nombreux hobbies. Elle peignait des paysages et collectionnait les antiquités, capable d'être partout à la fois, à arpenter les magasins et peindre un chef-d'œuvre. S'il ne rechignait jamais à l'aider quand il s'agissait de déplacer des meubles, ce n'était toutefois pas très fréquent. On aurait dit qu'elle prenait son temps pour meubler son chalet et que dénicher les pièces adéquates faisait partie du plaisir.

Lorsqu'elle croisa son regard par-dessus son écran, il réalisa qu'il devait la dévisager et se racla la gorge.

— Je sais que tu dois être déçue qu'on te confie cette affaire. J'ai essayé de convaincre le directeur de nous laisser poursuivre le tueur au Tarot.

— Qu'est-ce qu'il t'a répondu ?

Beth avait éloigné sa chaise de l'écran pour le regarder.

Styles haussa les épaules.

— Un truc comme quoi tous les hommes et leurs chiens étaient sur l'affaire. Que poursuivre une ombre, c'était gaspiller l'argent du contribuable et qu'on devait se concentrer sur les crimes réellement à notre portée.

— Je vois, fit Beth en souriant. Il ne changera jamais, hein ? On est tous les briques d'un même mur pour lui. Faire le travail, obtenir des résultats. Il a dû faire graver ça sur une plaque dans sa chambre, ironisa-t-elle en un soupir. N'empêche, c'est bien une affaire pour nous, parce qu'on a une façon différente d'aborder les choses. On les approche tous les deux sous des angles différents. Pendant que l'imprimante fait son travail, j'ai pris l'image de la dernière vidéosurveillance. Le logiciel de reconnaissance faciale du FBI est en train de la traiter.

Styles, qui allait remplir sa tasse de café, la regarda par-dessus son épaule.

— Oui, mais ça ne va confronter ce cliché qu'aux portraits des personnes qui ont été arrêtées et tu as besoin d'un visage complet.

Beth brandit sa tasse et l'agita pour qu'il la lui remplisse.

— Eh bien, figure-toi que la technologie progresse à un rythme effréné. Je peux configurer le programme pour qu'il passe en revue toutes les caméras de vidéosurveillance des villes au sein desquelles chaque crime a été commis. J'ai réécrit le logiciel afin qu'il se concentre sur la forme et la couleur des yeux. Ce qui signifie qu'on peut obtenir une liste de suspects à partir de chaque personne étant passée un jour devant la caméra, du moment qu'elle ressemble à l'homme à la cagoule. La plupart des gens ont une pièce d'identité, et toute correspondance est immédiatement acheminée à travers les diverses bases de données contenant des images.

Après avoir une fois de plus rempli leurs deux tasses et tendu la sienne à Beth, Styles regagna son bureau. Les années que sa coéquipière avait passé à combattre la cybercriminalité lui donnait des atouts que la plupart des agents ne possédaient pas. Et elle se tenait à jour de toutes les nouveautés.

— Tu as déjà fait ça ? Comment tu t'y es prise ?

— C'est ma spécialité, lui rappela Beth avec un long regard. Je manipule des codes depuis que je me suis assise pour la première fois devant un ordinateur. Chez moi, c'est aussi naturel que parler, et j'ai appris très vite. Je codais déjà des jeux à l'âge de douze ans. Je lis un code comme toi un livre. C'est l'une des raisons pour lesquelles j'ai été utile au FBI. Ils ne voyaient pas en moi une machine de guerre capable d'éliminer les méchants. Ils me considéraient comme une geek. Si bien que quand j'ai commencé à abattre des méchants sur le terrain, ils n'ont pas compris. Je le sais à la façon dont on me parle – dont on me parlait, devrais-je dire. Avec toi, c'est différent. Tu me vois comme un atout, même si je ne suis pas très conventionnelle. Je remplis mes missions et c'est bien la raison pour laquelle on fait ce travail.

Styles, qui comprenait parfaitement ce qu'elle voulait dire, acquiesça.

— Oui, je pense qu'on forme une bonne équipe. Parfois, il faut s'approcher de la limite entre le légal et l'illégal pour arrêter un tueur, admit-il en soupirant. Alors, cette nouvelle technologie, c'est de l'IA ou ça n'a rien à voir ?

— C'est différent, répondit Beth, que la question fit sourire. Si tu suggères de demander à l'IA de résoudre ce crime, eh bien, tu obtiendrais une réponse, mais elle ne pourrait que scanner des cas similaires et nous proposer une infinité de possibilités. La plupart d'entre elles ressembleraient à une mauvaise fiction parce que nous, à la différence de l'IA, nous utilisons notre cerveau pour penser comme un tueur. Elle, elle n'a pas la capacité de faire ça, et si elle finissait par atteindre ce niveau, on aurait déjà intégré une sécurité dans le système pour l'empêcher de creuser dans un esprit psychotique, fit-elle, en souriant. Je suis sûre qu'on a vu suffisamment de films sur des robots maléfiques pour les empêcher, à l'étape actuelle, de conquérir le monde. Le problème, c'est que si on les rend trop intelligents, ils commenceront à penser par eux-mêmes. Dans ce cas, eh bien, à leurs yeux, nous serons obsolètes et rien d'autre qu'un gaspillage d'énergie. Espérons que cela n'arrivera jamais et que la technologie sera utilisée pour le bien et non pour le mal.

Styles haussa les sourcils, perplexe.

— Amen.

Elle l'étonnait toujours par la façon dont elle expliquait la technologie. Jusqu'à ce qu'elle arrive, il pensait être à jour dans ses connaissances. Mais elle avait un esprit super rapide dont, il devait bien l'admettre, il était un peu jaloux. Il se dirigea vers l'imprimante, récupéra les photos et les rassembla en une pile bien ordonnée.

— OK, les noms des victimes et les dates de leurs meurtres figurent sur les photos. Les trois dernières de la liasse correspondent à l'enlèvement et aux meurtres, en plus d'une image de la fille disparue.

Il s'approcha du tableau blanc et les y punaisa. Il plaça les victimes des fusillades des supérettes d'un côté, et les autres en ligne de l'autre côté, puis les examina, afin d'établir des comparaisons entre les différents types physiques. De nombreux tueurs se cantonnaient à un seul et même type.

— J'ai parcouru les dossiers vite fait, en omettant les enlèvements, et j'ai cherché à voir si les victimes des braquages étaient liées… d'une ville à l'autre.

— Tu tiens à éliminer l'hypothèse d'une vendetta ? Tu as trouvé quelque chose ?

Beth se dirigea vers le tableau blanc, et Bear vint s'appuyer contre elle. Elle observa les images, tout en gratouillant distraitement les oreilles du chien.

Hochant la tête, Styles s'empara d'un stylo placé sur un support fixé au tableau et traça une croix à côté de deux photos.

— Ces hommes sont cousins. L'un vit à Roaring Creek, l'autre à Broken Bridge, fit-il en la regardant. Ce sont des communautés qui ont beaucoup de liens, il doit y avoir de nombreux membres de cette famille ici ou là dans la région, mais on observe une similitude.

Il jeta un coup d'œil à Bear en souriant intérieurement. Ce chien était venu à lui après la mort de son maître au combat. L'animal était blessé et Styles s'avéra la seule personne à le connaître. Soit il l'adoptait, soit c'était l'euthanasie, mais, fidèle à sa nature, le chien était resté à ses côtés et il adorait sa compagnie. Bear ne s'était attaché à personne d'autre jusqu'à l'arrivée de Beth, ce qu'il trouvait très inhabituel.

— Et les filles ? demanda Beth en regagnant son bureau

pour y récupérer sa tablette et faire défiler les dossiers. Non, elles ne se connaissaient pas, mais elles étaient toutes dans la même tranche d'âge. Et non accompagnées, dans le magasin, au moment des coups de feu. Dans chaque cas couvert par les caméras de vidéosurveillance, le tueur remet le sac d'argent entre les mains de la fille et la fait sortir avant lui. La question est de savoir s'il les a prises pour protéger sa fuite ou s'il avait une autre idée derrière la tête.

Styles retourna à son bureau.

— Il faut qu'on examine les rapports d'autopsie.

Beth fit la grimace.

— Quels rapports ? Ils ne nous servent à rien. On ne peut pas s'appuyer sur le compte rendu d'un généraliste local ou, dans un cas, sur celui d'un croque-mort : il s'agit de victimes de meurtres. Combien de temps s'est écoulé entre l'enlèvement de la dernière victime et celui de la jeune fille actuellement portée disparue ?

Sourcils froncés, Styles se remémora la conversation avec le directeur.

— Broken Bridge, ça fait quatre jours. Vendredi dernier, Arizona Carson a été enlevée après un braquage dans le magasin d'alimentation, et on a retrouvé son cadavre le lendemain, au bord de l'autoroute entre Broken Bridge et Roaring Creek. Blessure par balle à la tête. La dernière fusillade a eu lieu hier à Roaring Creek. Cassidy Wilder est toujours portée disparue. C'est la deuxième fusillade dans le même magasin en six mois.

— Il faut qu'on voie le corps de la dernière fille qu'il a enlevée. Il a peut-être laissé des indices, déclara Beth en levant les yeux vers lui. Et on doit aller jeter un œil aux théâtres des deux braquages. Est-ce qu'on peut faire ça, genre... aujourd'hui ?

Styles acquiesça.

— Oui, mais le médecin légiste voudra aussi être là. À mon

avis, il faudrait commencer par savoir où se trouve la dépouille d'Arizona Carson.

Il observa Beth qui parcourait des pages de documents, scannant méthodiquement les feuilles de gauche à droite. Il prit une gorgée de café.

— Ces trois communautés relèvent de l'hôpital de Roaring Creek. Vu qu'ils ont une morgue, c'est sans doute là qu'on a transporté les victimes de la fusillade.

— Ah oui, c'est bien ça : le Roaring Creek General. D'après le rapport, le corps a été découvert le long de l'autoroute et rapatrié là-bas pour examen.

Elle retourna à son bureau et attrapa son téléphone qu'elle mit sur haut-parleur pour passer l'appel.

Après s'être présentée, Beth demanda à Trudy Newman, l'administratrice de l'hôpital, où se trouvait le corps d'Arizona Carson.

— *Il est actuellement à la morgue de l'hôpital, en attente d'être transféré aux pompes funèbres pour l'enterrement,* répondit Mme Newman après s'être éclairci la gorge. *Y a-t-il un problème, agent Katz ?*

Beth regarda Styles et secoua la tête, consternée.

— Oui. La mort d'Arizona Carson est un homicide et fait l'objet d'une enquête. Qui a identifié le corps ?

— *Eh bien, la mère a reconnu les chaussures. Vu qu'Arizona Carson a reçu une balle dans la tête, son visage est méconnaissable.*

— Je vois, lâcha Beth qui prit une profonde inspiration. Nous aurons besoin d'un test ADN pour confirmer son identité. Je vais contacter le médecin légiste, le docteur Shane Wolfe. Il exigera probablement que le corps soit transféré à Black Rock Falls pour autopsie.

— *Je n'ai pas le pouvoir de garder le corps ou de le remettre à quelqu'un d'autre que son plus proche parent,* répliqua

Mme Newman qui pianotait sur son ordinateur. *Je vais avoir besoin d'une autorisation.*

— Ce n'est pas un problème : tant que le corps n'a pas été identifié, il n'existe pas de proche parent. Je vais avoir besoin du nom du médecin qui a délivré un certificat de décès pour un corps non identifié. Je voudrais aussi savoir s'il a pratiqué une autopsie. Si oui, qui l'a ordonnée ?

Beth prenait des notes en même temps qu'elle parlait.

— *Il s'agit du docteur Michelle Barnes. Il n'y a pas eu d'autopsie. On sait comment Arizona est morte.*

Beth regarda Styles et leva les yeux au ciel.

— C'est au médecin légiste de le déterminer. Le corps ne doit pas être remis à la famille sans autorisation du légiste. En fait, il n'aurait même pas dû être déplacé de la scène de crime, mais bon, ça, ce n'est pas de votre ressort. J'en parlerai aux forces de l'ordre locales. Veuillez informer la famille que le médecin légiste va pratiquer une autopsie pour déterminer la cause et l'heure exactes du décès et, espérons-le, nous fournir un indice qui nous permettra d'attraper son meurtrier. Il aura aussi besoin d'un échantillon d'ADN de Mme Carson. Pouvez-vous la contacter et la faire venir à l'hôpital ?

Styles fit tourbillonner son index et articula le mot « héliport ».

— L'hôpital dispose-t-il d'un héliport ?

Beth tapotait son stylo sur le bureau.

— *Oui, il y a de la place pour quatre hélicoptères sur notre toit. Nous sommes l'hôpital de référence de quatre des communautés minières locales.*

— Parfait. Envoyez-moi vos coordonnées. Merci de votre aide. On sera là sous peu.

Beth coupa la communication et fixa Styles, incrédule.

— C'est habituel de faire l'impasse sur une identification formelle des victimes, dans le coin ?

Frottant sa cicatrice, Styles afficha un air accablé.

— Pas que je sache. Si tu peux appeler Wolfe pour le mettre au courant et lui donner les coordonnées, j'irai faire une vérification de l'hélico, avant qu'on décolle.

— Ça marche. J'ai hâte de visiter une nouvelle ville, conclut-elle avec un sourire.

Et elle décrocha à nouveau le téléphone.

Styles chaussa son Stetson. C'était du Beth tout craché. Ces derniers temps, elle trouvait toujours une façon positive d'atténuer l'horreur des crimes sur lesquels ils enquêtaient. Cette femme était décidément hors du commun. Tout n'était que meurtres et désordres autour d'elle, et à ses yeux, ce n'était qu'une journée de bureau comme une autre.

3

Roaring Creek

Engourdie par le choc, Cassidy Wilder observait l'homme qui se comportait avec désinvolture, donnant à penser qu'il la croyait sincèrement contente d'être retenue prisonnière dans la cave d'un immeuble abandonné. Le froid mordait sa chair nue, elle claquait des dents. La couverture qu'il avait jetée sur elle sentait le moisi, mais c'était mieux que rien. Les visages des personnes qu'il avait abattues traversaient son esprit en un flot d'horreur ininterrompu. Il leur avait tiré dessus sans état d'âme, sans manifester quoi que ce soit, aussi indifférent que s'il écrasait des mouches. Cette froideur avait changé dans la camionnette, quand il s'était mis à lui parler de manière décontractée, comme s'ils n'étaient que deux personnes en rendez-vous galant. Cela dit, il avait gardé le pistolet sur sa cuisse en l'avertissant qu'elle serait sa prochaine victime si elle faisait des histoires. Il avait promis de la laisser partir à la première heure, le lendemain matin, mais seulement si elle se comportait bien. Désireuse de vivre, Cassidy avait suivi ses instructions et survécu à une nuit de torture entre ses mains. Chaque fois qu'elle criait, il redoublait de brutalité, comme s'il se nourrissait de sa douleur. Elle avait sangloté de soulagement lorsqu'il était parti, à l'aube. Or, beaucoup de temps s'était écoulé depuis. Allait-il revenir ou la laisser mourir ici ?

Elle était assise, recroquevillée sur un matelas à même le sol, une main attachée à un tuyau à l'aide d'un collier de serrage. La faim lui rongeait le ventre, mais, avant de partir, il lui avait laissé de l'eau et l'avait autorisée à utiliser les toilettes. C'était une pièce délabrée au carrelage fissuré, dont le lavabo et la cabine de douche étaient constellés de taches brunes. Elle tira la chasse d'eau pendant que, dans un coin de sa tête, elle tentait de se représenter le bâtiment, tel qu'elle l'avait entrevu à leur arrivée. Il faisait sombre et elle avait distingué d'autres bâtisses. En entrant, ils avaient traversé ce qui ressemblait à un vieil immeuble de bureaux en brique rouge et emprunté un escalier pour descendre dans ce qui ne pouvait être décrit que comme une cave. Au début, il n'y avait pas de lumière et il avait utilisé une lampe de poche pour les guider. Après l'avoir attachée, il l'avait laissée dans l'obscurité, mais assez vite, un flot de lumière avait inondé la pièce et il était revenu.

Des pas retentirent dans l'escalier. Cassidy tressaillit lorsque la porte s'ouvrit. C'était lui. Il s'était douché, comme en témoignaient ses cheveux encore humides, et changé. Sans un mot, il lui tourna le dos et alla alimenter le vieux poêle. Pendant la nuit, l'appareil avait chauffé la cave, mais un froid glacial y régnait à présent. Il lui reprocha violemment de l'avoir tellement distrait qu'il avait laissé le feu s'éteindre et s'approcha en tirant un couteau de son ceinturon. Terrifiée, elle recula en se recroquevillant.

— Si j'avais voulu te tuer, je l'aurais déjà fait.

Il se pencha et coupa le collier de serrage, puis lui tendit un sandwich au beurre de cacahuète et à la confiture dans un emballage plastique.

— Mange, ordonna-t-il.

Elle considéra le sandwich : comment pourrait-elle faire passer quoi que ce soit entre ses lèvres gonflées ? L'instinct de survie prenant le dessus, elle rencontra le regard amusé de l'homme.

— Merci.

Il la dévisagea.

— Quand j'étais gosse, mon père me donnait toujours un sandwich au beurre de cacahuète et à la confiture pour me récompenser d'avoir été sage. Il me faisait souvent sortir de la maison en cachette et m'emmenait travailler avec lui la nuit. J'étais allongé sur un lit de camp à l'arrière et les gens venaient lui acheter des choses. Je devais me taire et ne rien dire à personne.

Cassidy fractionna le sandwich en petits morceaux et se les glissa dans la bouche.

— Et votre mère ? Elle ne se faisait pas de souci pour vous ?

— Non. Quand je le lui ai dit, elle m'a battu pour m'apprendre à mentir.

En une seconde, son calme disparut. Son expression durcit, sa bouche tomba et il la fixa sans ciller.

— Quand papa est parti, elle m'en a voulu. Elle m'accuse de tout. S'il pleut, c'est ma faute. Elle n'avait jamais été grosse avant de m'avoir. Rien de ce que je peux bien faire ne trouve grâce à ses yeux. Figure-toi que quand j'avais six ans, elle m'a cassé un manche à balai sur le dos. Je la hais, précisa-t-il en se grattant le menton. Je ne sais pas pourquoi elle est devenue méchante. Ma grand-mère m'a dit que c'était une fille charmante jusqu'à ce qu'elle épouse mon père à dix-sept ans.

Incapable de croire qu'il évoquait ces souvenirs avec elle comme s'ils étaient des amis proches, elle avala le sandwich avec une rasade d'eau. Sa lèvre coupée se mit à piquer et la fit grimacer de douleur.

— Vous avez prévenu votre grand-mère que vous étiez maltraité ?

Il haussa les deux sourcils et l'observa, visiblement curieux de sa réaction.

— Non, répondit-il. Je l'ai étouffée avec un oreiller. J'avais douze ans et ma mère m'a envoyé dans l'appartement d'à côté – c'est là que vivait la vieille –, pour que je lui apporte de la soupe. J'ai laissé le bol à côté du lit. Elle s'attendait à ce que je la nourrisse et elle sentait la merde. Je la haïssais, elle aussi, se remémora-t-il en souriant. Ça a été un jour extra. Quand ma mère est allée récupérer l'assiette, elle a trouvé la vieille morte, la soupe intacte à côté d'elle. Fin de l'histoire. Apparemment, quand je lui ai mis l'oreiller sur le visage, elle a fait une crise cardiaque, précisa-t-il avec un gloussement. Crois-moi, elle n'avait pas de cœur... Bon, tu as fini ? reprit-il en reposant les yeux sur elle. Va prendre une douche.

Il sortit un vaporisateur en plastique de son sac à dos et le lui tendit.

— Utilise ça. Lave-toi intégralement le corps et les cheveux. Je vais te surveiller pour m'assurer que tu fais ça bien.

Après une douche humiliante, où elle dut utiliser une lotion qui lui brûlait la peau, il l'autorisa à se sécher avec des serviettes en papier et à s'habiller, mais il conserva ses sous-vêtements. Tremblante de peur et l'épiderme en feu, elle se tint debout devant lui, le regardant fixement dans l'attente de l'ordre suivant. Il semblait prendre plaisir à lui en donner. Après avoir fourré tout ce qu'elle lui avait remis dans un sac-poubelle, il la conduisit dehors et la fit grimper dans sa camionnette.

— On va où ?

Il la regarda longuement avant de hausser les épaules.

— Je te l'ai déjà dit. Je vais te relâcher.

Ils roulèrent pendant des kilomètres, sans que Cassidy ait la moindre idée du comté où ils se trouvaient, pour finir par s'arrêter sur une autoroute déserte. Il lui désigna un bosquet.

— Dirige-toi vers les arbres. Il y a une maison de l'autre côté. Tu pourras appeler ta mère.

Puis, il sortit un jeu de grattage de sa poche et le lui tendit.

— C'est ton jour de chance. Attends-moi là, que je fasse le tour pour t'ouvrir la portière.

Déconcertée, Cassidy prit la carte et se précipita sur la portière. Tournant la tête, elle scruta l'asphalte de la chaussée au loin, espérant y entrevoir un autre véhicule, mais l'autoroute était déserte dans les deux sens et sur des kilomètres.

Il sortit son pistolet et l'agita dans sa direction.

— Cours.

Dans le silence alentour, le bruit que fit une balle en entrant dans la chambre du pistolet parut assourdissant. Terrifiée, elle se mit à courir vers les arbres sans un regard en arrière. Leurs troncs semblaient très lointains et elle n'arrivait pas à courir assez vite. Derrière elle, un coup de feu claqua et la plaine herbeuse s'enfonça dans les ténèbres.

4

Beth observait la ville pendant que l'hélicoptère du FBI se posait sur le toit de l'hôpital général de Roaring Creek. La localité s'étendait sur des kilomètres, avec les montagnes habituelles et les plaines où alternaient rivières et ranchs. Des bâtiments en brique rouge et en bois qui bordaient la rue principale. Pendant le vol, elle avait scruté les environs immédiats. Les routes reliant les villages s'étendaient sur des kilomètres dans toutes les directions à travers les plaines ou sinuaient à flanc de cols tels de longs serpents noirs. La présence des mines était prégnante : les camps miniers parsemaient le paysage comme des champignons, de même que des parcelles dénudées, comme découpées dans le vert de la végétation et occupées par d'énormes machines. Elle secoua la tête. La terre parviendrait-elle à retrouver son état naturel après l'arrachage d'autant d'arbres ?

Elle appréciait les beaux paysages, aimait les peindre – l'activité lui apaisait l'âme par les jours de carnage comme celui-ci –, mais elle détestait voir la terre détruite. Cette partie d'elle ne semblait pas touchée par sa psychopathie et, autre anomalie, elle aimait les animaux. Elle se comparait souvent aux personnages de science-fiction qui, sans qu'ils y soient pour rien, posaient problème à deux espèces antagonistes. Dans son cas, les deux parties d'elle-même avaient des idées différentes sur la façon de traiter les monstres et chacune déployait des arguments convaincants pour camper sur ses positions. Oui, elle se considérait souvent comme duelle, parce que, en réalité, c'était ce qu'elle était devenue. Elle s'agrippa au siège alors que le vent se levait et compliquait l'atterrissage. L'hélicoptère tangua dangereusement avant de se poser. Elle se tourna vers Styles qui coupait le moteur et retirait son casque.

— Je ne vois pas de réhabilitation des sols. Ça ne fait pas partie de l'accord pour obtenir une concession et le permis d'exploiter les ressources naturelles de ces régions ?

— Ce que tu vois, ce sont des inquiétudes persistantes, répondit Styles en raccrochant son casque avant de la regarder. Oui, tu as raison. Tout terrain perturbé pendant l'excavation doit être remis dans l'état où il était avant l'exploitation minière. Ils ne peuvent pas remplacer les arbres qu'ils ont abattus, mais rien ne leur interdit d'en planter de nouveaux, j'imagine. Pour être honnête, ce n'est pas mon domaine d'expertise, conclut-il avec un regard soutenu. On va voir le corps d'une jeune femme sauvagement assassinée et de plusieurs victimes par balles, et toi, tu t'inquiètes pour les arbres ?

Il claqua soudain des doigts et lui sourit.

— C'est un mécanisme d'adaptation que tu utilises pour occulter les horreurs d'un meurtre...

Beth acquiesça en soupirant.

— Oui, ça me distrait un moment. J'ai du mal à me dire que quelqu'un rôde dans les parages en tuant des jeunes femmes et qu'à l'heure actuelle, on ne peut rien faire pour l'arrêter. Le spectacle des victimes de crimes m'horrifie. J'ai parfois besoin d'un peu de beauté pour supporter cela. Ce ne sont pas pour autant des paroles en l'air, ajouta-t-elle en lui jetant un coup d'œil. Je me soucie vraiment de la terre. C'est quelque chose que je peux aider à préserver. Je suis en mesure de traduire en justice l'assassin de cette jeune femme, mais je serais bien incapable de la ramener à la vie. La terre peut être sauvée, en revanche.

— La terre appartient à quelqu'un, Beth, nuança Styles en rassemblant ses affaires. Laisse ces gens s'en occuper et concentre-toi sur le profilage de notre tueur.

Hochant la tête, Beth descendit de l'hélicoptère et regarda Styles attacher solidement les patins à l'héliport. Elle ne l'avait jamais vu faire auparavant. Alors qu'elle se dirigeait vers la porte, une rafale de vent faillit la renverser. Styles la saisit par le bras et l'aida à recouvrer son équilibre : il avait les pieds bien écartés et une main sur son Stetson. Elle lui sourit.

— Waouh, quel vent ! Je pensais qu'après le dégel, le temps s'améliorerait.

Il désigna les montagnes et une trouée entre elles.

— Il y a toujours du vent dans le coin. Il traverse la vallée et souffle sur la ville presque en continu. C'est pour ça qu'ils ont installé des filins pour les hélicoptères sur le toit. Tu connais l'heure d'arrivée du docteur Wolfe ? ajouta-t-il avec un regard vers le ciel.

Opinant, Beth s'agrippa au chambranle de la porte et poussa le battant pour entrer dans le bâtiment.

— Oui, il devrait être là d'ici dix minutes. Il m'a dit que son hélicoptère était prêt à décoller quand il a reçu notre appel, il avait l'intention de se rendre à Helena. Comme sa visite là-bas n'avait rien d'urgent, il a réorganisé son équipe histoire de décoller immédiatement pour ici.

Ils descendirent une volée de marches et arrivèrent devant une rangée d'ascenseurs, flanquée d'un répertoire des services accroché au mur. Une fois dans la cabine, ils appuyèrent sur le bouton menant à la morgue. L'ascenseur descendit sans s'arrêter et, à l'instant où dans un bruit sourd ses portes s'ouvrirent, le nez de Beth fut empli de la puissante odeur antiseptique des hôpitaux. Devant eux se trouvaient un couloir et un bureau muni d'une clochette qui conseillait aux visiteurs : « SONNEZ EN CAS D'ABSENCE ».

Beth sonna et ils attendirent au moins cinq minutes avant qu'une femme ne franchisse les portes battantes. Le badge accroché à sa veste indiquait que l'on avait affaire à « MINA SOARES ». Se composant une expression neutre et convoquant son personnage de flic à poigne, Beth s'approcha du comptoir.

— J'ai appelé tout à l'heure. Agents Katz et Styles. Nous sommes ici pour voir le corps d'Arizona Carson. Le médecin légiste, le docteur Shane Wolfe, et son équipe sont en transit.

— Oui, nous vous attendions, répliqua Mme Soares, avant de hausser les sourcils. Le shérif nous a conseillé d'attendre l'arrivée du docteur Wolfe avant de permettre à quiconque de voir le corps.

De toute évidence, son personnage de dure à cuire ne fonctionnerait pas avec cette femme, aussi Beth se rabattit-elle sur le charme. Pendant le trajet depuis Rattlesnake Creek, elle avait lu des dossiers et conçu quelques hypothèses sur le tueur. Il était très rare qu'un psychopathe abandonne une victime sans emporter de trophée. Il pouvait s'agir de n'importe quoi, du moment que cet élément lui rappelait le meurtre et lui permettait de le revivre mentalement. La raison d'être des trophées était facile à comprendre. Une fois la personne morte, son souvenir s'effaçait. Pas comme une amnésie, plutôt comme une canette de soda. Qui repense à une canette de soda une fois qu'elle est vide ? Le souvenir de la boisson sucrée est toujours là, lui, et si le tueur a conservé un trophée, il peut ressusciter la mémoire de cette gourmandise en un instant. Beth sourit à la femme.

— Oui, bien sûr, je comprends parfaitement. Est-ce que cela ne vous dérangerait pas trop de nous montrer ses effets personnels dans ce cas ? Ils ont été conservés ?

— Eh bien, si vous insinuez qu'ils auraient été manipulés

sans gants, la réponse est « non ». Ils ont été découpés pour être retirés du corps et mis en sac. Je vais pouvoir vous les procurer.

Beth opina.

— Merci beaucoup. Y a-t-il une pièce que nous pourrions utiliser pour les examiner ?

— Oui, nous avons un bureau vide. Je vous les apporte.

Mme Soares s'éloigna après leur avoir indiqué une porte ouverte de l'autre côté du couloir.

— Qui êtes-vous et qu'avez-vous fait de l'agent Katz ? s'enquit Styles en la dévisageant, les yeux pétillants d'amusement. On joue au gentil flic/méchant flic ? Tu attends de moi que je hausse le ton ou que je menace de les arrêter pour avoir empêché un agent fédéral de faire son travail ?

Secouant la tête, Beth chercha des gants d'examen dans ses poches et les enfila.

— Voyons, tu sais bien que cette image de dureté n'est que pour la forme. Je ne suis que douceur et légèreté en dessous, n'est-ce pas ? À ce qu'on dit, ajouta-t-elle avec un sourire, on attrape plus de mouches avec du miel qu'avec du vinaigre. Elle a reçu des ordres et ne veut pas être renvoyée pour avoir commis une erreur, c'est tout.

— Elle n'a pas demandé à voir nos cartes, objecta Styles dans un haussement d'épaules. C'est une grosse erreur de communiquer des preuves à n'importe qui. Elle ne sait pas qui on est. On pourrait très bien être les tueurs désireux de passer un peu plus de temps avec le cadavre, pour ce qu'elle en sait. Parce que bon, on pourrait très bien passer pour un couple de psychopathes, non ?

Puis, il enfila une paire de gants d'examen, lui aussi, non sans lui avoir lancé un clin d'œil malicieux. Beth ricana.

— C'est trop mignon, ce que tu me dis là, Styles.

5

Les vêtements arrivèrent, enfermés dans un grand sac en plastique scellé par une étiquette nominative. Beth le récupéra et regagna le bureau, meublé en tout et pour tout d'une table – avec une boîte de mouchoirs – et d'une chaise. Beth passa le sac à Styles et sortit de son sac à main une petite bouteille de PCR Clean. Elle avait toujours sur elle un flacon de dissolvant d'ADN, mais Styles n'avait pas besoin de le savoir. Elle brandit le flacon en question et lui sourit.

— J'ai pensé à apporter ça, juste au cas où on aurait besoin d'une zone propre.

Elle aspergea généreusement le plateau du bureau et l'essuya avec une poignée de mouchoirs en papier.

— Voilà, maintenant ouvre le sac et vide tout sur la table.

Aussi bizarre que ce soit, les vêtements n'étaient pas couverts de sang. Il y en avait seulement quelques éclaboussures sur les épaules d'une veste et sur le devant. Beth se saisit de chaque pièce, l'examina et, après l'avoir photographiée, la remit dans le sac. Les chaussures se trouvaient dans un contenant à part, qu'elle n'osa pas toucher, de peur de détruire des preuves.

— Je vois des fragments de feuilles, des aiguilles de pin et des traces de sang. Et toi, qu'est-ce que tu vois ? demanda-t-elle après un long soupir.

— Arizona Carson avait quinze ans, d'après sa photo, une taille normale pour son âge, répondit Styles, sourcils froncés. Il manque une partie des sous-vêtements : le soutien-gorge est là, mais pas la culotte. Il faudra demander aux parents si elle en portait une.

Beth leva les yeux au ciel et soupira de nouveau.

— Ce serait une question déplacée, Styles. On devrait plutôt leur demander de dresser la liste complète de ses vêtements, jusqu'à ses chaussettes et ses chaussures. On trouvera une excuse, comme quoi c'est nécessaire pour une identification définitive. Cela leur facilitera la tâche. Elle n'a peut-être pas été agressée sexuellement comme les autres. Tu imagines le traumatisme, s'ils apprenaient qu'un tueur a les sous-vêtements de leur fille ?

— Oui, ce serait un autre coup de poing dans leurs tripes. Mais pourquoi prendre la culotte ? ajouta-t-il, intrigué.

Beth réfléchit un instant.

— J'ai lu des trucs sur les tueurs qui prenaient la culotte de leurs victimes en guise de trophée. Ça constitue des preuves très utiles quand on trouve leur planque. Il y a toujours de l'ADN sur les culottes. Quand on l'aura récupérée, ce sera plus facile pour nous de monter un dossier contre lui.

Styles referma le sac et le déposa sur la table.

— Je suis au courant, figure-toi. D'autres idées ? Ce type semble flirter avec les limites entre le braquage avec arme létale, l'enlèvement, le viol et le meurtre. On dirait qu'il se dédouble, dit-il avec un soupir. C'est possible ?

Beth avait envisagé cette hypothèse.

— Oui, ces psychopathes peuvent suivre n'importe quel modèle ou aucun modèle. Le problème pour nous, c'est de relier deux actions indépendantes. On a un mobile : l'argent volé au magasin. L'enlèvement paraît moins motivé, en revanche. Pourquoi emmène-t-il les filles alors qu'il semble en mesure de s'enfuir sans que personne ne le voie ? Personne ne le poursuit. Donc pourquoi a-t-il besoin d'une otage ?

— Tu penses qu'on devrait en parler à Jo Wells, l'analyste comportementale de Snakeskin Gully ? fit Styles, perplexe. Elle a dit qu'on pouvait la contacter n'importe quand, si on avait besoin d'aide sur une affaire. Ty Carter, son partenaire, est un atout, lui aussi. Je les aime bien.

Histoire de paraître enthousiaste, Beth hocha la tête, mais elle sentit son ventre se nouer.

— Je les aime bien, moi aussi, renchérit-elle en levant les yeux vers lui.

C'était vrai, d'une certaine façon. Elle appréciait la franchise de Ty Carter : il avait le plus grand mal à filtrer ses propos et cela ne passait pas inaperçu. Jo, quant à elle, voyait tout, remarquait tout et possédait une intelligence aussi cinglante qu'un fouet.

Ravalant un gémissement, Beth se détourna et pianota sur son téléphone. Elle imaginait d'ici les complications qu'entraînerait la présence de deux autres agents du FBI lorsqu'elle aurait besoin de s'éclipser pour s'occuper de cette affaire de Mischief qui la rongeait. Elle avait rencontré Jo Wells et, même si celle-ci était une pointure dans son domaine, Beth pensait ne pas s'être encore signalée comme tueuse en série. Depuis qu'elle travaillait avec Styles et le voyait gérer la colère qui l'habitait en frappant des balles dans un filet de base-ball, elle contrôlait de mieux en mieux son côté obscur. Elle se rabattait sur l'effort physique lorsque la vie devenait trop compliquée et, jusqu'à présent, cela avait fonctionné.

L'ascenseur tinta. Ses portes livrèrent passage au docteur Shane Wolfe, à Emily, sa fille et légiste en formation, et à Colt Webber, son assistant, qui portait le badge de shérif adjoint de Black Rock Falls. Beth sourit.

— Docteur Wolfe, Emily, Colt, c'est un plaisir de vous revoir.

— J'espère que le médecin présent sur les lieux n'a pas détruit de preuves, lança Wolfe qui planta ses yeux gris dans ceux de Styles et lui tendit la main. Heureux de vous trouver là. Qu'est-ce qu'on a ?

Beth attendit que Styles ait fait un topo au légiste concernant les effets personnels de la victime, puis elle se tourna elle aussi vers ce dernier.

— On vient d'être mis sur l'affaire. On voulait sécuriser les restes de la victime et placer des scellés sur ses effets personnels. On ira inspecter la scène de crime dès que possible.

— Styles a parlé de quatre victimes par arme à feu hier, plus trois autres et une fille enlevée et assassinée ailleurs, répliqua Wolfe, le visage sombre. Je suppose que votre priorité est la disparue, donc on cherche des indices sur ce qui reste de la victime précédente, c'est ça ?

Beth acquiesça et le regarda.

— C'est le plan, en effet. Pour l'instant, les victimes du meurtre de Broken Bridge ont été fermement identifiées, à l'exception de la kidnappée, que nous supposons être Arizona Carson. On n'a rien sur la fusillade à Roaring Creek d'hier, précisa-t-elle après un coup d'œil à ses notes. À part le sexe des victimes et la fille enlevée, qu'on suppose être Cassidy Wilder. Sa mère s'est manifestée après avoir entendu parler du braquage à la télévision. Elle l'avait envoyée au magasin pour acheter du lait.

— D'accord et, s'il vous plaît, ajouta-t-il avec un sourire, appelez-moi Shane ou Wolfe. On va être amenés à travailler en étroite collaboration, et je préfère que cela reste décontracté entre nous. À moins que cela ne vous pose un problème, agent Katz ?

Étonnée, Beth lui rendit son sourire. Elle aimait bien ce grand blond robuste. Il était fiable et très talentueux, mais il tenait ses collaborateurs d'une main de fer. En fin de compte, elle était entourée d'anciens militaires, et Wolfe, comme Styles, avait un rythme différent du sien.

— Pas le moins du monde, merci, Shane.

— Parfait.

Wolfe fit retentir la sonnette du comptoir. En arrivant dans la pièce, Mme Soares reçut de sa part un regard sévère, avant qu'il ne lui mette sa carte sous le nez.

— Docteur Shane Wolfe, médecin légiste, annonça-t-il. Conduisez-nous, mon équipe et moi, jusqu'au cadavre de l'inconnue que vous appelez Arizona Carson. Je veux aussi que le médecin présent sur les lieux nous rejoigne au plus vite.

— Oui, bien sûr. Par ici.

Mme Soares déverrouilla une porte à côté du comptoir et leur fit signe d'entrer.

Ils suivirent Wolfe dans les entrailles de l'hôpital. Le silence était tel que leurs pas résonnaient comme des coups de feu ricochant dans les couloirs déserts. Ils atteignirent des portes métalliques surmontées du mot « Morgue » en lettres noires. À l'intérieur, ils revêtirent blouse, masque et gants avant d'être escortés dans une salle d'examen par un aide-soignant. Toutes les morgues dégagent le même relent de mort, sous des miasmes de produits chimiques. Même si elle portait un masque, Beth eut aussitôt les narines assaillies par ces odeurs et elle regretta de ne pas avoir eu recours au baume mentholé que les membres de l'équipe de Wolfe avaient utilisé. Un brancard en acier inoxydable fut tiré du réfrigérateur mural. Le corps, recouvert d'un drap et dont seuls les orteils dépassaient, portait une étiquette nominative. Pourquoi en allait-il toujours de même dans toutes les morgues que Beth avait visitées ?

L'aide-soignant fronça les sourcils par-dessus son masque.

— Les dommages faciaux sont très importants, docteur Wolfe. Autant vous prévenir, si quelqu'un parmi vous est sensible.

— Je suis sûr que tout le monde ici a déjà vu une blessure par balle, répliqua Wolfe, la mine sévère. Où sont les autres victimes ? Celles de Broken Bridge et de la fusillade d'hier ?

— Pas ici, répondit l'aide-soignant en haussant les épaules. Je ne sais pas.

— Vous avez une entreprise de pompes funèbres en ville ? s'enquit le légiste. Ou un endroit où l'on peut réfrigérer les dépouilles ?

— On a une entreprise de pompes funèbres, ici même, sur Main Street, déclara l'aide-soignant, perplexe. On a aussi une usine de transformation de viande, qui possède une chambre froide. Il y a quelques années, on a eu un accident dans une mine, c'est là-bas qu'on a emmené les corps. Le shérif Bowman ou le shérif Weston de Broken Bridge doivent être au courant, acheva-t-il sur un haussement d'épaules.

— Merci. Veuillez patienter à l'extérieur. Je vous appellerai en cas de besoin.

Wolfe attendit son départ pour retirer lentement le drap. Il examina très superficiellement le cadavre et fronça les sourcils.

— Je vais devoir la transférer dans mes locaux. Ce corps présente d'innombrables preuves et cet hôpital n'a pas l'équipement nécessaire pour les recueillir.

Beth scruta le corps, prit note des blessures, des marques de ligature et des ecchymoses.

— Qu'est-ce que vous pouvez nous donner comme premières informations ?

— Ce qui l'a tuée, c'est la blessure par balle, comme si l'idée était venue après coup au tueur, mais cette fille a été battue et agressée sexuellement, annonça Wolfe, qui recouvrit le corps avec respect. Dieu seul sait ce qui lui est arrivé, mais je le découvrirai. Je vais préparer le corps pour le transport. Je dois voir la scène de crime, et comme un autre incident s'est produit à proximité hier, il faut que je me rende d'abord là-bas. Pouvez-vous me donner les coordonnées du cambriolage de jeudi ?

ajouta-t-il à l'intention de Styles. Celui qui est lié au crime ? Nous aurons aussi besoin d'un moyen de transport pour aller et revenir de la scène de crime là-bas. Contactez le shérif de Roaring Creek, histoire d'organiser la chose, et *idem* avec celui de Broken Bridge. Voyez si vous pouvez trouver ce qui est arrivé aux autres victimes dans les deux cas. Si elles ne sont pas ici, où est-ce qu'elles peuvent bien être, bon sang ?

— Je m'en occupe, promit Styles avant de lancer, en quittant la pièce : On devra aussi parler à ceux qui ont été les premiers sur la scène.

Wolfe enleva ses gants, qu'il jeta dans la poubelle.

— Parfait. Je vais parler au médecin et prendre les dispositions pour le transport de la dépouille. Je repasserai par ici quand nous aurons traité les scènes de crime et je récupérerai le corps. Avez-vous fait en sorte que la mère de la probable victime vienne ici pour un prélèvement d'ADN ? demanda-t-il à Beth.

Celle-ci acquiesça.

— Elle devrait être en route. On se retrouve à la réception.

Sur quoi elle se précipita dehors et rejoignit Styles dans le couloir.

— Waouh ! s'exclama son partenaire. Wolfe ne perd pas de temps, hein ?

Le légiste avait également impressionné Beth. Elle appuya sur le bouton de l'ascenseur.

— Avec sa charge de travail, cela ne m'étonne pas.

6

J'aime mon travail et pouvoir faire à peu près tout ce que je veux est une drogue puissante. On dit que le pouvoir corrompt les gens, mais je ne suis pas corrompu. Je vis un rêve. Je vois des types marcher dans la rue, la mine triste, ou boire seuls dans des bars parce qu'ils n'arrivent pas à trouver une femme. Ces hommes sont des imbéciles. Je peux avoir toutes les femmes que je veux. Je peux prendre la femme, la fille ou la sœur de n'importe quel homme, et personne ne se met en travers de mon chemin. Je me promène en voiture et, lorsqu'un fruit mûr apparaît sur la vigne, je le cueille si tel est mon bon plaisir.

Je ne crains pas la loi. On ne m'attrapera jamais. Vois-tu, je me fonds dans la société sans provoquer le moindre remous et, quand j'assouvis mon désir de prendre une femme, la surface de mon étang n'est même pas troublée. Dans ce monde, les gens comptent les uns sur les autres pour faire avancer les choses. Les lois ne peuvent pas être adoptées par un seul homme et un seul homme n'arrivera jamais à mettre une bouteille de lait sur les milliers de tables en attente de petit-déjeuner, n'est-ce pas ?

En revanche, il suffit d'un seul homme pour interrompre une chaîne d'événements.

Je suis le rouage cassé d'un mécanisme. Le trou noir de l'information. C'est pourquoi je peux prendre mon temps et assouvir mes désirs avec la femme de mon choix... ou la fille, d'ailleurs, l'âge n'entre pas en ligne de compte pour moi. C'est leur regard quand elles comprennent que je suis en train de les tuer.

7

Ayant découvert que le bureau du shérif de Roaring Creek se trouvait à deux pas de l'entrée de l'hôpital, Styles laissa Beth partir à la recherche de Mme Carson pour un prélèvement d'ADN et s'en alla rencontrer le shérif Bowman. Son bureau était spacieux, avec une réceptionniste qui se présenta comme Sharifa Hagstrom et qui lui offrit un café pendant qu'il attendait le shérif. Au bout de cinq minutes environ, un homme épuisé, la cinquantaine bien tassée comme en témoignaient ses cheveux grisonnants, beaucoup trop gros pour pouvoir courir et appréhender un criminel, lui fit signe d'entrer dans son cabinet de travail. Styles lui montra sa carte.

— Agent Dax Styles du bureau de Rattlesnake Creek. Comme vous le savez, le Tueur des supérettes a opéré dans trois ou quatre comtés, et nous avons été appelés pour reprendre l'enquête. J'ai cru comprendre que le magasin relevant de votre juridiction a été attaqué pour la deuxième fois en six mois ? Avez-vous progressé dans l'enquête ?

Bowman lui fit signe de s'asseoir et s'enfonça en soupirant

dans le grand fauteuil rembourré qui lui tenait lieu de chaise de travail.

— Je serais bien en peine de l'affirmer. Pas de témoins, pas de preuves, et une autre disparue. Depuis le lever du soleil, j'ai envoyé mes adjoints sillonner toutes les routes à la recherche d'un corps. Les autres cas similaires nous incitent à penser qu'elle est morte à l'heure qu'il est. Il ne les garde pas plus d'une nuit.

Styles acquiesça et posa sa tasse de café sur la table.

— J'ai les dossiers, dit-il, mais il n'y a rien à en tirer. Le même crime s'est produit il y a six mois. Un homicide, manifestement. Pourquoi le médecin légiste de l'État n'a-t-il pas été prévenu ? S'il y avait des preuves, elles sont perdues à jamais, conclut-il en fixant Bowman d'un regard dur. Où sont les corps des victimes de la fusillade d'hier, par exemple ?

— Aux pompes funèbres. Le croque-mort les prépare pour l'enterrement, répondit Bowman, sourcils froncés. Notre médecin local a examiné les corps, il a prononcé la mort et indiqué que la cause du décès était une blessure par balle.

Horrifié à l'idée que les victimes soient déjà embaumées, Styles le regarda bouche bée.

— Appelez-le et exigez qu'il arrête tout. Le médecin a-t-il au moins retiré les balles pour les identifier ?

— Je crois que oui, bredouilla Bowman en se passant une main sur le visage. Je me suis concentré sur la recherche de la fille.

Hochant la tête, Styles sortit son carnet et son stylo.

— Il me faut le nom et les coordonnées du médecin. Ainsi que les noms des premiers arrivés sur les lieux et leurs coordonnées. À quelle distance se trouve la scène de crime ?

— Environ un kilomètre d'ici

Réfléchissant brièvement au temps nécessaire pour tout faire sur une zone aussi étendue, Styles poussa un soupir.

— Le médecin légiste aura besoin d'un moyen de transport

pour nous emmener, son équipe, l'agent Katz et moi-même, sur la scène de crime, aux pompes funèbres, puis nous ramener à l'hôpital. Nous sommes cinq au total. Quelle distance sépare Broken Bridge d'ici par la route ?

— Une demi-heure, quarante-cinq minutes, peut-être, répondit Bowman, les yeux dans le vague, avant de le regarder. Vous êtes arrivés ici comment ?

Styles acheva de prendre ses notes, puis releva la tête.

— On a un hélicoptère. On se rendra à Broken Bridge avec. Est-ce qu'il y a un endroit assez vaste, près de la supérette, pour faire atterrir deux hélicos ?

— Oui, il y a un parc juste devant, répondit Bowman. Vous voulez que j'appelle le shérif Weston pour qu'il vous rejoigne là-bas ? Il peut vous trouver un moyen de transport si vous avez besoin de vous déplacer dans Broken Bridge, ajouta-t-il dans un soupir. Je vais appeler un de mes adjoints, et à nous deux, on pourra vous conduire où vous voulez.

Styles leva les yeux de ses notes.

— Ce serait bien. Retrouvons-nous devant l'hôpital. Donnez-moi le numéro du shérif Weston. J'ai besoin de savoir où sont passés les corps des victimes de la fusillade de vendredi dernier et qui est arrivé le premier sur les lieux.

Le shérif lui donna les informations demandées, s'excusa et passa un coup de fil. Styles l'écouta expliquer la situation à Weston. Une fois la communication coupée, il se leva en envoyant valser sa chaise à roulettes. Styles referma son carnet et le glissa dans sa poche.

— Il a toujours les corps ?

— Oui, répondit le shérif Bowman en se frottant le menton. Il a sécurisé la scène de crime et les corps sont dans la glace, dans la chambre froide secondaire, à l'usine de transformation de viande. La pièce n'est jamais utilisée, sauf en de rares occasions de catastrophe. Comme elle est vieille et ne répond pas aux normes d'hygiène pour la consommation humaine, elle était parfaite pour les victimes, durant leur identification par la police. Il vous retrouvera au parc avec de quoi transporter cinq personnes, acheva-t-il sur un soupir.

Styles acquiesça.

— Qui a alerté les autorités sur la fusillade ?

— Dans l'affaire de Roaring Creek, le premier à arriver sur les lieux a été un livreur de journaux. Il n'est pas entré dans les locaux, expliqua Bowman en secouant lentement la tête. J'ai foncé sur les lieux juste après. Je venais de recevoir un appel *via* le 911, concernant la disparition de Cassidy.

Styles se repassa l'affaire en y intégrant les preuves recueillies jusqu'à présent.

— Vous avez une copie de la vidéo des meurtres prise par la caméra de surveillance de la supérette ?

— Oui, j'ai visionné aussi les bandes les jours précédents, pour voir si quelqu'un avait fréquenté plus assidûment le magasin, mais je n'ai repéré aucune visite particulièrement récurrente. Hormis des tas d'adolescents, qui entrent et sortent pour faire des courses à toute heure, pour leurs parents, je suppose. Cassidy, la disparue, passait souvent, ajouta-t-il. La plupart du temps en soirée, entre 21 heures et 22 heures. Ses parents travaillent tard, peut-être qu'ils sont du genre à oublier les courses nécessaires au ravitaillement. En général, elle achète du lait, du pain, des choses comme ça.

Ce qui en faisait une cible facile. Styles le regarda.

— Comment est-elle arrivée au magasin ?

— À pied, répondit Bowman. Elle n'habite pas loin, environ cinq cents mètres du magasin.

Hochant la tête, Styles sortit son téléphone.

— Envoyez les fichiers de vidéosurveillance à ce numéro. Merci, dit-il quand Bowman se fut exécuté.

S'étant levé, Styles rabattit son Stetson.

— Je retourne à l'hôpital. Pouvez-vous nous trouver un moyen de transport dès que possible ? Nous devrons traiter les deux scènes de crime cet après-midi et examiner les dépouilles des victimes. La journée va être longue.

Il se dirigea vers la porte et, en passant devant le comptoir d'accueil, il souleva son chapeau à l'attention de Sharifa Hagstrom.

À l'hôpital, Styles trouva Beth en train de glisser des pièces dans un distributeur automatique de boissons. Il frémit.

— Tu dois être au désespoir pour boire cette lavasse.

— Oui, eh bien, après avoir eu affaire à une mère hystérique, j'en avais besoin, répondit Beth en haussant les sourcils. Tu as trouvé quelque chose d'intéressant ?

Styles lui fit le récit de sa rencontre avec le shérif et vit une expression horrifiée se peindre sur son visage.

— Oui, moi aussi, je pensais que Bowman aurait plus de bon sens. Deux meurtres de masse et deux enlèvements en l'espace de six mois et il n'a pas demandé d'aide. Après quoi, il a simplement envoyé les corps chez l'embaumeur. On a de la chance que le tueur ait jeté le cadavre de la fille à la frontière du comté, sinon elle serait déjà six pieds sous terre, à l'heure qu'il est... Il y a un restaurant à une cinquantaine de mètres d'ici, ajouta-t-il en lui arrachant sa tasse des mains pour la jeter à la poubelle tout en se dirigeant vers le comptoir d'accueil. Pouvez-vous prévenir le médecin légiste qu'on est allés prendre un café au restaurant ? Il ne va pas tarder à arriver.

La réceptionniste leva les yeux de son ordinateur.

— Pas de problème, répondit-elle.

Désignant la porte, il suivit Beth à l'extérieur.

— D'après ce que j'ai entendu, il y a de fortes chances pour que le corps de Cassidy Wilder soit retrouvé sur le bord de la route dans les prochaines vingt-quatre heures. On doit être sur place quand ça arrivera. On devrait se trouver un endroit où passer la nuit, ou le temps qu'il faudra attendre. Je vais devoir repasser chez moi chercher Bear et j'ai bien l'impression que tu auras besoin de vêtements de rechange.

— Oui, après m'être occupée de cadavres et de scènes de crime toute la journée, j'aurai très envie de me récurer, confirma Beth en poussant la porte du restaurant. Je vais commander du café à emporter pour tout le monde et demander où il y a un motel décent. De préférence près d'un endroit où on pourra stationner l'hélicoptère.

Pendant qu'il attendait, Styles fit défiler les dossiers et secoua la tête devant le manque de preuves. À force de fouiller dans les dossiers, il trouva une liste d'effets personnels appartenant aux filles enlevées : chaque fois, le tueur avait pris leur culotte. Ces fusillades étaient donc bien liées, et elles avaient été perpétrées par quelqu'un qui connaissait les trois comtés comme sa poche et s'y déplaçait pratiquement sans être vu.

8

La supérette de Roaring Creek se trouvait à l'angle de Main et de Riverside Street, entre la bibliothèque locale et un bâtiment désaffecté. Beth descendit du siège avant de la voiture du shérif Bowman et observa les environs, dans les deux directions.

— De quel côté se situe la maison de Cassidy Wilder ?

Bowman désigna Riverside Street et secoua la tête.

— Au bout de cette rue. La ville a toujours été sûre. Envoyer un enfant au magasin du coin n'a jamais présenté un quelconque danger. Jusqu'à maintenant. Cette époque agréable de la vie ici est révolue.

Riverside Street s'étendait en ligne droite à perte de vue. Roaring Creek était une ville minière rurale, avec des maisons groupées par trois ou quatre le long du trottoir. Beth remarqua que les lampadaires étaient peu nombreux et plutôt espacés. À 21 heures, il devait faire nuit noire et les trottoirs étaient sans doute envahis d'ombres profondes. Des frissons remontèrent le long de sa colonne vertébrale. Dans une ville placée sous le regard scrutateur d'un tueur en série, cela revenait à se promener avec une cible dans le dos. Elle se tourna vers l'épicerie. Ils attendirent que le shérif Bowman leur ait ouvert la porte à l'aide des clés, puis ils revêtirent surchaussures, gants et masque avant d'entrer et de se coller au mur pour éviter les éclaboussures de sang. L'odeur qui régnait dans cet espace confiné était abominable. Les relents métalliques du sang coagulé et des restes humains en putréfaction imprégnèrent le masque de Beth. Avant de se rendre à la supérette, ils avaient tous visionné les images de vidéosurveillance du meurtre et attendu que Wolfe procède à l'analyse médico-légale du crime.

Beth se représentait clairement la fusillade. Les lieux avaient été laissés en l'état, avec des douilles éparpillées sur le sol, mais sans le matériel que l'on trouve d'ordinaire sur une scène de crime. Toutes les victimes ayant été déclarées mortes sur place et emportées dans des housses mortuaires, il manquait les bandages et autres gants médicaux qu'on voyait souvent abandonnés là. Elle fut surprise de constater le soin que les urgentistes avaient mis dans la préservation de la scène de crime avant de récupérer les corps. Les quelques empreintes de pas montraient clairement qu'ils portaient des surchaussures. Seule une série d'empreintes bien nettes allait du contour à la craie d'un homme tombé à terre jusqu'à la porte d'entrée. Après avoir visionné les bandes de la vidéosurveillance, Beth comprit que les empreintes appartenaient à Cassidy Wilder. Sur les images, on voyait la jeune fille essayer d'éviter les éclaboussures de sang, mais un côté de sa chaussure avait laissé une empreinte distincte.

Beth remarqua l'absence de billets sur le sol. Souvent, pendant un hold-up, la personne derrière le comptoir fait tomber des billets, dans sa hâte d'obtempérer. La bande sonore accompagnant les images semblait indiquer que l'agresseur s'était comporté de façon calme et posée. Elle avait assisté à de nombreux vols, en son temps, et le malfrat était généralement agité, voire perdait les pédales. La plupart connaissaient l'existence de la vidéosurveillance et savaient qu'il était primordial pour eux d'entrer et sortir aussi vite que possible. Cet homme-là était en mission. Il se montrait beaucoup trop détendu. Pour Beth, il était évident qu'il avait planifié le hold-up à la seconde près et elle avait du mal à croire qu'il était entré dans la supérette pour la dévaliser. Non, l'excitation de cet homme venait du meurtre qu'il s'apprêtait à commettre. Son déguisement était parfait et les gens si terrifiés qu'il ne risquait absolument pas d'être identifié. Cependant, il les avait abattus sans pitié. L'argent était anecdotique pour lui.

— Vu qu'il a tué tous les témoins, pourquoi a-t-il kidnappé la fille ? demanda Styles en venant se placer à ses côtés. Et pourquoi il laisse un jeu de grattage près de chacune de ses victimes ?

Beth n'avait aucun mal à s'immiscer dans l'esprit du tueur. Elle comprenait, mais divulguer son raisonnement à ce stade la rendrait suspecte. Bien qu'elle ait admis avoir étudié les psychopathes, ce qu'elle savait de ce tueur en particulier ne figurait dans aucun ouvrage. Elle attendit que Wolfe cesse de parler à son équipe, puis se tourna vers Styles.

— Je vais examiner les autres indices sur cette scène de crime, déclara-t-elle.

— Oui, je suis d'accord, renchérit Styles, quand elle lui eut fait part de ses remarques concernant l'auteur du crime. Il semble calme et contrôlé pendant le hold-up, mais n'oublie pas qu'il a déjà fait ça plusieurs fois auparavant. « Entre quelque part comme si l'endroit t'appartenait » : ce genre de mantra, ça fonctionne avec lui. Il s'approprie les lieux en quelques secondes.

Styles sortit son téléphone et visionna une nouvelle fois la vidéo, perplexe.

— Il n'a cependant pas l'air très intéressé par l'argent. Dans tous les braquages que j'ai vus jusqu'à maintenant, l'attention du voleur est toujours focalisée sur le fric, si bien que les otages parviennent souvent à s'échapper du bâtiment. Le nôtre n'a pas un regard pour l'employé derrière le comptoir. Toute son attention se porte sur les personnes présentes dans le magasin. On dirait qu'il est en train de choisir qui il va tuer en premier.

Beth regardait en opinant les images qui défilaient sur le téléphone de Styles.

— Oui, approuva-t-elle. Le type à la caisse aurait pu avoir une arme pour ce qu'il en savait, mais le tueur n'était pas inquiet.

Elle devait donner à Styles un aperçu du fonctionnement de l'esprit de ce psychopathe. Aussi reprit-elle :

— Ce scénario me rappelle quelque chose... Tu as déjà vu un chat surveiller un trou de souris ? s'enquit-elle après une courte pause de réflexion. Il reste là à observer et si la souris fait le moindre mouvement, il bondit. Mais si la souris ne bouge pas et reste figée, le chat s'en désintéresse. Observe-le, lui suggéra-t-elle avec un petit sourire derrière son masque. Il ne tire que si la souris bouge. La seule exception concerne la femme qui arrive de l'arrière-boutique. Faute de savoir si elle est armée, il l'abat. Il s'arrête juste le temps de voir la réaction du fils de la victime, et il appuie sur la gâchette.

— Autrement dit, d'après toi, il attend qu'ils lui donnent une raison de les tuer ? déduisit Styles, sourcils froncés. Oui, je me souviens d'une explication que Jo Wells nous avait donnée, selon laquelle un psychopathe a besoin que ses victimes lui donnent une raison de les tuer, ou qu'il puisse leur faire porter la responsabilité de leur propre meurtre.

Il la regarda si longuement qu'elle voyait presque les rouages tourner dans sa tête.

— Il n'est pas venu ici pour cambrioler, n'est-ce pas ? Il est venu pour assassiner des gens. Comment Jo appelle ce type de tueur, déjà ?

Bingo.

— Des opportunistes, fit Beth, l'air de rien. Je suis ouverte aux suggestions, mais je ne suis pas sûre que cette étiquette colle avec le type de crime auquel nous avons affaire.

— Comment ça ? s'étonna Styles.

Elle soupira.

— À mon avis, tu as raison de dire qu'il n'est pas venu ici pour cambrioler, mais il est trop calme et trop posé pour avoir choisi cet endroit au hasard. Il a déjà attaqué cette supérette il y a six mois, sauf que le magasin a été rénové entre-temps et qu'il ne connaîtrait pas le nouvel agencement s'il n'était pas revenu au cours de la période. Le shérif a dit que Cassidy Wilder venait là plusieurs fois par semaine. Peut-être qu'il cherche à cacher qu'elle était en réalité sa véritable cible en cambriolant le magasin ? Si ça se trouve, il la traquait depuis des semaines.

— Bien vu, Beth ! s'exclama Styles dont les yeux étincelaient par-dessus son masque. Il essaie de nous avoir en dissimulant son véritable mobile. Ingénieux. Ces tueurs en série ne manquent jamais de me sidérer par leur sournoiserie, commenta-t-il, incrédule. Pas étonnant qu'ils soient si nombreux à s'en tirer : il est impossible de prévoir ce qu'ils vont faire. Je ne sais pas comment tu y arrives, toi.

La gorge nouée, Beth évita son regard.

— J'ai un esprit analytique. J'observe les faits, c'est tout, et j'essaie de trouver une solution.

— J'ai fini ici, annonça Wolfe en revenant vers eux. Je vais demander au shérif de conserver la scène de crime intacte un peu plus longtemps, au cas où on aurait besoin de revenir.

Il désigna l'endroit par-dessus son épaule.

— La trajectoire des balles confirme ce qu'on constate sur les images : le tireur est resté dans la même position. On voit sa main bouger, mais pas son corps. Pas de tir manqué, même lorsqu'il vise entre les comptoirs : il touche l'homme en pleine poitrine. La femme qui a surgi de l'arrière-boutique l'a surpris, pourtant son tir porté à la tête pourrait faire figure de tir d'école. D'après mes observations, lorsqu'il a tiré plusieurs balles sur la femme qui courait vers la porte, c'est soit parce qu'elle l'agaçait, soit parce qu'il y prenait plaisir. Ce qu'on voit sur les bandes donne l'impression que les tirs étaient ajustés et espacés les uns des autres. Il aurait pu l'achever rapidement, en visant la tête, mais il a fait durer le plaisir, histoire de lui infliger le plus de douleur possible. Je suis sûr que ces premières constatations seront confirmées par l'examen des victimes.

— On a donc affaire à un type qui sait tirer, déclara Styles qui suivait Beth vers la sortie. Autant dire que dans le Montana, on peut arrêter tous les hommes qui nous passent sous le nez, acheva-t-il, désabusé.

9

Après avoir quitté la scène de crime, Beth se dirigea vers les véhicules qui les attendaient. Elle regarda le shérif Bowman.

— Prochain arrêt, les pompes funèbres. Vous les avez appelés pour leur dire de ne pas toucher les cadavres ?

— Oui, et comme il y avait un corps à préparer pour des funérailles dans la matinée, vous avez de la chance.

Bowman grimpa dans son pick-up et attendit que Styles, Wolfe et elle y aient pris place.

— Vous avez parlé au médecin de l'hôpital qui a établi le certificat de décès d'Arizona Carson ? s'enquit Styles en se tournant vers Wolfe.

— Oui, je lui ai expliqué par le menu ce qu'il risquait en délivrant un certificat sans preuve d'identité, répondit le légiste, agacé. Je pense qu'il a saisi le message. Le corps sera prêt à être transporté lorsque nous aurons terminé notre inspection des scènes de crime et passé les victimes en revue. S'il s'agit uniquement de meurtres par balle, je rassemblerai les preuves et je signerai la décharge, pour que les familles puissent faire leur deuil.

Styles retira son Stetson et se lissa les cheveux.

— La fille disparue sera cruciale pour l'enquête. Des agents des deux comtés passent les abords des routes au peigne fin. Les habitants du coin fouillent leurs hangars et guettent les signes indiquant qu'elle pourrait être morte quelque part.

— C'est le mieux qu'on puisse faire, intervint le shérif Bowman en regardant Styles et Wolfe dans son rétroviseur. On n'a pas les moyens de quadriller tout le comté. On fait ce qu'on peut avec ce qu'on a.

Beth lui adressa un regard. Ils venaient de s'arrêter devant l'entreprise de pompes funèbres locale.

— Quand nous aurons fini ici aujourd'hui, nous regagnerons notre bureau, mais nous allons revenir. Nous projetons de rester en ville jusqu'à ce que Cassidy Wilder soit retrouvée. On m'a dit que le motel sur Bison Street était correct, ajouta-t-elle en croisant son regard. Soi-disant qu'il aurait un bon restaurant.

Bowman haussa les épaules.

— L'endroit est populaire auprès des mineurs qui viennent en ville pour se défouler. Et la fiesta, c'est n'importe quand, vu qu'ils travaillent en horaires décalés. Ils veulent de la bonne nourriture. Cela dit, pendant la semaine, ça ne devrait pas trop déménager, mais les week-ends peuvent être mouvementés.

Styles éclata de rire et descendit du pick-up.

— On est habitués aux mineurs, lança-t-il.

Beth planta son regard dans celui du shérif pour conserver son attention.

— C'est gentil à vous de nous trimbaler ici et là, mais ce n'est pas pratique. Il existe un endroit où on pourrait louer un véhicule pour quelques jours ?

— Oui, la station-service locale a des véhicules de prêt pour les clients qui font faire des réparations sur le leur. Il y en a de disponibles en ce moment, ajouta Bowman en se grattant la joue. C'est en face de mon bureau. Je vous y déposerai cet après-midi si vous voulez.

— Super !

Ouvrant sa portière, Beth rejoignit les autres.

Ils suivirent le shérif Bowman dans l'entreprise de pompes funèbres et attendirent qu'il fasse les présentations. Alors qu'ils entraient dans ce que le croque-mort appelait sa « chambre funéraire », elle jeta un coup d'œil aux corps recouverts de draps blancs. La pièce sentait le formaldéhyde et les cadavres en décomposition, si bien qu'elle sortit un masque de protection de sa poche. Elle poussa un petit cri interloqué devant le cadavre d'une des victimes dont Wolfe ôta le drap. L'homme était entièrement habillé. Elle leva les yeux vers Wolfe.

— On m'a laissé entendre que ces victimes avaient été identifiées et que des fragments de balles avaient été extraits de leur corps.

— À moi aussi, dit Wolfe qui sortit un dossier de son kit médico-légal. Ils ont tous un certificat de décès et j'ai la liste des proches qui ont identifié les corps. Avez-vous procédé à l'identification de ces personnes-ci ? demanda-t-il en se tournant vers l'employé des pompes funèbres.

L'intéressé ouvrit un meuble de classement d'où il tira quatre grands sacs en plastique, étiquetés et scellés.

— Oui, monsieur, bien sûr, répondit-il. Voici leurs effets personnels. J'ai contacté les proches, qui sont venus les identifier. La victime qui a reçu une balle dans la tête avait une tache de naissance distinctive dans le cou. J'ai réussi à rendre les autres corps présentables ce matin. Le docteur Bligh est venu délivrer les certificats de décès. Il a procédé à un examen superficiel, mais les urgentistes avaient déjà indiqué l'heure approximative de la mort dans leur rapport.

Wolfe enleva son manteau et secoua la tête.

— J'aurai besoin d'avoir accès à votre salle de préparation. Je veux examiner chaque corps et en extraire les balles. Tu vas m'assister, ajouta-t-il à l'intention de sa fille Emily. Webber, rassemblez ce dont nous aurons besoin et aidez-nous à enlever leurs vêtements.

— Je peux vous aider, intervint Styles.

Il sortit des gants d'une boîte posée sur le comptoir et se tourna vers l'homme des pompes funèbres.

— Nous aurons besoin de sacs pour les vêtements et de votre aide. Dépêchez-vous, nous avons une autre scène de crime à traiter à Broken Bridge avant la tombée de la nuit.

— Oui, bien sûr. J'ai trois chambres disponibles, que vous pouvez utiliser. Je ne demande pas mieux que de vous assister.

Enfilant des gants, l'homme se dirigea vers la première victime.

Beth s'occupa des objets. Elle rassembla chaque ensemble de vêtements avec les effets personnels appropriés et y attacha des étiquettes. Comme Wolfe transportait la première victime dans la salle de préparation, elle s'approcha de lui.

— Je peux vous aider si cela permet à Emily de se charger d'une des autres victimes.

Les yeux de Wolfe s'illuminèrent au-dessus de son masque.

— Je vais d'abord examiner toutes les victimes et ma fille est plus que qualifiée pour retirer les balles ensuite. Je serais donc ravi que vous m'aidiez, ça nous fera en effet gagner du temps. Je vais enregistrer mes observations, précisa-t-il.

Sur quoi, il sortit un magnétophone et le posa sur le comptoir.

Beth fut stupéfaite de voir l'équipe de Wolfe en action : on aurait dit une machine bien huilée. D'un coup de baguette magique, Colt Webber avait fait apparaître sur le comptoir un plateau métallique contenant des instruments prêts à l'emploi. De petits récipients pour les balles et des sacs de preuves de différentes tailles étaient également disposés sur le comptoir, avec un stylo permettant l'étiquetage. Beth enfila des gants et adressa un signe de tête au légiste pour lui indiquer qu'elle était prête, puis déclencha l'enregistrement.

— La victime numéro un est un homme d'une quarantaine

d'années, de forte corpulence. Il a été identifié comme étant George Pittman.

Wolfe pratiqua une incision de chaque côté de la blessure par balle, y inséra les doigts et tâtonna, puis leva les yeux vers Beth.

— Cet homme a été blessé par balle au sternum. Le projectile a fracturé la cage thoracique et pénétré dans le cœur. La mort a sans doute été instantanée. Cause du décès : blessure par balle à la poitrine. Heure du décès : comme constatée par les ambulanciers.

Il ôta ses gants et coupa l'enregistrement.

— Allons dans la pièce suivante.

Il ouvrit la voie.

— Emily, prends Webber avec toi et retirez les fragments de balle de la première victime. Quand vous aurez fini, suivez-moi et faites de même avec les autres.

Il regarda l'homme des pompes funèbres.

— Une fois qu'Emily aura terminé, vous pourrez commencer à préparer les corps pour les obsèques.

Fascinée par la façon dont Wolfe travaillait, Beth se déplaçait avec lui de victime en victime, offrant l'aide qu'elle pouvait et écoutant avec intérêt ses commentaires. Rapide dans ses mouvements, il retira lui-même les balles de la dernière victime pour gagner du temps. Beth recueillait les fragments de balles à mesure que le père et la fille les retiraient du corps, pour les placer ensuite dans un récipient et les étiqueter. Une fois qu'ils eurent terminé, elle rassembla tous les sacs de preuves et les rangea dans un conteneur. L'opération avait duré en tout et pour tout deux heures. Les corps allaient être enterrés, mais il lui restait à traquer leur assassin.

Peu de temps après, ils se dirigeaient vers Broken Bridge à bord des hélicoptères. Le voyage ne fut pas long, mais le paysage était spectaculaire. Après avoir survolé des pics montagneux enneigés, ils aperçurent bientôt la petite ville minière, et les lumières bleues et rouges qui clignotaient au loin.

— Ça doit être le parc, indiqua Beth en pointant le doigt devant elle. On dirait qu'ils nous attendent.

L'hélicoptère descendit et Styles le posa effectivement dans un grand parc. Regardant autour d'elle, Beth avisa un restaurant sur le trottoir d'en face.

— Tu as faim ?

— Je suis affamé, répondit Styles avec un sourire. Wolfe ne va pas tarder, ajouta-t-il en indiquant un point dans le ciel. On va attendre qu'il atterrisse et voir s'il veut faire une pause.

Beth acquiesça.

— D'accord. J'aime bien Wolfe. Il est très respectueux des morts. Il ne se contente pas de les mettre à nu. Il préserve leur dignité. Il s'intéresse vraiment à eux et c'est bon à savoir. Ce n'est pas seulement un travail, pour lui. J'ai assisté à de nombreuses autopsies au cours de ma vie, précisa-t-elle en soupirant. Et je n'ai jamais vu quelqu'un travailler aussi vite. Et aussi minutieusement. Je ne pense pas qu'il laisse passer quoi que ce soit.

— Il est au sommet de son art, c'est certain, confirma Styles qui s'étira en bâillant. C'est une chance d'avoir un professionnel sous la main parce que les erreurs, quand on a affaire à des tueurs en série, ça coûte des vies.

Beth remit de l'ordre dans ses cheveux ébouriffés par le vent et les rassembla dans une queue-de-cheval basse.

— Et ça arrive trop souvent. Les types s'en tirent pendant des années, voire éternellement. Je crois que les tueurs en série dont on entend parler ne sont que la partie émergée d'un iceberg qui plonge très profond.

Elle le regarda longuement, jaugeant sa réaction. Elle regrettait vraiment de ne pouvoir lui parler de son côté obscur. Comprendrait-il son besoin de justice ou la traînerait-il en prison ?

— Des milliers de personnes disparaissent chaque année... chaque année, Styles. À ton avis, où se trouvent-elles et qu'est-ce qui leur est arrivé ? Nous savons que certaines d'entre elles disparaissent intentionnellement, pour diverses raisons, mais pas les enfants. Ils sont forcément victimes de tueurs en série. Je suis convaincue qu'on peut imputer à ces malades la majorité des disparitions.

Styles se passa une main sur le visage.

— Je le sais bien, crois-moi. Ma sœur a disparu. Je me suis enfui pendant que je jouais avec elle et je ne l'ai jamais revue. Elle a été enlevée... Bien que les recherches aient duré des semaines, on ne l'a jamais retrouvée, fit-il en poussant un profond soupir. Je m'en suis toujours voulu. Si je n'avais pas fichu le camp, elle serait en sécurité. Sa disparition a déclenché une série d'événements chaotiques dans ma vie.

Surprise d'entendre Styles lui révéler une partie aussi intime de sa vie, Beth exerça une petite pression sur son bras. En cet instant, il avait besoin de compassion et de soutien.

— Ta perception doit avoir changé, maintenant que tu as travaillé sur des tueurs en série. Si ça se trouve, le type l'a traquée pendant des semaines et tu as eu de la chance de t'en sortir. Souvent, ceux qui s'en prennent aux petites filles n'ont pas beaucoup de temps à consacrer aux petits garçons. Il t'aurait tué sur-le-champ. Tu le sais, non ?

Il secoua lentement la tête.

— Oui, ça m'a traversé l'esprit. Tout comme les horreurs qui ont pu arriver à ma sœur. Vu qu'on n'a jamais retrouvé de corps, elle a peut-être été retenue captive pendant des années. Ça me ronge, de ne pas savoir ce qui lui est arrivé.

Beth réfléchit aux conséquences possibles de l'aide qu'elle pourrait lui apporter pour résoudre l'affaire. Outre son expertise en matière de cybercriminalité, elle possédait de nombreuses compétences qu'elle n'avait pas divulguées au FBI. Mais sa relation avec Styles reposait sur de bonnes bases : elle lui faisait confiance et lui était reconnaissante d'avoir fermé les yeux sur ses excentricités. Nombreux étaient ceux qui, à la place de son coéquipier, auraient réclamé une évaluation de son cas auprès du directeur du FBI. Pour l'heure, c'était donnant-donnant, entre eux. Elle prit une profonde inspiration.

— Si quelqu'un l'a retenue captive, il est possible qu'il se soit attaché à elle. Tu comprends, les enfants qui sont enlevés à leurs parents et à qui l'on raconte que ceux-ci sont morts ou n'importe quoi d'autre, s'attachent souvent à leur ravisseur. Tu as entendu parler du syndrome de Stockholm ?

— Bien sûr, fit Styles en fronçant les sourcils. Mais son enlèvement remonte à plusieurs décennies. Elle m'aurait cherché si elle avait été en vie. On était très proches.

Secouant la tête, Beth regarda le visage attristé de son coéquipier. Il portait un lourd fardeau.

— Sauf si elle est persuadée que tu es mort, répliqua-t-elle en soupirant. Sachant qu'il ne pourrait pas la cacher éternellement, son ravisseur a sans doute trouvé un moyen pour qu'elle lui appartienne : un faux certificat de naissance, par exemple. Ce n'est pas très difficile de se procurer de faux documents. Tu voudrais que j'essaie de la retrouver ?

— Comment tu pourrais, après toutes ces années, alors que personne d'autre n'a jamais réussi à la repérer ? objecta Styles en faisant rouler ses épaules, visiblement agité. Tu es douée, je sais, mais après tant d'années, toutes les pistes sont épuisées.

Au bout de quelques secondes de réflexion, Beth haussa les épaules.

— Je ne peux pas savoir, tant que je n'aurai pas essayé. Pour commencer, j'aurais besoin d'une photo d'elle. Je vais la passer dans un logiciel que j'ai développé au fil des ans et voir ce que ça donne. Si on n'obtient pas de résultat avec une photo ou en comparant ton ADN au matériel contenu dans nos bases de données, tu sauras qu'elle est probablement morte le jour où elle a été enlevée. Tu sais aussi bien que moi que les victimes de meurtre ne sont parfois jamais retrouvées. Ce qu'il faut se demander, Styles, c'est si tu veux que ça soit réglé une bonne fois pour toutes. Si tu me réponds « oui », je me bougerai les fesses pour t'obtenir des réponses. Tu te penses capable de supporter la vérité ? insista-t-elle, les yeux plongés dans les siens. Parce qu'elle pourrait être difficile à accepter.

Styles lui sourit et soupira.

— Laisse-moi y réfléchir un peu. Il faut que j'aille de l'avant et c'est vrai que, comme tu l'as dit, j'aurais très bien pu devenir une victime de ce criminel. Je n'avais encore jamais vu les choses sous cet angle, ni pensé qu'elle avait peut-être été traquée en amont. Oui, c'est possible. Je me souviens qu'elle avait parlé d'un homme qui l'aurait suivie jusqu'à la maison. Elle l'avait dit à notre mère qui, à partir de là, nous attendait à l'arrêt de bus tous les soirs et nous raccompagnait à la maison.

Le vacarme annonçant l'arrivée d'un hélicoptère se fit entendre, bientôt suivi par l'atterrissage de l'appareil du légiste dans le parc. Beth leva les yeux vers Styles.

— Il est temps d'y aller.

10

Distrait par ce que Beth lui avait dit, Styles ne remarqua pas l'attroupement en colère qui se rassemblait de l'autre côté du parc. Son esprit revint à la réalité au moment où la voix de Wolfe traversa ses pensées. Il balaya du regard la foule qui se pressait de l'autre côté et s'avança immédiatement au-devant de Beth et d'Emily.

— Qu'est-ce que vous faites tous ici ? leur lança Wolfe en traversant la rue principale comme s'il en était le propriétaire. Vous ne voyez pas que nous essayons de mener une enquête ? Vous avez perdu la tête ? ajouta-t-il en observant la foule.

Un homme portant un Stetson marron – visiblement le porte-parole du groupe – s'avança, la mine sombre.

— On veut que ça bouge. Des gens sont assassinés partout, des filles enlevées, et personne ne fait rien.

— Et à votre avis, pourquoi on est ici ? lança Beth qui sortit de derrière Styles, la tête haute, et traversa la rue pour s'appro-cher de l'homme en colère. Vous avez le médecin légiste de l'État et le FBI, qu'est-ce que vous voulez de plus ? Rentrez chez vous, sauf si vous avez un témoignage à apporter sur les meurtres, et laissez-nous faire notre travail.

Un jeune homme s'avança et repoussa Beth.

— Vous vous remuez pas assez, sinon Arizona serait pas à la morgue de l'hosto de Roaring Creek. Peut-être qu'on devrait rendre justice nous-mêmes.

Il leva son poing devant le visage de Beth.

— Ne va pas faire quelque chose que tu pourrais regretter, répliqua-t-elle en saisissant la main de l'homme dont elle tordit le poignet sans ménagement. Porter la main sur un officier fédéral est un délit. Est-ce que je devrais te confier aux bons soins du shérif Weston pour que tu dormes quelque temps en prison ?

Le jeune homme gémit de douleur, mais Beth tint bon.

— Lâchez-moi, c'est de la violence policière.

Le jeune homme tira assez fort pour échapper à la prise de Beth, puis serra son autre poing.

Devant le désastre qui se profilait à l'horizon, Styles vint se poster à côté de sa coéquipière. Mais ne voulant pas qu'on s'imagine qu'il venait lui porter secours pour la protéger, il resta à un pas derrière elle et fixa le jeune homme.

— Je ne ferais pas ça si j'étais toi. Tu n'aimerais pas trop la voir en colère.

Beth adressa au jeune homme un sourire paresseux.

— Oh non, tu n'aimerais vraiment pas. C'est pas joli-joli, quand je me bats.

Styles considéra la foule hostile et exhiba sa carte sous leurs yeux.

— L'agent Katz vous a demandé de vous disperser. Je vous suggère d'obtempérer, ou nous prendrons vos noms pour obstruction à la justice. Nous venons à peine d'arriver et, plus vous nous retardez, plus il nous faudra de temps pour mener notre enquête.

Il lança à Beth un regard qui, il l'espérait, calmerait la lueur sauvage qui s'était allumée dans ses yeux.

Quiconque la défiait ou la menaçait libérait la bête. Une

fois acculée, elle était imprévisible. Cela devait venir de l'époque horrible qu'elle avait passée dans une famille d'accueil, non d'un syndrome de stress post-traumatique, mais de sa volonté de survivre. Au fil des mois, il comprenait de mieux en mieux son comportement parfois bizarre et ses sautes d'humeur. Il avait eu une épouse très instable, dont il avait cherché, sans succès, à résoudre les problèmes, mais Beth, il pouvait l'aider. Elle se débrouillait seule depuis bien trop longtemps et luttait contre ses démons. Certes, elle conservait de profondes cicatrices d'une enfance où, après avoir eu un tueur en série comme père, elle avait été ballottée d'un foyer d'accueil abusif à un autre, mais il avait appris à connaître la personne derrière les barrières qu'elle avait érigées autour d'elle pour se protéger. Tout à l'heure, elle avait manifesté de la compassion pour ses problèmes et lui avait offert un moyen de gagner sa rédemption. Il lui devait la même faveur.

Beth relâcha la main du jeune homme.

— Rentre chez toi. Je ne te le répéterai pas deux fois. Si tu entraves encore notre enquête, je t'expédie en taule.

Sur quoi, elle se planta, les mains sur les hanches, à fixer la foule du regard.

— Si on trouve des indices sur le coupable de ces crimes, le shérif vous en informera par le biais d'un communiqué de presse, lança Wolfe qui scrutait la foule, lui aussi. On n'a pas de temps à perdre avec ces stupidités.

Styles vint se poster à côté de Beth, et Wolfe de l'autre côté, pour former à eux trois un mur de justice. Les regards de l'assistance passaient de l'un à l'autre. Finalement, leur porte-parole hocha la tête et se détourna. Poussant un long soupir, Styles fit un petit signe de la main à Emily et Colt Webber, qui se tenaient toujours de l'autre côté de la route. Ce dernier avait une main sur la crosse de son arme.

— Bon, j'imagine qu'on peut aller manger maintenant ? lança Styles à Beth.

— Je ne vois pas ce qui pourrait nous en empêcher.

Elle se dirigea vers le restaurant et entra. Styles réunit deux tables en les collant l'une contre l'autre et ils s'assirent pour consulter les menus.

— Qu'est-ce que c'était que ça ?

— Je suppose que les habitants de la ville ont peur, répondit Wolfe en s'adossant à sa chaise. Vu que la supérette de Roaring Creek a été attaquée deux fois, ils n'ont plus l'impression d'être en sécurité.

— Pour une ville sans criminalité, à part quelques mineurs ivres, ces braquages avec violence doivent être assez traumatisants, fit Emily dont les yeux quittèrent un instant le menu avant d'y revenir bien vite. Il nous reste combien de temps pour manger ?

— On avale un morceau et on s'y remet, fit Wolfe en soupirant. J'ai appelé le médecin du coin. Il a déjà examiné les corps, rassemblé tous les effets personnels et les a mis dans des sacs conformément à la procédure. Il a aussi retiré les fragments de balles, et pris des dispositions pour que des proches puissent les voir. Toutes les victimes ont été identifiées par un membre de leur famille. C'est un ancien militaire et je me suis renseigné sur lui. Son dossier est excellent. Autrement dit, je ne pense pas qu'on aura grand-chose à faire de plus avec les corps. Je vais les examiner et je demanderai des copies des rapports, mais j'imagine qu'il n'y aura rien à redire dessus et que nous pourrons remettre les défunts aux familles.

Hochant la tête, Styles passa sa commande au serveur et regarda le légiste.

— Autrement dit, on s'occupe de la scène de crime et on se tire d'ici ?

— C'est le plan, confirma Wolfe avant de hausser les sourcils. Vous prévoyez de rester à Roaring Creek ?

Beth croisa les mains sur la table.

— Jusqu'à ce qu'on retrouve Cassidy Wilder, répondit-elle.

Si on se fie aux autres cas, ce tueur ne les garde pas plus d'une nuit avant de se débarrasser des corps. Si elle avait erré dans la nature, quelqu'un l'aurait repérée. Deux hélicoptères locaux ont effectué des rondes dans tout le comté. Le type des pompes funèbres m'a dit que son cousin vivait dans le coin, ajouta-t-elle après un regard à Styles. Tous les hommes et tous leurs chiens ont sillonné le bord des routes... puisque c'est ce que le tueur préfère comme décharge publique.

— J'ai les images de vidéosurveillance de cette fusillade, fit Wolfe en sortant son téléphone. Je vous les envoie. On y voit à peu près la même chose que sur la vidéo précédente : il va au comptoir, demande de l'argent, tue les clients du magasin, en terminant par le caissier. Et il embarque la fille. En ressortant, il croise un vieux monsieur qui devait passer par hasard avec son chien, il le tue aussi. J'ai entendu des coups de feu et on a retrouvé la victime et son chien. Comme pour les autres vidéos, la caméra est orientée de la porte d'entrée vers le comptoir. On voit les allées du magasin, mais on ignore ce qui se passe à l'extérieur. Même chose que précédemment, achève-t-il avec un soupir. Personne n'a rien vu.

Lorsque Styles eut reçu le message, il ouvrit le fichier et visionna la vidéo granuleuse.

— Ces images sont pratiquement inutilisables, mais oui, on dirait bien que c'est le même type. Pourquoi les gens ne mettent-ils pas à jour leur équipement ? Ces trucs ne permettent pas d'identifier qui que ce soit.

Beth but une gorgée du café que le serveur venait d'apporter et soupira.

— Ça sert seulement à dissuader les voleurs à l'étalage. Ils ne savent pas qu'ils ne sont pas à la pointe de la technologie, si ?

Styles haussa les épaules.

— Non, mais je suis prêt à parier gros que le tueur, lui, est au courant.

11

Une fois que Wolfe eut traité la scène de crime de Broken Bridge, Beth monta dans un pick-up et ils se rendirent en cortège à l'usine de transformation de la viande. La scène de crime y ressemblait beaucoup à la première, à part la tache de sang noire sur le trottoir, ultime reste du pauvre homme qui promenait son chien. Aucun indice sur l'identité du tueur. Comme dans l'autre braquage, les images de vidéosurveillance le montraient couvert de la tête aux pieds et portant des gants. Elle fut surprise de voir le médecin local les attendre à l'extérieur. Elle se tint à l'écart avec Styles pendant que Wolfe et son équipe examinaient les corps. Il faisait un froid de canard à l'intérieur, mais l'odeur n'était pas trop insupportable. Wolfe et le médecin local discutèrent un moment de chaque corps. Lorsque le légiste eut terminé, elle le regarda avec impatience.

— Vous avez découvert quelque chose d'intéressant ?

— Non, admit Wolfe en fronçant les sourcils. Ce sont les mêmes munitions que dans l'autre cas. Je vais faire des tests pour voir si elles ont été tirées par le même pistolet. Il n'y a pas eu de tirs perdus. Toutes les victimes ont reçu des blessures mortelles. Il devait vouloir que ce soit rapide. Ce que vous pourriez chercher à déterminer, c'est si quelqu'un vient régulièrement au magasin à la même heure chaque soir. Le cas échéant, vous saurez si le tueur traque ses victimes ou s'il s'arrange pour passer dans les magasins à une heure de faible affluence.

Impressionnée, Beth acquiesça.

— On s'en occupe. Merci. Il y a autre chose ou on en a terminé ? ajouta-t-elle à l'intention de Styles.

Il frotta la cicatrice sur son menton.

— J'ai tout ce qu'il me faut. Wolfe marque un point, là. Cela pourrait démontrer l'existence d'un mobile. S'il a traqué ses victimes, ce n'est pas un tueur opportuniste, hein ?

Beth secoua la tête.

— En effet, et au cas où on arrive à le prouver, on ouvrira une toute nouvelle boîte de Pandore.

Elle les conduisit à l'extérieur, où le shérif Weston, adossé à son pick-up, consultait son téléphone.

— Shérif, on a un travail pour vous. Il faudrait que vous vous débrouilliez pour savoir si quelqu'un passait régulièrement devant la supérette à l'heure des meurtres.

— Oh, ça, je le sais déjà. Mon adjoint a été le premier sur les lieux parce qu'il effectue des patrouilles régulières entre 20 heures et minuit, le vendredi soir. Son rapport se trouve dans les dossiers que je vous ai remis. Comme on a des mineurs en ville, on se relaie le week-end pour patrouiller entre les saloons et le motel local. Certains soirs, il y a un peu de grabuge et la présence d'un représentant des forces de l'ordre calme tout le monde.

On aurait bien dit que les planètes s'alignaient. Beth opina.

— Merci. Pourriez-vous nous ramener aux hélicoptères ? Contactez-nous si le corps de Cassidy est découvert dans votre comté. On va rester à Roaring Creek un certain temps, mais on n'y arrivera qu'après la tombée de la nuit. Si on a quelque chose de neuf, on vous le fera savoir. Ça ne vous dérange pas de partir maintenant ?

— Non. Pas de problème, répondit le shérif Weston en portant les doigts au bord de son chapeau.

Ils regagnèrent l'hélicoptère. Beth attendit qu'ils aient décollé pour parler de l'affaire. Elle devinait que celle-ci, jointe au pilotage de l'hélicoptère, pesait lourd sur Styles. La journée avait été très longue et elle n'était pas encore terminée.

— Bon alors, qu'est-ce qu'on a trouvé jusqu'à présent ? Le tueur planifie ses meurtres. Comme on le soupçonnait, l'argent qu'il vole n'a rien à voir avec son mobile.

Elle attendit, espérant que la perspicacité de Styles – qu'elle avait fini par admirer – l'avait conduit à la même conclusion qu'elle.

— Non, il aime tuer, c'est certain. Je pense que tu as raison : il utilise les braquages comme camouflage pour enlever ses victimes. C'est rapide et efficace, il ne laisse pas de témoins et, quand il arrive à sa véritable cible, il plane déjà grâce aux meurtres qu'il a commis. Si les meurtres du magasin étaient un repas, la fille serait le dessert.

12

Wolf Valley, Mischief

Des ombres ténébreuses baignaient la piste noire quand les freins du bus grincèrent et immobilisèrent le véhicule. Les portes s'ouvrirent avec fracas et Layla Cooper descendit dans une obscurité totale. Elle resta debout une seconde, à regarder le bus qui s'éloignait dans sa propre lumière, comme s'il aspirait les ténèbres derrière lui. Dans cette partie de la ville, les trottoirs n'existaient pas et elle utilisa la lampe de poche de son téléphone pour trouver son chemin sur la chaussée. Elle ne craignait pas d'être renversée par un véhicule. À cette heure de la nuit, la plupart des gens étaient en sécurité, dans leur lit. Layla n'avait pas d'autre choix que de prendre le bus. Sa mère avait besoin du pick-up pour son travail et Layla fréquentait l'université de Mischief. Elle travaillait au restaurant jusqu'à 22 heures tous les soirs, puis prenait le dernier bus qui quittait la ville. Elle devait ensuite marcher huit cents mètres pour gagner la maison qu'elle partageait avec sa mère. Son père avait fichu le camp des années plus tôt, après avoir travaillé dans les mines pendant la majeure partie de sa vie. Déterminée à obtenir son diplôme et à se construire un avenir, Layla travaillait le soir et le week-end pour payer ses études. Le travail de 9 à 17 heures de sa mère dans le bazar de la ville ne leur permettait aucun extra, mais elles s'en sortaient. Lorsqu'elle serait diplômée, elles quitteraient, avec un peu de chance, cette bourgade sans avenir et Layla gagnerait assez d'argent pour subvenir à leurs besoins.

La température fraîche de l'extérieur lui fit regretter l'intérieur douillet du bus. Bien qu'il y flotte l'odeur bizarre caractéristique de ce type de véhicules – mélange d'effluves corporels, de pieds malodorants, d'haleine fétide et parfois de chien –, Layla préférait voyager dans son habitacle plutôt que de marcher et elle regrettait que l'itinéraire de cette ligne n'aille pas huit cents mètres plus loin avant de retourner vers le dépôt. Pleinement consciente de la faune qui sillonnait la région en quête de proies nocturnes, elle se voûta en découvrant la route devant elle, à l'aide du halo projeté par sa torche. Sous le vent froid qui la secouait, son manteau tourbillonnait autour de ses jambes, et les branches des arbres au bord de la route grinçaient et gémissaient. Il serait facile de devenir hystérique à cette heure de la nuit, lorsque les hiboux descendaient en piqué et s'approchaient assez près pour lui tirer les cheveux. Elle inspira profondément l'air froid et mit obstinément un pied devant l'autre.

Le bruit d'un véhicule la prit au dépourvu et elle s'écarta prudemment dans les hautes herbes maculées de boue en bord de chaussée pour le laisser passer, puis elle se retourna et observa les sphères de lumière bleues et blanches. Sa vision se constella de taches rouges qu'elle tenta de faire disparaître d'un clignement de paupières. Le véhicule ralentit et s'arrêta à côté d'elle. Toujours éblouie par la lumière, elle regarda le conducteur. Les poils de sa nuque se hérissèrent lorsque la vitre du véhicule s'abaissa. Instinctivement, elle recula de deux pas et faillit tomber dans le fossé.

— Eh, ma petite dame, faites attention où vous mettez les

pieds ! Je ne veux pas vous repêcher dans le fossé. C'est boueux et plein de flotte.

Le bras de l'homme reposait sur le cadre de la vitre ouverte et ses dents brillaient dans l'habitacle obscur. Layla reconnut le véhicule, mais pas l'homme à l'intérieur. Elle haussa les épaules avec autant de nonchalance que possible.

— Je ne prévoyais pas de tomber dans le fossé, mais merci de vous en inquiéter.

Elle se retourna pour s'éloigner à vive allure, mais le véhicule la suivait de près.

Penché à la vitre, l'homme lui sourit.

— Vous savez que ce n'est pas prudent de vous promener sur ces routes secondaires la nuit ? Il en va de mon devoir de citoyen de vous ramener chez votre mère. Montez, ordonna-t-il avec un sourire. Si vous craignez que j'essaie de vous sauter dessus, installez-vous à l'arrière. Je sais que vous, les filles, vous pensez qu'on ne cherche que ça, nous, les hommes. Je fais partie des gentils, précisa-t-il en secouant la tête. Vous le savez, non ?

La marche avait été longue et Layla reconnaissait cet homme maintenant. Elle arrivait à le voir correctement. Un ultime coup d'œil à la route sombre devant elle la convainquit de monter à l'arrière de son véhicule.

— J'habite à environ huit cents mètres. La maison est au bout d'un chemin de terre, sur la gauche. Il y a une boîte aux lettres blanche au croisement.

— Ça marche.

L'homme démarra et fredonna quelques secondes un air diffusé par la radio.

— Vous connaissez le vieil entrepôt au bout de la route ? demanda-t-il.

Layla fronça les sourcils et acquiesça.

— Oui, il est inoccupé depuis des années.

Il lui sourit dans le rétroviseur.

— J'ai reçu un appel de quelqu'un qui m'a dit avoir vu mon

chien disparu se diriger là-dedans. Ça vous dérange si je jette un coup d'œil ?

Layla se mordit la lèvre inférieure. Cette demande n'avait rien d'aberrant. Rien n'obligeait cet homme à s'arrêter pour lui proposer de l'emmener, il se montrait juste serviable. Elle resterait dans le véhicule et attendrait.

— Bien sûr. Je devine que c'est la raison pour laquelle vous êtes venu par ici.

Le véhicule s'engagea dans l'allée du vieil entrepôt, qu'il enveloppa d'un halo de lumière. L'herbe poussait entre les fissures de la dalle de béton autrefois immaculée. Sur les côtés du vieil entrepôt, les panneaux de bois gris laissés à l'abandon bâillaient et formaient des ouvertures. Layla jeta un coup d'œil par la vitre de la voiture. Le toit de tôles ondulées rouillées claquait sous le vent, s'entrechoquant comme les wagons d'une locomotive sur un pont. Autour du bâtiment, les broussailles s'élevaient à hauteur de taille, et les touffes vertes des nouvelles pousses luttaient pour leur survie parmi les tiges brunâtres de la végétation morte. La vieille porte coulissante était entrouverte, mais ses rouages métalliques, en haut, étaient tellement rouillés qu'ils ne bougeraient plus jamais.

L'homme sortit, siffla plusieurs fois et, muni de sa lampe de poche, se faufila dans l'entrepôt. Quelques instants plus tard, il sortit la tête et lui fit signe. Layla se contenta de le regarder fixement.

— Je le vois. Il s'est pris dans un câble. Il a l'air faible. Il faudrait que vous teniez la lampe de poche pour que je puisse le libérer.

Il se retourna et dit quelques mots au chien.

À contrecœur, Layla abandonna son téléphone et son sac à dos sur la banquette arrière pour aller l'aider. Dans l'enceinte du bâtiment, elle suivit l'arc de la lampe de l'homme. Elle ne voyait rien. Un frisson glacial lui parcourut l'échine et elle recula d'un pas.

— Il est où, votre chien ?

— Juste là, répondit-il en lui tendant la lampe de poche. Tenez ça. Dans ce coin. Vous ne le voyez pas ?

L'immense espace était effrayant, avec des lianes et des araignées qui pendaient partout. Hésitante, elle fit quelques pas, tout en déplaçant le faisceau de la lampe.

— Je ne vois rien.

Quelque chose s'enroula autour de son cou et se resserra. Elle laissa tomber la lampe de poche, pour tenter de libérer sa gorge. Elle ne pouvait plus respirer et l'obscurité tournoyait autour d'elle. Trébuchant, elle tomba face contre terre sur quelque chose de mou, pas un matelas, peut-être un tapis d'exercice. L'air revint dans ses poumons, pendant une seconde seulement, quand il la retourna sur le dos, puis le cordon se resserra à nouveau. Elle s'agrippa à son cou, essayant d'insinuer les doigts sous la bande trop serrée. L'obscurité revint, mais Layla se cramponnait, à la limite de la conscience.

— Tu n'es pas encore morte, ma petite dame.

L'haleine chaude de l'homme lui balayait la joue, mais son visage était caché par les lumières du véhicule.

Layla tenta de le repousser et de se débattre, mais il resserrait chaque fois le nœud coulant, juste assez pour que l'obscurité s'installe. Les phares lui révélèrent son sourire au moment où elle s'évanouissait à nouveau, puis elle reprit connaissance pendant qu'il lui arrachait ses vêtements. Rassemblant toutes ses forces, elle s'esquiva en roulant sur le côté, mais il la repoussa violemment sur le dos et lui flanqua un coup de poing en plein visage.

— Voilà ce qui arrive aux idiotes qui rentrent seules chez elles à la tombée de la nuit. Regarde-moi. Oui, c'est ça. Je veux que mon visage se reflète dans tes yeux, susurra-t-il en resserrant le nœud coulant. Tu l'as bien cherché, hein ? Comment tu voyais les choses, sinon ?

Des élancements plein la tête, Layla tenta de détourner le

visage. Coincée sous lui, elle n'avait pas d'échappatoire. Le nœud coulant se resserra à nouveau quand elle ouvrit la bouche pour reprendre son souffle.

Il lui sourit.

— Le truc, c'est que ce cordon est comme un interrupteur. Je peux allumer et éteindre ta vie avec. Là, tu penses que l'épreuve est terminée, que je relâche ma prise et, hop ! te revoilà, à gober l'air comme un poisson hors de l'eau. Et dans la seconde d'après, tu as la langue pendante et le visage tout bleu.

Les bras lourds et affaiblis par le manque d'oxygène, Layla ferma les yeux. Elle n'arrivait plus à regarder son visage satisfait. Il jouissait de sa douleur et elle voulait juste que cela se termine.

Il lui tira brusquement la tête pour l'obliger à lui faire face.

— Je t'ai dit de me regarder. Je suis ton pire cauchemar et tu ne vas pas en manquer une miette.

13

MARDI

Roaring Creek

Styles se réveilla désorienté. Un corps chaud se blottit contre son dos et le souffle tiède qui lui effleurait le cou lui donna la chair de poule. Il gémit intérieurement et se passa une main sur le visage. Il se souvenait d'être allé au saloon avec Beth et le shérif local pour une partie de billard. Il avait bu quelques verres et puis que s'était-il passé ? En se repassant rapidement le film de la soirée dans son esprit, il n'y repéra aucune femme assez intéressante pour qu'il la ramène au motel. Beth ? Non ! Elle n'était pas du genre coup d'un soir. Alors qui ? La gorge nouée, il s'efforça de repenser aux visages des personnes présentes dans le saloon, mais il ne revit que Beth, le shérif et quelques adjoints. Après certaines soirées au *Tommy Joe's Bar and Grill* de Rattlesnake Creek, il lui était arrivé de rentrer chez lui légèrement mal en point, mais depuis l'arrivée de Beth, il s'était tenu à carreau. Le directeur avait insisté pour qu'il joue le rôle de modèle auprès d'elle, et les excès ne faisaient pas partie du marché, bien qu'elle accepte d'être récompensée en boissons pour ses victoires au billard... Or, comme en toute chose, elle excellait au billard.

Une langue humide lui lécha l'oreille, suivie d'un halètement canin. Soulagé, Styles sourit.

— C'est toi, Bear ? Qu'est-ce que tu fiches dans mon lit ?

Le chien aboya et se jeta sur lui, pour le lécher partout. Il le repoussa doucement.

— D'accord, d'accord. Je dois me doucher et m'habiller, puis je t'emmène en promenade. Quelle heure est-il ?

Il attrapa sa montre sur la table de nuit : 6 h 05.

Après avoir pris une douche, Styles s'emmitoufla dans des vêtements chauds et sortit. Il se dirigea vers une zone boisée à l'arrière du motel. Le vent glacial lui fouettait les joues et lui brûlait les poumons à chaque inspiration. C'était le printemps et le dégel avait commencé plus tôt que d'habitude, mais cela ne signifiait rien. La neige pouvait revenir aussi facilement que la pluie. Il regarda le ciel : il était clair et d'un bleu glacial, hormis quelques nuages s'amoncelant à l'horizon. La couleur saphir allait apparaître lorsque le soleil se lèverait et apporterait une chaleur bienfaisante à la journée. Pendant que Bear reniflait le pied des arbres, Styles repensa à l'affaire. Il devait préciser les caractéristiques de leur suspect potentiel. L'image de l'homme avait été diffusée dans tous les médias et, à part quelques appels téléphoniques, rien d'intéressant n'avait été signalé. Personne n'avait remarqué un homme vêtu d'un long manteau et coiffé d'un chapeau de cowboy, pour la bonne raison que presque tous les hommes de la ville portaient des vêtements similaires. Il faisait froid dans les montagnes, les cagoules étaient donc très prisées. Mettre la main sur cet homme risquait fort de tourner au cauchemar.

Les recherches intensives menées pour retrouver Cassidy Wilder n'avaient rien donné. Les routes des environs avaient été scrutées par des équipes locales et des hélicoptères. Rien. Il leva les yeux en entendant le gravier crisser : Beth accourait vers lui, ses cheveux blonds flottant au vent. Elle faisait fréquemment un footing, de bonne heure le matin, et il arrivait à Styles de l'accompagner. Elle avait une endurance dont la plupart des femmes ne pouvaient que rêver et il la poussait jusqu'à ses limites pendant leurs séances d'entraînement. On aurait dit qu'en creusant profondément, elle trouvait toujours un autre réservoir d'énergie susceptible d'être libéré en cas de besoin. Au début, elle l'avait battu à plusieurs reprises, et s'en était beaucoup amusée, mais il savait déceler le changement qui s'opérait en elle, désormais, et il relevait son jeu en conséquence. Il sourit lorsqu'elle s'approcha de lui.

— Salut. Tu as retenu l'heure d'ouverture du restaurant ? J'aurai bien besoin d'une tasse de café corsé, ce matin. Je ne peux pas avaler le truc en poudre qu'ils mettent à disposition dans les chambres.

Elle repoussa une mèche de cheveux derrière une oreille et sourit.

— J'ai tout ce qu'il nous faut dans ma chambre. Je ne quitte jamais la maison sans ma cafetière à piston. Donne-moi cinq minutes, le temps de prendre une douche.

Styles poussa un soupir de soulagement, qui diffusa un nuage de vapeur autour de lui.

— Merci.

Ils étaient assis dans la chambre de Beth, à siroter un café fumant, quand le téléphone de Styles sonna.

— Agent Styles, répondit-il en mettant l'appel sur haut-parleur.

— *Shérif Tucker de River's Edge à l'appareil. Quelqu'un du coin a repéré ce qu'il pense être un corps non loin de l'autoroute. Je suis sur place. On dirait Cassidy Wilder, la disparue de Roaring Creek. Le shérif Bowman m'a donné votre numéro.*

Jetant un coup d'œil à Beth, Styles grimaça.

— J'aurai besoin des coordonnées exactes. Assurez-vous que personne – et je dis bien : « personne » – ne s'approche du corps. Je vais envoyer le médecin légiste dès que possible. Il nous faudra environ une heure pour qu'on soit tous là, donc sécurisez la scène de crime. On est en hélico. Il y a une aire d'atterrissage à proximité ?

— *Oui. À Miles*, répondit Tucker. *J'ai trouvé une douille le long de l'autoroute. Je l'ai mise dans un sac. La fille est dans un sale état*, ajouta-t-il, visiblement choqué. *Elle a été battue et on remarque une blessure par balle à l'arrière de son crâne, comme chez les autres.*

Le spectacle accablant d'une scène de meurtre en brisait plus d'un. Styles soupira. En fait, il aurait préféré ne pas avoir à aller examiner le corps, lui non plus.

— Je suis désolé que vous ayez dû voir ça, mais ça fait partie du job, non ?

— *Il faut croire que oui*, admit Tucker à contrecœur. *Je vous envoie les coordonnées tout de suite.*

Il coupa la communication.

Quelques instants plus tard, le message promis arriva. Styles transmit les coordonnées à Beth et Wolfe.

— Je vais vérifier l'hélico avant qu'on décolle. Je suis content qu'on ait pu faire le plein avant de partir hier soir.

— Je contacte Wolfe, déclara Beth qui le regarda longuement. Il faut que tu manges. Tu as l'air épuisé. Tu bois souvent autant que ça ? demanda-t-elle, sourcils froncés.

Styles vida son café, en regrettant que sa tasse n'en contienne pas quarante litres, et secoua prudemment la tête.

— Non, pas depuis les problèmes avec mon ex. J'ai un peu suivi le mouvement hier soir, mais je n'ai pas abusé à ce point. Je me suis arrêté à dix verres, comme toi... enfin, je crois. Tu n'y es pas allée de main morte, toi non plus, ajouta-t-il sur un haussement d'épaules.

— Parce que j'ai versé la plupart de mes verres dans la jardinière. Mais pas les tiens, je précise. J'ai une certaine éthique, s'esclaffa Beth. Tu as la gueule de bois ? J'ai du Tylenol.

Il secoua la tête.

— Non, ça va, mais tu as raison, il faut que je mange un bout. On se retrouve au restaurant dans un quart d'heure. Commande pour moi. Ça me fera gagner du temps. Oh... ça te dérangerait de nourrir Bear ?

Il se leva et lui tendit la clé de sa chambre. Beth caressa la tête du chien, posée comme d'habitude sur sa cuisse.

— Pas de problème, répondit-elle. Wolfe, Bear, restaurant. J'ai pigé.

Styles enfila sa veste et ses gants et se dirigea vers l'hélicoptère. S'il était étrange de ne pas avoir Bear à ses côtés, une partie de lui était heureuse que son chien fasse confiance à sa coéquipière, car, à part lui, Bear ne se fiait sinon à personne.

14

Courir à l'aube par des températures glaciales n'était pas l'idée
que Beth se faisait du plaisir, mais elle avait besoin de la
morsure de l'air froid dans ses poumons pour tenir son côté
sombre à distance. Après avoir passé une soirée bruyante au
saloon local, en compagnie des gars, elle était rentrée au motel
et s'était plongée dans les affaires de Mischief. Plus elle étudiait
les dossiers, plus elle était en colère. Les étapes imposées par le
protocole avaient toutes été négligées. Il n'y avait pas eu de
rapport sur les scènes de crime, au moment de leur découverte,
pas d'interrogatoire de témoins, ni de chronologie des événements. Dans chaque cas, on ne disposait que de deux ou trois
photographies de la scène de crime. L'examen médical des
corps avait été sommaire. On pouvait difficilement parler d'autopsie. Personne n'avait pris la température des corps au
moment où ils avaient été récupérés et l'heure du décès avait
été estimée entre le moment de la disparition et celui où le
cadavre était retrouvé. Comme il n'y avait pas eu beaucoup de
meurtres à Mischief depuis de nombreuses années, elle aurait
pu mettre ces négligences sur le compte du manque d'expérience du shérif, mais après avoir parcouru les dossiers des délits

de base au cours des dernières années, elle en avait retiré l'impression que le vol d'un cheval ou d'une vache était plus important que le meurtre d'une jeune femme. L'affaire sentait l'ingérence. Quelqu'un de haut placé dans la chaîne alimentaire faisait pression sur le shérif pour protéger l'identité du tueur. Peut-être ce salaud était-il l'un des fils d'un conseiller municipal ?

Passant les mains dans ses cheveux, Beth soupira et sirota le café que le serveur lui apporta dès qu'elle fut assise. Il n'y avait rien de nouveau dans le déguisement des crimes commis par des riches et des puissants, mais les responsables de cette dissimulation étaient de ce fait aussi coupables que les criminels eux-mêmes. Beth était peut-être une tueuse en série, elle n'avait jamais été corrompue. Elle suivait un ensemble de règles et s'y tenait. Elle n'abattait que des personnes vouées à échapper éternellement aux forces de l'ordre ou qui s'étaient soustraites à la justice. Elle devait être témoin d'un crime ou en tuer l'auteur pour éviter qu'il ne le commette sous ses yeux. Certains pourraient avancer que son choix de se mettre dans la peau d'une victime était irresponsable, mais les agents du FBI et autres étaient constamment sous couverture et se retrouvaient dans des situations où leur vie était en danger. Son travail était très dangereux au quotidien. Elle acceptait le péril s'il s'agissait de rendre la justice et de tuer en état de légitime défense. Sur ce point, elle se distinguait de tous les autres agents de son espèce.

Elle n'avait pas d'autre choix que d'attendre que le tueur, désormais baptisé « Chacal de la nuit » par les médias, frappe à nouveau à Mischief. Elle en parlerait à Styles et essaierait de le convaincre de demander à Wolfe d'examiner le corps pour repérer d'éventuelles similitudes entre ces meurtres et ceux de l'affaire en cours. C'était son seul espoir de pénétrer dans ce nœud de vipères et de poser des appâts pour attraper le tueur. Il devait s'agir d'une personne proche de l'enquête, qui avait omis ou détruit certains comptes rendus importants. Elle le débusquerait et la dernière personne qu'il verrait serait le Tueur au tarot.

Tirée de ses pensées, elle leva les yeux de son ordinateur portable lorsque la cloche au-dessus de la porte du restaurant tinta. Styles entrait dans un souffle d'air glacial. La salle était déserte. Les tables rondes en bois, chacune garnie d'un menu, attendaient les clients. Elle supposa que la plupart de ceux-ci venaient petit-déjeuner plus tard ou commandaient le service d'étage, car il y avait des véhicules devant les autres chambres. Elle ferma son ordinateur portable et attendit que Styles enlève son manteau, son écharpe et ses gants avant de s'asseoir.

— On est prêts à partir ? La météo est bonne ?

— Oui, tout baigne, répondit-il en regardant le menu. Qu'est-ce que tu as commandé ?

Beth tapota la feuille plastifiée du doigt et haussa les sourcils.

— Le Spécial Mineur. Saucisse, œufs, pommes de terre, champignons et tomates grillées. Un jus d'orange et dix litres de café.

— Parfait, approuva Styles, avant de bâiller à s'en décrocher la mâchoire. Oh, désolé. Même le froid n'a pas réussi à faire disparaître complètement mon envie de dormir. J'ai l'impression d'avoir été drogué hier soir. Comment on est revenus ici ?

Beth le dévisagea, étonnée.

— À pied. Tu devais être plus épuisé que tu l'imaginais. Ajoute à ça l'alcool et le corps dit « stop ». Je te suggère de te coucher tôt, ce soir. Une fois qu'on aura traité la scène de crime et que Wolfe aura emporté le corps, on devrait pouvoir rentrer. Le logiciel de reconnaissance faciale est déjà en train de tourner, il a peut-être identifié quelqu'un, précisa-t-elle. S'il nous fournit quelques suggestions, on pourra dresser une liste de suspects potentiels, et cela nous donnera un point de départ.

— J'ai réfléchi, moi aussi, répliqua Styles, avant de détourner le regard pour sourire à la serveuse venue remplir sa tasse de café. Laissez la cafetière et rapportez-en d'autres régulièrement, s'il vous plaît.

— La nuit a été dure, à ce que je vois ?

La serveuse fit bouffer ses cheveux et lui lança un clin d'œil avant de s'éloigner.

— J'ai vraiment l'air si mal en point ?

Styles ôta son chapeau et le laissa tomber sur le siège à côté de lui pour se passer les mains dans les cheveux.

Beth secoua lentement la tête.

— Non, la serveuse faisait sans doute allusion à ton physique avenant. Maintenant, on pourrait peut-être parler de ce que tu penses de l'affaire, non ? Tu n'as pas oublié sur quels meurtres on enquête ?

Les yeux de Styles pétillèrent d'amusement.

— Je m'en souviens très bien… Mais donc, tu trouves que j'ai un physique avenant ?

Agacée, Beth se pencha et lui lança le regard noir de son côté obscur.

— Tu vas me parler de l'affaire, oui ou non ?

— Oh, voilà le méchant flic ! ironisa Styles, les mains levées en signe de reddition. Bien sûr, bien sûr. Comme je bois avidement tes paroles, je me rappelle ce que tu as déjà dit sur le fait que les tueurs en série ont toujours leur zone de confort. J'en ai déduit qu'il devait vivre ici, en ville. C'est le point d'où il rayonne et les localités alentour constituent sa zone de confort. J'y ai beaucoup réfléchi ce matin, en m'interrogeant sur les personnes susceptibles de se déplacer d'une ville à l'autre de ce comté sans qu'on s'en étonne. Qu'est-ce qu'elles ont toutes en commun, ces bourgades ?

Beth réfléchit à la question tandis que la serveuse revenait avec leurs énormes repas.

— Eh bien, ce sont toutes des villes minières. Et elles ont toutes des saloons, des magasins et ce genre de choses.

Styles découpa un morceau de saucisse, le mastiqua et soupira.

— Oui, mais Roaring Creek en constitue le point névralgique et s'avère le principal fournisseur de la région. Donc si notre homme se déplace fréquemment entre les villes, il ne sera pas remarqué, il fera partie du décor.

Après avoir réfléchi, Beth but une gorgée de café.

— Oui, les camps miniers ont constamment besoin d'être approvisionnés. Il y a aussi le courrier, les journaux, le lait, etc. Je pense que la boulangerie de Roaring Creek livre la majeure partie du comté. Elle est tellement immense que je l'ai remarquée à notre arrivée. Elle a son nom inscrit sur le toit.

— Tout à fait. Donc il faudrait peut-être commencer par se mettre en chasse des gens qui effectuent des livraisons dans les supérettes.

Styles lui fit signe de sa fourchette puis continua à manger.

Hochant la tête, Beth avala lentement sa bouchée. Elle ne se ruait jamais sur la nourriture.

— Oui, cela expliquerait pourquoi il connaît l'agencement de chaque magasin, et la position des caméras, le cas échéant. Ensuite, s'il entre et sort souvent de ces endroits, tout ADN qu'il pourrait laisser accidentellement sur la scène de crime serait expliqué par ses visites dans le cadre professionnel.

— On va avoir du mal à découvrir où il prévoit de frapper, la prochaine fois. Il pourrait élargir son cercle. Mischief est un comté immense, avec des tas de petites communautés minières un peu partout.

D'accord avec lui, Beth sourit.

— Ça ne va pas être évident, mais on essaiera de penser comme lui et de trouver la réponse. On aura besoin d'une liste de suspects à surveiller, de savoir où ils vont et quand. On peut les interroger et démasquer le coupable, ou alors je passe en mode infiltration ? Ce qui signifierait rester quelques jours en ville, avec l'espoir d'attirer son attention en tant que cible potentielle.

— Le problème avec cette idée, c'est qu'il tue tous les témoins d'abord, et n'enlève la femme que dans un second temps. Il faudrait l'abattre avant qu'il tire son premier coup de feu. Je sais que tu es très douée, mais dans une situation aussi périlleuse, tout peut arriver. Il est hors de question que je risque des vies pour ce type, conclut Styles en secouant la tête. On fait ça dans les règles. D'accord ?

Elle lui sourit.

— Tes règles ou mes règles ?

15

Wolfe décrivit un large cercle autour de la scène de crime avant de se poser sur un terrain broussailleux, non loin de l'hélicoptère du FBI. La zone semblait isolée, avec seulement un petit secteur boisé à l'extrémité nord du champ. Le sol avait été labouré récemment, mais il n'avait pas remarqué de ranch à moins de deux kilomètres. Au bout du champ se dressait la chaîne de montagnes, masse sombre contre le ciel du matin. Le corps se trouvait à une dizaine de mètres de la route. Face contre terre, bras et jambes écartés, la jeune femme portait un sac à dos. Avait-elle tenté de s'échapper ou son meurtrier l'avait-il incitée à fuir pour pouvoir l'utiliser comme cible d'entraînement ? Depuis qu'il était médecin légiste, il était tombé plusieurs fois sur ce dernier cas de figure.

Les agents Katz et Styles avaient sécurisé le périmètre et se tenaient sur la chaussée. Styles enregistrait la scène à l'aide de la caméra de son téléphone. Wolfe fit signe à Colt Webber, son assistant, de le suivre. Dès qu'il eut récupéré son kit médico-légal dans l'hélicoptère, ils s'approchèrent des deux agents.

— Qu'est-ce qu'on a ? Est-ce qu'il s'agit bien de la jeune femme disparue dans la supérette de Roaring Creek ?

— Difficile à dire, répondit Styles en croisant son regard. Elle a une blessure par balle à l'arrière de la tête, et le projectile est ressorti par le visage. Les vêtements qu'elle porte sont les mêmes que ceux de la femme sur les images de vidéosurveillance. C'est ici que le shérif a trouvé la douille, indiqua-t-il en désignant une zone marquée à la craie. Une seule. Pas d'empreintes de pas. Ce type est très malin. Il n'a même pas mis le bout de sa botte dans la terre.

Wolfe se tourna vers Webber.

— Enregistrez la scène. Prenez note des empreintes de pas sur le chemin, ordonna-t-il avant de se tourner vers Styles. Qui est arrivé le premier sur les lieux ?

— C'est un habitant de la région qui l'a repérée, mais depuis son véhicule, au lever du soleil.

Styles désigna ensuite de la main la voiture de patrouille garée le long de l'autoroute.

— Le shérif Tucker, lui, est vraiment venu sur les lieux, à 6 heures ce matin. Il est sorti de son véhicule, il a vérifié qu'il s'agissait bien d'un corps et il a rebroussé chemin pour appeler le shérif Bowman, qui lui a donné mon numéro. On a rappliqué pour sécuriser la scène. Histoire de préserver les preuves, on est arrivés par le nord. J'ai posé mon oiseau dans le champ et on a marché une vingtaine de mètres jusqu'au corps. Après quoi, on est retournés à l'oiseau, et je l'ai posé là-bas, où c'est plus sec.

Hochant la tête, Wolfe pivota lentement à trois cent soixante degrés.

— Cet endroit est désert. Le tueur connaît la région. Il était tranquille, personne ne le verrait en train de tuer cette femme. Combien de véhicules sont passés depuis votre arrivée ? demanda-t-il en se frottant le menton.

Beth leva vers lui des yeux brillants d'agacement.

— Aucun. Pourtant, on a besoin de quelque chose pour

avancer. On a des images de ce type et on n'arrive toujours pas à lui donner un nom ou à avoir la moindre idée de son identité.

Wolfe prit des gants et un masque dans sa trousse. Il comprenait la frustration de Beth, mais il avait au moins quelque chose à lui donner.

— Tout d'abord, on a une correspondance ADN pour Arizona Carson. Si je me fie aux cas précédents, je dirais qu'il garde les femmes pendant une nuit. D'après les preuves physiques, les ecchymoses et les gonflements, je pense qu'il les torture pendant plusieurs heures. Le viol de la précédente victime a été particulièrement brutal. Il a utilisé un préservatif. La victime a des bleus sur tout le corps, causés par de grandes mains.

Il déplia la sienne.

— De cette taille. Ce qui est étrange, ajouta-t-il en observant les divers hématomes, c'est que je n'ai trouvé aucune trace d'ADN sur le corps d'Arizona Carson. J'ai demandé au médecin du Roaring Creek General si le corps d'Arizona avait été lavé, et il m'a répondu que non, ce que j'ai trouvé très intéressant. Vous savez tous que quelqu'un qui a été violé et brutalisé conserve en général des traces partout. Pas nécessairement de l'ADN humain, si le tueur s'est montré prudent, mais de la saleté, des fibres, etc. J'ai donc vérifié la présence de divers nettoyants sur le corps et j'ai découvert qu'elle avait été entièrement lavée, cheveux compris, avec du PCR Clean, un produit qui fait notamment disparaître l'ADN humain. Le produit a dû être dilué, car elle n'a pas de brûlures chimiques, mais ça a quand même dû lui brûler la peau et les yeux.

— Du PCR Clean ? fit Beth, incrédule. Ils ne l'auraient pas baignée dans ce produit à l'hôpital avant les funérailles. J'en transporte moi-même une petite quantité diluée pour éviter la contamination croisée sur les scènes de crime, mais l'utiliser sur un corps, c'est impossible.

— Qu'est-ce que vous avez découvert ?

Styles renversa son Stetson et haussa les sourcils, intrigué. Wolfe plissa les yeux.

— C'est là que ça devient intéressant. On utilise ce produit chimique à l'hôpital pour la désinfection de la morgue, mais après avoir interrogé l'aide-soignant et avoir passé le personnel sur le gril, j'ai reçu l'assurance catégorique que ça n'était jamais utilisé sur un cadavre.

Il jeta un coup d'œil au corps allongé sur le sol.

— Je vais la ramener à la morgue de Black Rock Falls, indiqua-t-il. Si elle a été trempée dans une solution de PCR Clean, vous pourrez peut-être relier l'information au tueur.

— Cela signifie aussi qu'il doit avoir un endroit isolé où il les emmène et où il peut les baigner, déduisit Beth en scrutant l'horizon de ses yeux sombres. Je sais exactement ce qu'il fait, lança-t-elle à Wolfe. Je suis presque en mesure de voir à l'intérieur de son esprit tordu.

— Comment ça ? s'étonna Styles, les mains sur les hanches.

Beth croisa les bras et porta de nouveau son regard au loin.

— Il leur a montré jusqu'où il était prêt à aller en tuant tous les témoins dans la supérette. Les femmes kidnappées sont déjà traumatisées et terrifiées, mais il les a épargnées. Je pense qu'il passe un marché avec elles : si elles se plient à ses caprices sans se plaindre, il les laissera partir le lendemain matin. Il les autorise même à prendre une douche, mais insiste pour qu'elles utilisent du PCR Clean, qui, même dilué, pique énormément. Après quoi, il les conduit au milieu de nulle part et les laisse partir. Son esprit tordu le persuade qu'il tient sa promesse... Car ce qu'il n'a pas promis, c'est de ne pas les tuer.

Beth avait tourné son regard troublé vers Styles. Impressionné par sa perspicacité, Wolfe leur indiqua le corps.

— Bon, si vous voulez me suivre, je vais voir s'il y a d'autres preuves flagrantes que vous pouvez utiliser.

Il se dirigea vers la victime en suivant les sillons tracés par la charrue du fermier.

— J'ai fini ici, annonça Webber qui rangea son téléphone dans sa poche et enfila ses gants d'examen.

Wolfe observa la position du corps. Il avait vu de nombreuses victimes recevoir une balle dans le dos ou dans la tête pendant qu'elles couraient, et elles tombaient toutes de la même façon. La pénétration d'une balle dans la tête était instantanée, mais les jambes continuaient à bouger avant que le corps ne s'écrase, face contre terre. Il arpenta la zone, examinant les éclaboussures de sang et de matière cérébrale sur le sol. La tête de la jeune fille était tournée sur le côté, la balle ayant traversé son crâne de biais. Elle avait vécu quelques secondes avant de mourir, le temps de détourner le visage en tombant. Il se retourna vers les autres.

— Elle ne s'attendait pas à ce qu'on lui tire dessus et se dirigeait vers les bois. Je pense qu'elle l'a entendu tirer : ses empreintes de pas vont en zigzag avant qu'elle ne soit touchée. Je ne peux pas faire grand-chose, à part prendre la température de son foie, admit-il dans un soupir.

Il sortit l'appareil de sa trousse, souleva les vêtements de la victime et se mit au travail.

— Bon, je la ramène à la morgue et je m'occupe d'elle aujourd'hui. J'ai un échantillon d'ADN, donc si c'est la personne que nous soupçonnons, je serai en mesure de vous le confirmer cet après-midi. C'est un cas difficile, acheva-t-il en les fixant à tour de rôle, mais les réponses sont toujours là quelque part.

— Oui, je fais tourner un programme de reconnaissance faciale au bureau, pour tenter d'identifier le tireur, intervint Beth, très lasse. Je passe en boucle toutes les images des caméras de vidéosurveillance des environs. On n'a que ses yeux, mais je pourrais obtenir une correspondance ou une correspondance proche. Il ne nous en faut pas plus pour commencer à travailler.

Wolfe acquiesça. La présence d'une experte en cybercriminalité était décidément un avantage.

— Vous savez, si vous avez besoin d'aide, Jo Wells et Ty Carter ne sont pas loin et ils ont un informaticien de génie qui travaille avec eux. Il vous suffit d'un coup de fil.

— Oui, on a envisagé de demander à Jo ce qu'elle pensait du profil de ce tueur, mais je crois qu'on a cerné sa personnalité, répliqua Styles qui se racla la gorge. Pas son mobile, en revanche. Ce n'est pas l'argent, et on ignore pourquoi il tue, mais on pense qu'il utilise les braquages comme subterfuge pour masquer le kidnapping des filles.

En dépit de sa logique, l'idée était insuffisante pour débusquer un psychopathe. Wolfe fronça les sourcils.

— Si je vous suis bien, sa frénésie meurtrière est destinée à impressionner ses futures victimes ? Il s'exhibe ou essaie de les dominer ? supposa-t-il, désabusé. Il faut vraiment que vous parliez à Jo. Elle pourra vous aider à établir son *modus operandi*. On a arrêté de nombreux tueurs en anticipant leurs mouvements.

— Bonne idée, convint Styles. On rentre à la maison et on s'y met.

— Bonne chance, lâcha Wolfe en les regardant partir.

16

Rattlesnake Creek

Il était plus de 13 heures lorsque Styles posa l'hélicoptère sur le toit du bâtiment du FBI. La matinée intense s'était prolongée. Il avait remis des rapports verbaux et écrits aux shérifs de chaque comté et leur avait suggéré de collaborer pour trouver des suspects. À cette fin, il leur avait donné une liste des emplois potentiellement occupés par l'assassin. On formait l'hypothèse que le Tueur des supérettes, comme l'avaient baptisé les médias, vivait à Roaring Creek et que c'était là qu'il était basé ; mais sans nom, il serait difficile de lui mettre la main dessus. Localiser l'endroit où il emmenait les femmes semblait impossible, car il pouvait se situer dans n'importe lequel des trois comtés.

Styles retira son casque et le plaça sur le crochet, puis regarda Beth tandis que les pales de l'hélicoptère ralentissaient. Elle avait changé ces derniers jours. Il avait remarqué l'éclair de colère dans ses yeux sur les scènes de crime, comme si elle était personnellement affectée par la mort de chaque victime. Cette fois-ci, elle semblait préoccupée, renfermée et mutique pendant des heures, alors qu'en temps normal, elle n'arrêtait pas de parler de leurs affaires, pendant les vols. Peut-être que leurs interminables journées de travail lui pesaient. Contrairement à la ville, où les crimes avaient lieu à deux pas de chez vous, ils se déroulaient souvent à plusieurs comtés de distance, dans la région. Les déplacements, même par hélicoptère, venaient rajouter de l'épuisement à une enquête délicate. S'il l'interrogeait sur sa fatigue et son envie de faire une pause, elle l'enverrait balader, telle qu'il la connaissait. Il s'était habitué – enfin presque – à formuler les choses de manière adéquate pour ne pas bouleverser le *statu quo*.

— J'ai besoin d'une pause. Je vais déposer mes affaires au bureau puis foncer au *Tommy Joe's Bar and Grill*. Tu m'accompagnes ?

Voyant que Beth clignait plusieurs fois des yeux, comme un robot doué d'IA qui se remettrait en marche, Styles répéta sa question.

Elle ôta son casque et s'empressa de rassembler ses affaires.

— Ah, oui, bien sûr. Désolée, j'étais à des kilomètres. Ça te dérange si on rentre à pied ? J'ai besoin d'air frais.

Styles sortit leurs sacs de l'arrière de l'hélicoptère et les déposa sur le sol. Bear jaillit et se mit à renifler tout ce qui se présentait à lui pour s'assurer qu'aucun autre chien n'avait osé envahir son espace.

— Pas de problème.

Il s'avança vers la porte d'entrée, utilisa son scanner rétinien pour la franchir et se dirigea vers son appartement. Dès qu'il eut déposé son sac, il fit un tour par la salle de bains, puis il attendit Beth près de l'ascenseur. Elle réapparut quelques instants plus tard, les cheveux brossés et portant un autre manteau. Il appuya sur le bouton de l'ascenseur, puis ils gagnèrent la voiture.

— Tu sembles distraite. Je peux t'aider ?

— Oh, j'ai un certain nombre de choses qui tournent dans ma tête en ce moment. Mais rien de bien précis, pour l'instant.

Elle cheminait à ses côtés sur Main Street, le vent frais balançant ses cheveux derrière elle telle une écharpe de soie. Il boutonna son manteau, puis sortit des gants de sa poche.

— C'est pour ça qu'on nous adjoint un partenaire, justement, pour qu'on puisse discuter. Examiner les preuves sous différents angles permet souvent de démêler une affaire.

— Ce n'est pas à cette affaire que je réfléchissais, nuança Beth en regardant droit devant elle. J'ai une alerte sur mon ordinateur qui me donne les dernières informations sur les tueurs en série ou les morts suspectes dans le pays. J'en veux à Jo Wells, dit-elle en lui coulant un regard. Ses livres ont éveillé mon intérêt pour les psychopathes et la façon dont ils se cachent à la vue de tous, si bien que je suis devenue avide d'informations. Toute affaire qui suggère un comportement psychopathique m'intéresse.

Hochant la tête, Styles ralentit pour marcher à côté d'elle.

— Je fais à peu près la même chose lorsqu'on ne travaille pas sur des affaires importantes. Toute information est bonne à prendre. Et donc, qu'est-ce que tu as trouvé ?

Il poussa la porte de chez TJ, huma l'arôme de porc grillé et soupira d'aise.

— Je t'expliquerai quand on aura commandé, déclara Beth.

Elle se dirigea vers le comptoir et commanda du porc et une part de tarte aux cerises.

Styles fit son choix lui aussi, plaisanta un peu avec TJ sur le vol en hélicoptère qu'il venait de faire – « exprès pour déjeuner chez lui » –, puis rejoignit Beth à une table ôtant son manteau, ses gants et son chapeau avant de s'asseoir.

— OK, qu'est-ce que tu as trouvé de si perturbant que tu en as la tête à l'envers ? Ne va pas me raconter que je me trompe, parce que tu ne m'as pas lâché deux mots depuis qu'on a quitté Roaring Creek.

Beth tambourina des doigts sur la table.

— Je suis désolée, c'est juste que j'ai l'esprit occupé par

l'autre affaire dont je te parlais. Tu connais le comté de Mischief ?

S'adossant à sa chaise, Styles allongea ses jambes et acquiesça.

— Oui, dit-il. Suis la ligne de la chaîne de montagnes et tu tomberas dessus. Pourquoi ?

Beth leva les yeux vers lui.

— Ce n'est peut-être rien, mais des meurtres se sont produits là-bas aussi. Des filles disparaissent et sont abandonnées un peu partout. Il y a beaucoup de villes minières dans cette région avec de petites communautés qui sont toutes gérées par le même shérif. Vu que ce n'est pas très loin d'ici, je me demandais si les meurtres étaient liés aux nôtres.

Peu convaincu, Styles fronça les sourcils. Il rechignait à s'impliquer. Pour l'instant, il avait assez de meurtres à traiter.

— Comment cela ?

— Il y a eu une vague de meurtres pendant six semaines environ. Ils se sont arrêtés, puis ceux des environs de Roaring Creek ont commencé.

Beth sourit : TJ leur apportait leurs repas et remplissait leurs tasses de café.

— Merci, TJ. Ça a l'air délicieux.

— Ravi de l'entendre.

TJ déposa les couverts et partit servir un autre client.

— Maintenant qu'on est là, et bien visibles, notre homme va probablement se calmer ou changer d'endroit.

Beth sirota son café, puis leva sa fourchette.

— Si les crimes sont liés, je pense que le prochain meurtre aura lieu quelque part autour de Mischief. Et dans ce cas, il faudra qu'on aille jeter un coup d'œil au corps.

Styles, qui savourait sa première bouchée de porc, acquiesça.

— D'accord, c'est logique. Où en est le shérif local dans son enquête ?

— Nulle part. Le travail de la police est sommaire. On dirait qu'ils n'ont pas l'expérience nécessaire pour s'occuper des meurtres. Il y a un tueur en série dans leur comté et le shérif essaie de résoudre l'affaire avec deux adjoints. Je pourrais les traiter d'incompétents, mais certains en diraient peut-être autant de nous, étant donné que nous n'avons pas la moindre idée de l'identité du tueur de femmes qui sévit dans les environs.

Beth se tamponna la bouche avec une serviette en papier.

Éclatant de rire, Styles secoua lentement la tête.

— On est sur l'affaire depuis un jour, Beth. Je pense au contraire qu'on a déplacé des montagnes en très peu de temps. Elles consistent en quoi, les enquêtes du shérif ? Il a des suspects ?

— Oui, il en a interrogé quelques-uns, mais *a priori* tous auraient un alibi au moment des meurtres.

Tout en parlant, elle le fixait d'un regard si intense qu'il eut la sensation d'être transpercé.

— C'est ça qui m'intéresse, poursuit-elle. On dirait qu'on poursuit le même fantôme. S'ils trouvent un autre corps dans les prochains jours, je me dis que ça vaut le coup d'y jeter un coup d'œil.

Impressionné par sa propension à sortir des sentiers battus, Styles acquiesça.

— Ça me va.

17

Enchantée de sa propre ingéniosité, Beth sourit intérieurement. Elle avait réussi à préparer le terrain pour entrer dans le nœud de vipères qu'était le bureau du shérif de Mischief. Styles n'était pas facile à manœuvrer. Elle s'attendait à ce qu'il l'interroge un peu plus sur les raisons qui la poussaient à se rendre à Mischief. En attendant que son dessert arrive, elle observa son coéquipier. Son silence signifiait-il qu'il était en train de passer son plan en revue, d'évaluer ses motivations ? Mais il ne raisonnait pas comme elle. Son processus de pensée était normal, tandis qu'elle-même devait être vigilante vis-à-vis de tout ce qui l'entourait. Elle était obligée de disséquer les pensées et les actions des gens pour survivre, et elle effectuait ces calculs en quelques nanosecondes. Lorsqu'il leva les yeux, elle lui sourit. Il n'y avait pas la moindre trace d'inquiétude dans le regard de Styles. Il se contentait de savourer sa tarte.

— Tu as repensé à ma proposition de me lancer à la recherche de ta sœur ?

Il repoussa son assiette et prit son café.

— Non. C'est un grand pas à franchir, et je ne suis pas encore tout à fait prêt. Je te le dirai, le moment venu.

Hochant la tête, Beth but une gorgée de café.

— J'espère que le logiciel de reconnaissance faciale a repéré une personne, ou mieux encore, plusieurs. Je sais que les shérifs locaux recherchent leurs suspects en les reliant à différentes professions, mais la méthode est hasardeuse. On a une idée générale de sa taille, de son poids et de sa corpulence. Si on peut ajouter une profession ou même un passe-temps qui l'amène en ville le jour des meurtres, on le tiendra. Ou alors, nuança-t-elle en haussant les épaules, je prends le risque de me pointer sous couverture. On pourrait entrer tous les deux dans la supérette, mais séparément, et s'y attarder. Il ne va pas se jeter sur nous avant qu'on puisse l'abattre, parce qu'on s'y attendra. Dès qu'il entrera dans le magasin, on sera sur lui.

Styles prit un morceau de sa tarte et accompagna sa bouchée d'un soupir de plaisir.

— Essayons d'abord l'approche conventionnelle. Pour commencer, on a besoin de suspects, d'interrogatoires, et avec un peu de chance, on procédera à une arrestation avant d'avoir à risquer nos vies.

Ils quittèrent le *TJ's Bar and Grill* et suivirent Bear le long du trottoir. Le museau déformé par l'os énorme qu'il tenait dans sa gueule, le chien remuait la queue de contentement. Ils s'apprêtaient à traverser la rue pour se rendre au bureau lorsqu'une femme sortit en hurlant de la supérette du coin.

— Qu'est-ce qu'il y a ?

— Appelez le shérif ! dit-elle en pointant le doigt derrière elle. Il y a un homme là-dedans. Il a pris ma petite fille en otage et il dit qu'il la tuera si l'employé ne vide pas la caisse.

Il n'y avait pas une minute à perdre. Beth alpagua un passant.

— Appelez le 911. Dites au shérif qu'il y a un homme armé à la supérette et que le FBI est sur place.

— Tout de suite, répondit l'inconnu, qui sortit aussitôt son téléphone.

— Restez ici. On va chercher votre fille, dit Styles à la femme avant de se tourner vers Beth. Passe par l'arrière. J'entre par l'avant. Je te laisse le temps d'arriver... et que la fête commence ! Quand tu entendras la clochette du magasin, tu fonces. Bear, assis !

Sur cette dernière injonction, il partit en courant.

Beth s'élança derrière lui, sortant son arme de son holster d'épaule. Elle se dirigea vers la ruelle. La porte arrière de la supérette était grande ouverte, et elle distinguait une réserve tout ce qu'il y avait de plus habituel. L'endroit étant vide, elle se précipita à l'intérieur. Quelque chose la saisit à la gorge et ses jambes se dérobèrent sous elle. Son arme s'en alla valser par terre. Haletante, elle tenta de se relever, mais le sol était recouvert de détergent liquide. Elle glissa et se retourna : un homme la fixait, sourire sardonique aux lèvres. Il tenait dans une main une batte de base-ball. Planté à l'écart de la zone glissante, il lança la batte, mais elle esquiva le coup, sans parvenir à éviter un choc violent dans les côtes. Elle dérapa à travers la pièce.

À quatre pattes, elle chercha alentour ce qui pourrait lui servir d'arme. Le sol étant très glissant, il serait inutile de se remettre debout et de se battre au corps à corps. Son pistolet, qui avait glissé sous une étagère métallique, était hors de portée. Elle rampa lentement sur le côté pour jeter un coup d'œil dans le magasin, où elle espérait apercevoir Styles pour le prévenir. L'homme qui tenait un pistolet braqué sur la tête d'une fillette était clairement visible. L'enfant pleurait par intermittence, des larmes coulaient sur ses joues potelées... La clochette du magasin retentit sur l'ouverture de la porte. Beth retint son souffle. Styles devait s'attendre à ce qu'elle vienne lui prêter main-forte.

— FBI. Lâchez votre arme et relâchez la gamine. Mon arme vous arrachera la tête des épaules. Il n'y aura pas de seconde chance.

Styles avait l'air calme, comme d'habitude.

— Je vais tirer sur la gamine, et ce sera ta faute, s'esclaffa l'homme. Tu ne penses quand même pas que je suis seul, si ? Ta petite amie a de gros ennuis, ironisa-t-il en indiquant la réserve du menton. Elle est à genoux, comme il se doit. Je veux que tu saches ce qu'on ressent quand on perd quelqu'un, ajouta-t-il avec une grimace. Tu t'imagines que tu fais la loi, en ville, en tabassant des innocents. Faut vraiment que quelqu'un te fasse mordre la poussière.

— Ce n'est pas ma petite amie, répliqua Styles avec nonchalance. Tu l'élimines ? Le bureau m'en enverra une autre. Le FBI a énormément d'agents. Et elle, ajouta-t-il en éclatant de rire, c'est une emmerdeuse, et je serai content d'en être débarrassé.

— C'est ce qu'on verra, répliqua l'homme qui fit signe à l'employé d'avancer. Viens te mettre devant moi et tiens la gamine. Si tu bouges, je vous descends, tous les deux. Il ne va pas me tirer dessus, avec la gamine et toi entre nous. Ta copine n'aura peut-être pas autant de chance, agent à la noix, nota-t-il en ricanant. Elle est déjà à terre et elle ne sortira pas d'ici vivante. Mon pote va te la mettre dans un sale état.

— Ce n'est pas ma petite amie, s'entêta Styles en se rapprochant. C'est un agent du FBI, comme moi. À l'heure qu'il est, ton pote et toi, vous êtes dans la merde. Pose ton arme et on parlera de ton problème. Pour l'instant, je peux oublier ce qui s'est passé ici.

Beth fixa son agresseur.

— Vous l'avez entendu. Arrêtez tout ce cirque maintenant et on discutera de votre problème avec l'agent Styles.

— Je vais d'abord m'amuser un peu.

L'homme lui envoya un nouveau coup de batte, qui l'atteignit une fois de plus en plein milieu du dos.

Serrant les dents, Beth s'agrippa aux pieds d'une étagère ployant sous des boîtes de conserve de fruits et légumes et s'en rapprocha. Pour ne pas glisser sur le savon liquide, son agresseur avait enroulé une main autour d'un poteau et s'y accrochait. Il pourrait au pire lui donner des coups de pied pendant qu'elle se déplaçait. Une fois assise, elle se cramponna aux étagères pour se lever.

— Et maintenant, qu'est-ce que vous comptez faire ? ironisa-t-elle. C'était plutôt nul, cette idée de savon.

Alors qu'il se déplaçait pour jeter un coup d'œil à son complice, elle remarqua un pistolet glissé à l'arrière de son pantalon. La situation était soudain devenue sérieuse. Sans hésiter, elle saisit une boîte de petits pois, visa et l'atteignit de plein fouet à l'arrière du crâne. Il tomba par terre comme un sac de pommes de terre, en grognant à l'atterrissage. Sans perdre de temps, elle lui agrippa les jambes et le fit reculer vers la zone savonneuse, où elle le délesta aussitôt de son arme. Ayant vérifié la charge, elle la glissa dans son étui à elle. Puis, s'aidant des étagères pour garder l'équilibre, elle manœuvra jusqu'au bord de la mer de savon et posa le pied sur la moquette industrielle. Dès qu'elle eut essuyé ses semelles, elle dégaina son arme. Il lui fallait avoir Styles dans sa ligne de mire. Elle entra donc dans le magasin. Il l'avait vue. Sans que ses yeux bougent, il cligna des paupières à deux reprises.

Le cœur battant, elle s'adossa au mur et lui fit un signe de tête. Dans la seconde qui suivit, Styles s'approcha, tout en prolongeant sa conversation avec le malfrat. Elle en profita pour se glisser silencieusement derrière le comptoir, l'arme tendue devant elle à deux mains. L'attention de l'employé étant fixée sur Styles, seule la fillette remarqua Beth et poussa un gémissement. Beth n'était plus qu'à une cinquantaine de centimètres de l'agresseur, l'arme fermement tenue, mais sans oser proférer un mot. L'homme avait son pistolet toujours braqué sur l'enfant.

— Ma partenaire a son flingue pointé sur ta tête. Ton pote est HS. Pose ton arme. Maintenant !

Styles sortit à découvert et Beth vit le canon énorme de son arme.

Si son coéquipier tirait, sa balle traverserait l'employé,

l'homme et probablement Beth aussi, mais elle ne bougea pas. Non, elle regarda la fillette et sourit. Veillant à garder la voix basse et calme, elle s'adressa à l'homme, sans dévier de sa cible.

— Je ne peux pas rater mon coup à cette distance. Posez votre arme ou je vous tue avant que vous n'ayez tiré.

— Pas de menace, la gonzesse.

Le doigt de l'homme se posa sur la gâchette.

Sans hésiter, Beth tira et lui arracha le pistolet de la main. La balle traversa cette main avant de ricocher, manquant Styles d'une quinzaine de centimètres et faisant exploser un sac de farine. Alors que l'homme, hurlant, tombait à genoux en agrippant sa main, elle attrapa l'enfant et la poussa dans les bras d'un homme d'une cinquantaine d'années appuyé contre un mur à côté d'un étalage d'hameçons, avant de se retourner pour aider Styles.

Une sirène retentit au loin. Beth se précipita, mais Styles avait déjà plaqué le coupable au sol, face contre terre, et l'avait menotté avec des liens de serrage. Elle fit asseoir l'employé ébranlé sur une chaise derrière le comptoir.

— Ça va ?

— Oui, balbutia l'homme. J'ai les oreilles qui sifflent, c'est horrible.

Il s'enfonça un doigt dans l'oreille et la regarda.

— Vous n'avez pas l'air très en forme non plus.

— En effet, confirma Styles, sourcils froncés. Qu'est-ce qui s'est passé ? Tu es trempée, couverte d'ecchymoses et tu as un truc qui dégouline de tes cheveux. Mais tu sens bon, cela dit.

Il se pencha en avant pour la renifler et sourit.

— Fleur de cerisier ? constata-t-il

Les déclarations qu'il avait faites au type, à savoir qu'elle n'était pas irremplaçable et qu'elle l'agaçait, l'avaient blessée, mais elle se contenta de refouler son ressentiment. Si des collègues se montraient peu aimables à son sujet – et c'était arrivé souvent lorsqu'elle avait le dos tourné –, un air détaché fonctionnait en général. Elle ne devrait pas s'en préoccuper. Les psychopathes ne ressentaient rien, et pourtant, elle, si. Mieux valait que Styles ignore l'avoir blessée avec ses commentaires. Elle releva le menton.

— Il y a un type dans les vapes à l'arrière. Il m'a flanquée au sol quand j'ai franchi la porte. J'ai glissé sur du savon et j'ai laissé tomber mon arme, qui est allée se loger sous les étagères. Quand il a vu que je ne pouvais pas me relever, il m'a frappée avec une batte de base-ball. Je l'ai assommé avec une boîte de petits pois, puis je suis venue t'aider. Je surveille ce type si tu peux t'occuper de l'autre.

— Ça marche.

Styles se dirigea vers l'arrière du magasin.

— Qu'est-ce qui se passe ici ?

Le shérif Cash Ryder fit irruption, arme au poing, sous les tintements frénétiques de la clochette de la supérette. Il dévisagea Beth, bouche bée.

— Qu'est-ce qui s'est passé, bon sang ?

Beth désigna l'homme au sol.

— Il a braqué une arme sur la fillette là-bas et voulait me blesser pour se venger de Styles. Je ne vois absolument pas comment il pouvait savoir qu'on passerait par là.

L'homme qui tenait la fillette s'avança.

— Shérif, et euh... madame. Il y avait une femme avec eux. Elle a enfermé la mère de l'enfant dans la réserve, et elle était armée. Ils discutaient avant votre arrivée. Ils vous ont vus entrer chez *TJ's* et se sont mis à attendre. La femme qui s'est enfuie par l'entrée de la supérette fait partie de la bande. Je peux laisser sa mère sortir de la réserve maintenant ?

Il hissa la fillette sur une hanche en fixant Beth.

— Oui, bien sûr, mais ne vous éloignez pas. Le shérif devra prendre votre déposition.

— Je connais ce type, commenta Ryder en jetant un coup d'œil à l'homme qui gémissait sur le sol. Il vient de sortir de prison. Il avait roué sa femme de coups. Styles l'a éloignée du comté, la pauvre, et le mari violent a pris pour un an de placard. C'est de famille. Son frère a fait de la taule pour avoir battu femme et enfants. Je suppose que l'autre type est ce fameux frère.

Il jeta un coup d'œil autour de lui. Beth opina.

— Ce gars-là m'a attaquée avec une batte de base-ball et j'ai dû l'assommer avec une boîte de petits pois. Styles est en train de le maîtriser avant qu'il ne reprenne conscience. Quant à celui-là, dit-elle en indiquant l'homme à ses pieds, je lui ai tiré dans la main pour l'obliger à lâcher son arme, donc il a peut-être des doigts cassés. Vous feriez bien d'appeler Nate. Le devoir d'assistance et tout le tralala.

Beth en avait été la première surprise, mais elle aimait bien le docteur Nate Mace. Toujours très calme, il aidait Ryder quand celui-ci avait besoin de lui.

— OK.

Ryder attrapa son téléphone.

— Il faut appeler les urgentistes pour qu'ils viennent chercher un corps, lança Styles qui surgissait de la réserve et gratifiait Beth d'un long regard. Tu l'as tué, à moins qu'il ne se soit noyé dans une mare de savon. Nate pourra déterminer la cause du décès. S'il a du savon dans les poumons, ce sera réglé. Tiens, récupère ton arme. J'ai photographié la scène. Une fois que tu seras propre, il nous faudra des clichés de tes blessures. Je vais aussi en prendre quelques-uns maintenant.

Sidérée, Beth le dévisagea. Elle n'en croyait pas ses oreilles. Impossible qu'elle ait eu l'intention de tuer cet inconnu. Son côté sombre lui avait-il échappé pour prendre le contrôle sans qu'elle s'en rende compte ? Troublée, elle se repassa la scène. Tout s'était déroulé très vite. Les propos de Styles sur le fait qu'elle n'était pas irremplaçable avaient-ils déclenché une réaction héritée de son passé ? Et elle aurait perdu conscience au point de frapper son agresseur à plusieurs reprises ? Non, sûrement pas... enfin, peut-être pas. L'homme l'avait mise en colère, mais pas assez pour qu'elle le tue.

Non, ce n'était pas possible. Elle secoua la tête et fusilla Styles du regard.

— Mort ? Ce n'est pas possible. Je l'ai seulement frappé à l'arrière du crâne avec une boîte de petits pois. Il respirait quand je l'ai laissé.

Voyant Styles hocher lentement la tête, elle sentit son ventre se nouer. Elle avait bien besoin d'une enquête en ce moment ! Si elle se retrouvait sous les feux des projecteurs, cela voudrait dire que le psychopathe de Mischief continuerait à tuer des jeunes filles. Elle le regarda, la gorge nouée.

— Tu me suspends ?

— Non, répondit Styles en secouant la tête. Je t'ai entendue te battre pour ta vie, Beth. Ce qui s'est passé relevait de la légitime défense. On devra juste établir la cause du décès, c'est tout. C'est le protocole et tu le sais.

Sur quoi, il prit quelques photos d'elle.

— Tu peux rentrer chez toi sans problème ? s'enquit-il en souriant. Ou tu préfères que je t'aide à traverser la route ?

Soudain fatiguée et endolorie, Beth secoua la tête.

— Ça va aller, mais demande à Nate s'il veut bien venir prendre des clichés de moi quand il aura fini ici. Je vais aller me laver. Comme c'est mon médecin, je préférerais que ce soit lui qui me photographie, si ça ne te dérange pas ? ajouta-t-elle avec un regard appuyé.

— Oui, je lui demanderai. Il devra de toute façon t'examiner pour le rapport. Tu pourrais emmener Bear ? Je vais aider Ryder à faire le ménage ici et demander à quelqu'un du comté de venir chercher ce type.

Il se ravisa soudain.

— Il faudra que tu restes dans le bureau pour permettre à Nate d'accéder au bâtiment. Tu es sûre que ça va ?

Il posait sur elle un regard plein d'inquiétude. Quoique

contusionnée de partout, Beth acquiesça. Elle n'avait jamais cédé à la douleur ni montré sa souffrance à quiconque. C'était ainsi qu'elle avait survécu aux années passées dans des familles d'accueil abusives. C'était une faiblesse à laquelle elle se refusait, mais ces derniers temps, quelque chose avait changé dans son monde. La psychopathe en elle ne devrait pas éprouver de sentiments, pourtant à force de travailler avec Styles, l'éloignement affectif qu'elle éprouvait depuis qu'elle avait vu son père assassiner sa mère s'était atténué. En fait, elle appréciait vraiment les gens qu'elle côtoyait dans le cadre de son travail, et cela incluait tous les employés du *TJ's*. Or, cela – apprécier les gens – ne lui était jamais arrivé. Elle n'était pas comme tout le monde, elle le comprenait bien, mais elle avait réussi à contrôler son côté obscur pendant des années. Que s'était-il passé ? Était-elle vraiment blessée parce que Styles avait dit qu'elle n'était pas irremplaçable ? Peut-être que oui. Après tout, il était le seul héros qu'elle ait jamais eu. Écartant ce qu'il avait dit de ses pensées, elle se redressa, rejeta ses cheveux détrempés sur ses épaules et essuya ses mains sur son manteau abîmé. Elle lui lança un regard noir.

— Oh, je suis dans une forme olympique, Styles. Comment ne pas apprécier d'avoir été frappée avec une batte de base-ball et roulée dans du savon parfumé à la fleur de cerisier ? Ne traîne pas trop. On a encore un tueur à attraper.

Elle se dirigea vers la porte.

18

Trois heures plus tard, Styles revint au bureau. L'odeur du café frais emplissait la pièce et Bear sortit de son panier pour l'accueillir, queue frétillante et gueule étirée sur un sourire de chien. Il enleva son chapeau, son manteau et ses gants et contempla Beth. Elle était à son bureau et il remarqua une liste de noms sur le tableau blanc. Elle ne leva même pas les yeux lorsqu'il se dirigea vers la kitchenette pour se servir une tasse de café. D'un coup d'œil par-dessus son épaule, il nota son dos rigide et soupira. Elle contrôlait très bien ses émotions maintenant, bien mieux qu'à son arrivée, mais elle semblait contrariée. Il lui versa une tasse de café, ajouta les ingrédients nécessaires et apporta le tout à son bureau.

— Désolé d'avoir été si long. Le délinquant a eu besoin de radiographies avant d'être envoyé à la prison du comté. Est-ce que Nate t'a déclarée apte au travail ? demanda-t-il après l'avoir examinée du regard.

— Oui, et pour info, tu causes plus de dégâts sur moi quand on fait de la musculation le matin, répondit Beth sans lever les yeux. Il a pris les photos et promis d'aller à l'hôpital ouvrir la poitrine du criminel, histoire de voir s'il est mort noyé. Dans le cas contraire, la radio déterminera si je lui ai fracassé le crâne.

Hochant la tête, Styles s'appuya au bureau de sa coéquipière.

— Beth.

— Quoi ? fit-elle en levant vers lui des yeux qui lançaient des éclairs.

OK. Styles se racla la gorge.

— C'est quelque chose que j'ai dit ? Je pensais qu'on avait d'excellentes relations de travail. Alors, vas-y, crache. Qu'est-ce qui ne va pas ?

— Eh bien...

Beth s'adossa à sa chaise et le regarda fixement.

— Si tu m'avais dit que j'étais une emmerdeuse et que tu voulais que je sois remplacée, j'aurais demandé au directeur de me réaffecter. Tu n'es pas obligé de me supporter, Styles. Je peux travailler n'importe où. Après tout, ce n'est pas comme si j'avais des amis ou une famille dont je devais m'inquiéter.

Aïe ! Comprenant où le bât blessait, il grimaça.

— Oh, tu parles de ce qui s'est passé là-bas ? s'étonna-t-il en désignant du pouce un point derrière son épaule. Je disais n'importe quoi, Beth. Je ne voulais pas que le type croie que tu avais de la valeur à mes yeux. Tu y as cru ?

Il se mordit la lèvre inférieure pour s'empêcher de rire. Beth secoua la tête.

— Eh bien, tu m'as convaincue. Je ne trouve pas ça drôle. Pourquoi tu ris ?

Styles reprit son sérieux, faute de parvenir à déterminer si elle plaisantait. D'après son expression, ce n'était pas le cas. Il poussa un soupir. Beth était vraiment quelqu'un de paradoxal. Aurait-il décelé une certaine vulnérabilité sous son apparence de dure à cuire ? Si elle avait besoin de sécurité, il pouvait la lui donner et les gars le soutiendraient. Ils l'appréciaient tous. Cela avait dû être difficile pour elle, après une enfance aussi traumatisante, d'être arrachée à une situation stable à Washington pour être parachutée en plein Far West.

Il s'éclaircit la gorge et retourna à son bureau.

— Je suis désolé, Beth. Tu as des amis ici. À commencer par moi. TJ, Cash, Wez et Nate sont tous tes amis. Je l'admets, je ne voulais pas de toi quand tu es arrivée. J'aimais être seul, mais nous travaillons très bien ensemble. Si tu veux rester ici, je me battrai pour continuer à t'avoir comme coéquipière. Je ne vois pas pourquoi le directeur voudrait te déplacer à nouveau. Il est ravi de nos résultats.

Beth fronça les sourcils.

— D'accord. C'est juste que quand les gens disent des choses derrière mon dos, en général ils les pensent. Je sais que je ne suis pas la coéquipière la plus facile. J'aime avoir de l'espace et j'ai des méthodes différentes de celles de la plupart des agents.

Elle s'était donc également heurtée à de l'hostilité dans le cadre du travail. Styles prenait très au sérieux toute forme d'intimidation professionnelle. Il croisa son regard.

— Si jamais j'ai quelque chose à te dire, Beth, je te le dirai en face. Tu sais que je suis franc. N'est-ce pas ?

Elle prit son café et croisa son regard, un petit sourire aux lèvres.

— Je t'ai confié ma vie et tu ne m'as pas encore déçue. J'aime que tu sois honnête avec moi, Styles, et je n'ai pas confiance en beaucoup de gens.

Soudain moins tendu, il acquiesça.

— Tu peux compter sur moi, quelles que soient les circonstances. Je vois que tu n'as pas chômé. Qu'est-ce que tu as pour moi ?

— La reconnaissance faciale a donné dix résultats. Je les ai croisés avec toutes les formes d'identification et j'ai ajouté le groupe ethnique et le sexe. On sait qu'il s'agit d'un homme blanc : on voit la couleur de sa peau autour de la cagoule.

Beth but une gorgée de son café, puis posa la tasse sur son bureau et se leva. Elle se dirigea vers l'imprimante où elle récupéra quatre photos.

— J'ai croisé les noms avec ceux de personnes qui travaillaient dans trois domaines principaux. Un : les mines, par exemple les travailleurs itinérants qui se déplacent d'un endroit à l'autre. Deux : les chauffeurs livreurs, ceux qui apportent le lait, le pain, le courrier et autres livraisons diverses. Trois : Nate a mentionné les fournitures médicales et pharmaceutiques.

Impressionné, Styles opina.

— Ah, oui, le lien avec le PCR Clean. Tu penses qu'un livreur y aurait accès ?

— Oh, c'est utilisé dans de nombreux endroits pour le nettoyage, répondit-elle en haussant les épaules. Tu te souviens peut-être que j'en ai. J'en utilise lorsque je navigue entre deux affaires. Dans mon véhicule, par exemple, pour ne pas semer des traces d'ADN d'une affaire à l'autre. Ce n'est pas difficile à trouver.

Styles l'accompagna jusqu'au tableau blanc.

— Alors, de combien de suspects potentiels parlons-nous ?

Beth épingla des images sur le tableau blanc, puis prit un stylo.

— J'ai réduit la liste à quatre chauffeurs livreurs, tous de la même taille et de la même corpulence. Austin Buck. Il livre des journaux et des magazines, des cigarettes, etc., dans les commerces de proximité de quatre villes.

Elle regarda Styles.

— Lui, c'est Wyatt Cody. Il possède son propre service d'approvisionnement en ligne ici, à Rattlesnake Creek : c'est lui qui conduit et approvisionne les camps miniers ainsi que les épiceries locales.

Frottant distraitement la cicatrice sur son menton, Styles examina les photos.

— Donc tu es partie sur l'idée que le tueur est un chauffeur livreur ?

— C'est ce qu'on a de mieux pour l'instant, répliqua Beth en se tournant vers lui. Ces quatre types se déplacent tous dans les environs et sont donc les suspects les plus probables. En plus d'obtenir des noms à te donner, je me suis débrouillée pour connaître leurs horaires de travail. Ils ont tous eu la possibilité de commettre les attaques des supérettes et d'enlever les deux dernières victimes.

Peu convaincu, Styles secoua la tête.

— Il faut qu'ils se soient trouvés dans les environs au moment des quatre braquages pour que l'on puisse sérieusement les accuser de meurtre. Et ceux-là ?

Il montrait, plein de lassitude, les deux autres photos.

— Même topo, sauf qu'ils exercent des professions différentes. Billy Straus livre du matériel médical et des commandes provenant de pharmacies, principalement dans les mines, expliqua Beth en inscrivant quelques mots sur le tableau blanc. Ensuite, on a Clay Maverick. Lui, il apporte du lait dans quatre comtés. Tous font le même poids et la même taille, ils se trouvaient dans la région lorsque les meurtres ont été commis, et ils ont été donnés comme très ressemblants par le logiciel de reconnaissance faciale.

Styles réfléchit et leva la main.

— Rembobine un peu : tu as dit que tu t'étais « débrouillée » pour découvrir leurs emplois du temps ?

Beth haussa les épaules, amusée.

— C'est ma spécialité. Ne sois pas tatillon avec moi, Styles. Tu marches tout le temps sur la corde raide entre le bien et le mal pour faire avancer les choses et sauver des vies. Je ne suis pas différente. Ce n'est pas comme si on allait traduire ces types en justice, si ? En tout cas, pas pour l'instant. Suis-moi là-dessus, insista-t-elle avec un sourire. On pourra ainsi faire avancer les choses un peu plus rapidement. Si on attend plusieurs jours qu'un juge délivre un mandat, notre coupable risque de se rendre dans une nouvelle supérette. Ou alors on utilise les informations obtenues en piratant le système. Le résultat final est le même. Le piratage informatique qui nous a permis de connaître leurs horaires de travail n'est pas un élément qu'on devra nécessairement présenter au tribunal. Si nécessaire, on a la possibilité d'obtenir ces informations auprès de témoins sur les lieux de livraison. Ne fais pas une montagne de rien, Styles.

Levant un doigt, il croisa son regard.

— C'est quelque chose que tu as fait quand tu étais dans la cybercriminalité ? Je pensais que tu t'occupais plutôt des escroqueries aux cryptomonnaies, ce genre de trucs.

Beth haussa les épaules.

— Oui, tout le temps. Ils avaient besoin de moi pour découvrir rapidement des informations, comme accéder à des caméras de vidéosurveillance sur tout le territoire. J'ai piraté des systèmes de sécurité personnels, des caméras de nounou, par exemple. L'idée est de faire tomber les criminels par tous les moyens possibles. J'utilise tout ce qui est à ma disposition pour atteindre mon but.

Styles voyait sa façon de travailler sur une affaire totalement remise en question. Légèrement déconcerté, il acquiesça.

— D'accord, donc on va interroger ces quatre types. Tu as l'adresse de leur domicile ? La journée a été longue, mais il faut qu'on attrape ce type.

Beth fit rouler ses épaules.

— Il ne frappera pas tout de suite de nouveau. On a un peu de temps. Je vais me débrouiller pour savoir où nos suspects se trouveront demain et quand ils effectueront leurs livraisons. Il vaudrait mieux les surprendre, notamment pendant leurs tournées, là où il y a moins de chance qu'ils soient armés. Tu ne penses pas ?

Styles approuva, tout en vidant sa tasse de café. La Beth confiante et légèrement arrogante était bel et bien de retour.

— Si, si. Tu as déjà vérifié les antécédents de ces types ?

Beth retourna à son bureau et le regarda longuement, puis elle haussa les épaules.

— Pas encore. J'ai été assez occupée. De toute façon, je me suis dit qu'il valait mieux te laisser quelque chose à faire avant qu'on aille dîner chez *TJ's*.

19

Mischief

C'est drôle, mais j'ai toujours eu très envie de filmer des scènes de crime à distance et de me les repasser en accéléré. De nos jours, avec les caméras miniatures, il est assez facile d'en placer une ou deux juste comme il faut, sans que personne ne les remarque. Ainsi, le citoyen lambda peut se procurer une technologie dont l'espion d'il y a dix ans ne pouvait que rêver. Pensez aux smartphones et à ce dont ils sont capables désormais. On peut déjà contrôler à peu près tout ce qui se trouve à l'intérieur de sa maison, et quelles ne seront pas leurs possibilités à l'avenir ? Bon sang, je peux prendre un appel sur ma montre-bracelet et voir si quelqu'un est à ma porte. Il y a cinq ans, pareille prouesse aurait relevé de la science-fiction. Aujourd'hui, c'est monnaie courante.

Je m'écarte du sujet. Lorsqu'un service de police est informé de la découverte d'un homicide, c'est toujours la même chose. Un passant affolé appelle le 911. La patrouille locale débarque et saccage la scène de crime. Plus tard, d'autres flics arrivent et piétinent eux aussi la scène. L'équipe médico-légale, s'il y en a une, se pointe ensuite et, comme des fourmis, déambule sur les lieux, déplaçant les preuves d'un endroit à l'autre. Puis c'est au tour de l'ambulance : le corps est cérémonieusement enlevé par des hommes au visage sombre. Tous paraissent préoccupés, mais le sont-ils vraiment ou ne s'agit-il pour eux que d'un énième cadavre jeté dans un bâtiment abandonné ?

À la seconde où quelqu'un a rapporté la découverte de la fille, les adjoints ont commencé à se plaindre d'être appelés tard dans la nuit. Personne ne brûle vraiment d'envie de voir un cadavre. La plupart veulent juste faire leur travail et rentrer se coucher. Je sais qu'ils ne lèveront pas le petit doigt pour identifier le corps ce soir. Une fois qu'ils auront terminé, ils s'en iront chez eux et la laisseront à la morgue jusqu'à demain matin. Lorsqu'un médecin aura constaté le décès – comme si cela était nécessaire – et que les pompes funèbres l'auront rendue présentable pour ses parents, ils tireront à la courte paille pour décider qui ira parler à ses proches.

Le shérif et les adjoints sortent du bâtiment, les hommes bâillent et se grattent, retirent leurs gants qu'ils jettent par terre. La plupart ont l'air en colère, non parce qu'une vie a été perdue, mais parce que la paperasse s'accumule. J'aime les occuper, car aucun n'apprécie mon travail ni ne reconnaît l'habileté dont j'ai dû faire preuve pour attirer la fille dans le bâtiment. À ce moment-là, elle faisait battre mon cœur, et l'excitation qui était la mienne quand je l'ai tuée confinait à l'ivresse. Pour eux, ce n'est qu'une morte de plus, mais pour moi... eh bien maintenant... ce n'est qu'une morte de plus.

Une fois chez moi, je les regarderai, mes filles, en vidéo, et je me verrai courir d'autant plus vite que je passerai le visionnage en mode accéléré. Je rirai en voyant leurs mouvements saccadés, mais ça n'est jamais assez. L'excitation est retombée depuis longtemps et j'en redemande. C'est comme si j'essayais de retenir le meilleur vin entre mes mains. Je veux le saisir, le savourer, mais il me file entre les doigts, ne me laissant en tout et pour tout que le souvenir de son odeur et de son goût. Regarder les flics traiter la scène de crime produit toujours le même effet : le bouquet final d'une nuit merveilleuse, en quelque sorte. Après un meurtre, l'équipe de nettoyage n'est rien d'autre qu'un pick-up à ordures venant récupérer la poubelle débordant de bouteilles et de serpentins.

20

MERCREDI

Épuisée par une longue journée, Beth avait quitté Styles après le dîner et avait regagné son appartement où, taraudée qu'elle était par son besoin de résoudre l'affaire, elle avait dressé une liste mentale de choses à réaliser le lendemain. Dès qu'elle découvrirait qu'un autre meurtre avait été commis à Mischief, son côté sombre serait plus difficile à contrôler. Parfois, sa personnalité charismatique de tueuse en série psychopathe se faufilait jusqu'à elle et prenait le dessus. Elle ne tuerait personne, c'était une partie d'elle-même qu'elle pouvait contrôler. Aux yeux de Styles, elle paraîtrait trop amicale, mais en réalité, le Tueur au tarot n'avait rien d'aimable. Il manipulait les gens et la dernière personne qu'elle souhaitait contrôler était Styles. D'accord, elle avait semé quelques graines à propos des meurtres de Mischief, mais ce faisant, elle l'avait impliqué dans l'enquête du Tueur au tarot. Bien sûr, hors de question de l'impliquer dans un meurtre, mais s'il l'escortait là-bas, il lui fournirait une raison valable de fouiner. Si elle parvenait à prouver qu'il y avait un ver dans le fruit au bureau du shérif de

Mischief, cela la mènerait au Chacal de la nuit. De là, quand elle saurait Styles en sécurité dans un motel local, elle s'occuperait personnellement de lui.

Ce matin, en arrivant au bureau, elle avait évacué le Chacal de la nuit et s'était concentrée sur les meurtres des supérettes. Sans aucun mal, elle avait piraté les ordinateurs des commerces locaux et trouvé les horaires des livraisons, les avait recoupés avec les noms de ses suspects, puis avait dressé une liste de leurs itinéraires de livraison. La liste était pratique, mais ils ne pourraient pas se lancer immédiatement. Styles accepterait-il le planning d'interrogatoires qu'elle proposait ? Il avait le nez plongé dans son ordinateur portable depuis qu'ils étaient arrivés, à 8 heures ce matin. Elle enregistra la liste sur son téléphone et leva les yeux vers lui.

— Malheureusement, la seule façon de coordonner les livraisons pour qu'on puisse parler à chacun d'eux aujourd'hui, c'est de commencer après 15 heures. Ils s'arrêteront tous à Roaring Creek à différents moments de l'après-midi. Certains ont plusieurs livraisons en ville, donc on devrait pouvoir les coincer. Ou alors on prend l'hélico et on file d'une ville à l'autre, acheva-t-elle en coinçant une mèche de cheveux derrière une oreille.

Il soupira.

— Après 15 heures, ça me va très bien. Je n'ai trouvé aucun antécédent intéressant sur l'un ou l'autre. Il n'y a donc rien à en tirer de ce côté-là.

Beth le regarda par-dessus le bord de sa tasse de café.

— Hmm. C'est bien dommage. Si l'un d'entre eux avait été violent, ça nous aurait facilité la vie.

— Peut-être, mais j'ai quand même quelque chose d'intéressant, ajouta Styles en levant les yeux de son ordinateur. Après notre conversation sur des affaires similaires et la vague de meurtres à Mischief, j'ai demandé des informations sur les meurtres du Chacal de la nuit. Je n'ai encore reçu aucun dossier, mais une dépêche est arrivée à propos du corps d'une jeune fille retrouvé dans un entrepôt abandonné à Wolf Valley, ce matin. J'ai demandé plus d'informations et on m'a envoyé le dossier. Je pense qu'il a encore frappé, exactement comme tu l'avais prévu.

Des doigts glacés descendirent le long de la colonne vertébrale de Beth et le Tueur au tarot remonta illico à la surface, prêt à jaillir d'elle pour aller faire justice. *Bon sang !* Elle prit quelques grandes bouffées d'air et s'en fut se resservir de café dans la kitchenette, en veillant bien à tourner le dos à Styles.

— C'est arrivé quand ?

— Elle a été trouvée par un homme qui promenait son chien... à 6 h 05, ce matin. Tu me sidères, convint-il.

La chaise de Styles grinça lorsqu'il se leva pour la rejoindre.

Il n'en fallait pas davantage pour nourrir son ego de psychopathe ! Incapable de repousser le Tueur au tarot dans sa boîte, elle pivota vers Styles et lui adressa un sourire éclatant. Son personnage charismatique était en pleine possession de ses moyens, tel l'un de ces horribles collègues de bureau qui, après avoir trop bu, se met à flirter avec tout le monde. Elle remarqua que les pupilles de Styles se dilataient, signe qu'elle l'avait pris au dépourvu. Elle s'esclaffa.

— Vraiment ? C'est adorable, ça, Styles. Pourquoi tu préfères qu'on t'appelle Styles, d'ailleurs ? Dax est un si joli nom.

Styles se servit en café et se pencha sur le comptoir. Ses oreilles avaient viré au rose.

— Ah... c'est une longue histoire. Je suis parti en vacances en Australie, où je me suis fait quelques amis. Des gars sympas, mais quand je leur ai dit mon nom, ça les a fait rigoler. « Dax » est un mot d'argot qui signifie « pantalon », là-bas. Certains d'entre eux ont même commencé à m'appeler Levi's pour plaisanter. Bref, depuis, c'est Styles, conclut-il avant de s'éclaircir la gorge. Tu me sidères, parce que tu as la capacité de prévoir le prochain mouvement d'un criminel. On ne s'occupe même pas de l'affaire du Chacal de la nuit, mais il t'a suffi de parcourir les communiqués de presse pour établir son profil. À mon avis, tu ne te rends même pas compte que tu fais ça tout le temps, au débotté.

Dans une tentative désespérée pour repousser le Tueur au tarot et sauver la situation, elle fit mine de chercher des biscuits dont elle n'avait pas envie. Mince, Beth Katz recevait rarement des compliments. Elle se comparait elle-même à un arbre, puissant et protecteur, alors que le Tueur au tarot était une rose : belle en apparence, merveilleusement odorante, mais susceptible de piquer. Elle chercha quelque chose à répliquer.

— Il faut croire que je suis capable d'analyser une situation et de faire des déductions. C'est bien que tu reconnaisses mes compétences. J'apprécie. Sans doute parce que je passe mon temps sur des ordinateurs : mon cerveau a fini par fonctionner un peu différemment de celui de certaines personnes.

Si seulement tu savais à quel point il est différent.

— J'avais remarqué... Qu'est-ce que tu cherches ?

Styles, qui remuait lentement son café, avait les yeux fixés sur elle. Elle trouva la boîte à biscuits et la poussa dans ses mains.

— Des biscuits. Nouvel exemple de ma manière de procéder : je savais en amont que tu aurais besoin d'un en-cas maintenant.

— OK, est-ce que le fait d'avoir été coincée avec moi pendant l'hiver t'a amenée à te détendre un peu en ma présence ou est-ce que j'ai droit à la Beth nourricière, que je n'avais encore jamais vue ?

Styles emporta la boîte à biscuits sur son bureau et lui sourit, sourcils haussés.

Secouant la tête pour refermer sèchement la porte sur le Tueur au tarot, Beth leva les yeux au ciel.

— Non, c'est juste que ton estomac commence à se plaindre

vers 9 heures du matin. Je me suis dit qu'on pourrait résoudre le problème en l'affrontant bille en tête. Alors, qu'est-ce que tu as découvert d'autre sur ce dernier meurtre à Mischief ?

Récupérant sa tasse, elle retourna à son bureau.

— C'est le même mode opératoire que pour les autres, expliqua Styles en croquant dans un biscuit. D'après le rapport, la victime a été étranglée et abandonnée, c'est tout. Comme d'habitude, le rapport est lacunaire.

S'adossant à sa chaise, Beth soupira. Elle avait désespérément besoin de voir le corps, mais il fallait que l'idée vienne de Styles. Rien, aucune suggestion ne devait mener à elle quand elle projetait d'éliminer un tueur.

— Hmm, tu sais, il y a eu beaucoup de meurtres et ils pourraient être liés à notre homme. Même s'il préfère tuer ses victimes par balle, il n'est pas exclu qu'il fasse un peu des deux pour ne pas attirer l'attention.

— Impossible de compter sur le médecin local pour nous donner des réponses, admit Styles en se frottant la nuque. Je vais appeler Wolfe, histoire de lui demander son avis. Quand il aura examiné le corps, on saura une fois pour toutes si les deux affaires sont liées.

Il décrocha son téléphone et le mit sur haut-parleur.

— Ah, Shane, Dax Styles à l'appareil. Il y a eu un homicide à Mischief. Il pourrait s'agir d'une extension de la zone de confort du Tueur des supérettes.

Il communiqua les détails à Wolfe.

— *Tous ces meurtres gérés par des cow-boys qui se mettent en tête de déterminer les causes de la mort !* s'exclama Wolfe avec un long soupir. *Donnez-moi le numéro du shérif de Mischief. Je l'appellerai personnellement. Je dois examiner le corps et la scène de crime avant que les preuves ne soient perdues.*

— Bien sûr, je vous envoie ses coordonnées par e-mail,

promit Styles avant de sourire à Beth. On aimerait être là. Vous partez quand ?

— *Je peux décoller dans une demi-heure avec mon équipe. Une seconde, s'interrompit Wolfe pour lancer des ordres à quelqu'un. Je connais Mischief. On est allés les aider pendant les feux de forêt, il y a quelques années. Ils ont un héliport sur le toit de l'hôpital. Je vous envoie les coordonnées. Je préviendrai l'hôpital et vous enverrai un message pour vous indiquer mon heure d'arrivée. On aura besoin d'un moyen de transport sur place. Wolf Valley est loin de la ville. Vous pouvez organiser quelque chose ?*

— Oui, bien sûr, répondit Styles avec un coup d'œil à Beth. À plus tard.

Il raccrocha et se leva.

— Prends tes affaires, je vais préparer l'oiseau. On va jeter un œil à ce meurtre. Et on sera de retour à temps pour interroger nos suspects.

Un frisson d'excitation traversa Beth, qui se leva à son tour.

— OK, mais on n'aura pas le temps de consulter les dossiers du bureau du shérif. J'aimerais voir ce qu'ils ont fait comme constatations. Si des erreurs ont été commises dans les causes de décès, il faut qu'on le sache.

— Oui, mais si ce n'est pas le même homme, on ne peut pas se permettre de perdre du terrain dans l'affaire du Tueur des supérettes, objecta Styles, le regard dans le vide. On conduira les interrogatoires comme prévu et on retournera ensuite là-bas. C'est à quinze minutes d'hélicoptère. Il nous faudra du temps pour examiner leurs dossiers et parler au shérif et à ses hommes. Tu peux nous louer quelques véhicules ? ajouta-t-il après un coup d'œil à sa montre. J'en ai pour au moins quarante-cinq minutes. Je dois refaire le plein, vu qu'on reviendra ensuite pour les interrogatoires.

Beth prit quelques notes.

— Et comment tu comptes procéder si on trouve quelque chose d'intéressant à Mischief ?

Styles resta quelques secondes, les yeux dans le vague.

— Il faudra qu'on y retourne, j'imagine. Il serait plus simple de rester là-bas la nuit ou peut-être pour quelques jours, en fonction de ce qu'on trouve.

Parfait. Beth dissimula un sourire.

— Pas de problème.

Sur quoi, elle retourna à son ordinateur portable.

21

Wolf Valley, Mischief

Préoccupée par des raisons personnelles plus que par toute autre chose, Beth scrutait la ville de Mischief. En tant que Tueur au tarot, elle aurait besoin de s'y déplacer rapidement et sans entraves. Heureusement, le plan de la ville tenait du quadrillage et comportait un certain nombre de banlieues, installées autour d'exploitations minières prospères. L'État était incroyablement riche en ressources, qu'il s'agisse de métaux, de pierres ou de minéraux précieux. Les mines occupaient tout le paysage. À mesure qu'ils approchaient, Styles lui indiquait les villes fantômes, endroits autrefois prospères du fait de l'extraction de l'or et d'une grande valeur historique. Ce qui intéressait Beth, c'était l'emplacement des lieux et les distances entre les scènes de crime. Elle voulait savoir combien de temps il lui faudrait pour se déplacer si elle partait seule à la recherche d'un tueur. Elle avait longuement réfléchi à l'affaire et la seule explication à tant d'erreurs était soit l'incompétence flagrante du bureau du shérif local, soit la présence d'un flic véreux en son sein. La question était de déterminer l'étendue de sa corruption. Couvrir un criminel était une chose, mais si le Chacal de la nuit s'avérait finalement l'un des officiers de police locaux ou une personne travaillant en étroite collaboration avec le bureau du shérif, cela signifiait qu'il bénéficiait d'une protection et qu'il serait difficile de l'arrêter.

En cas de flic ripou, elle aurait du mal à prouver sa culpabilité, car s'il était en service et qu'il dissimulait ou égarait fort à propos des preuves, cela suffirait à lui éviter la prison. Elle aurait besoin de tout savoir sur lui avant de passer à l'action. Or, en étant aussi proche d'une enquête, il avait la possibilité de détruire ou de contaminer les preuves et devait être en train de prendre des décisions sur l'affaire, pour qu'on ne puisse pas la rattacher à lui. Beth ne considérait jamais que prendre une vie allait de soi. Elle évaluait chaque cas avec soin avant de risquer la sienne pour abattre un criminel. Il devait se montrer digne d'être immortalisé comme l'une des victimes du Tueur au tarot.

Beth avait beaucoup réfléchi à ce qui la poussait, elle, à éliminer des monstres jamais inquiétés et à s'ériger en juge, jury et bourreau. Cela ne signifiait pas qu'elle se plaçait au-dessus des lois. Mais elle était du bon côté de la loi, comme les flics qui abattaient et tuaient régulièrement des criminels et dont la moralité des actes était rarement remise en cause. Elle évaluait la culpabilité de la personne et réunissait les preuves avant d'agir, plutôt que de se fier à une réaction instinctive ou à un automatisme, comme elle l'avait souvent vu faire sur le terrain. Un flic ripou, c'était déjà grave, mais un flic tueur en série qui assassinait pour le plaisir, ça la dégoûtait. L'élimination des meurtriers sadiques ne l'enthousiasmait pas. Certes, elle en récoltait quelques décharges d'adrénaline, mais en vérité, ce qui lui plaisait, c'était de se montrer plus maligne qu'eux. Beth ne tuait que des criminels qui méritaient de mourir et qui avaient échappé à la justice. Né de son besoin de venger leurs victimes, son code de conduite rigide était parfois une torture qu'elle s'infligeait elle-même, mais il empêchait son côté sombre de se déchaîner.

Pendant leur tour de la ville, les petites bourgades, véritables banlieues de Mischief, leur apparurent comme autant de centres industriels modèle réduit plutôt que comme les ranchs qu'elle avait vus autour de Rattlesnake Creek ou de Black Rock Falls. Aucune n'était très éloignée et elle reconnut facilement Wolf Valley, Buffalo Pass, Mortonville et Last Stop, grâce à l'application Cartes de son téléphone. Il y avait d'autres banlieues, mais elle avait calculé, d'après les dossiers, que les corps avaient été jetés dans ces environs-là, d'où elle en avait déduit que le Chacal de la nuit vivait au cœur du comté de Mischief, et que sa zone de confort se situait entre les villes de Wolf Valley, Buffalo Pass, Mortonville et Last Stop.

Pendant la plupart du temps de vol, Styles avait été occupé par le base-ball. Les matchs-tests de printemps – peu importait en quoi cela consistait – avaient débuté et Styles se passionnait pour ces compétitions. Quand il ne parlait pas des affaires en cours, de pêche ou de Bear, ses sujets de conversation favoris avaient été le hockey sur glace pendant tout l'hiver et maintenant le base-ball. Ayant toujours eu d'autres préoccupations que le sport, Beth n'avait jamais envisagé de s'y intéresser, mais pour paraître normale et sur la même longueur d'onde que ses amis, elle avait décidé d'en apprendre davantage à propos de ces jeux. Elle acquiesçait maintenant aux moments opportuns lorsque les discussions portaient sur le sport. Elle s'était d'ailleurs bien intéressée au hockey à la fin de la saison, tout en se demandant si ce n'était pas la violence qui l'attirait dans ce spectacle. Évacuer son agressivité en frappant un palet devait s'apparenter, même de loin, à frapper un ballon dans des filets.

Alors qu'ils se posaient sur l'héliport du Mischief General, pour atterrir à côté de l'hélicoptère du légiste, elle l'indiqua à Styles d'un mouvement du menton. Wolfe marchait de long en large, téléphone à l'oreille et agitant le bras, pendant qu'Emily et Colt Webber sortaient calmement son matériel de l'héli-coptère.

— Qu'est-ce qui lui arrive ? s'étonna Beth.

— À mon avis, on ne va pas tarder à le savoir. Il a l'air plutôt en colère, répondit Styles qui sortit et appela Bear.

— Comment ça, vos adjoints ont examiné la scène de crime ? gronda Wolfe en fixant le sol. J'ai donné des instructions claires pour que la scène soit préservée et qu'on laisse le corps sur place, et je serai là dès que possible. On s'est posé sur l'hôpi-tal, reprit-il après une pause pour écouter son interlocuteur. J'es-père que les voitures de location demandées par Katz nous attendent près d'ici. On a du matériel à apporter sur la scène de crime et le corps de la victime repart avec moi à Black Rock Falls pour autopsie. J'ai des raisons de penser que cette affaire pourrait être liée à notre enquête en cours.

Il leva vers Beth un visage de marbre et secoua la tête.

— En tant que médecin légiste de l'État, je suis compétent, répliqua-t-il. J'ai été nommé par le procureur géné-ral, alors retirez vos hommes de la scène de crime... tout de suite.

Il se déconnecta et secoua lentement la tête.

— Il y a de fortes chances que notre visite ne serve à rien, lâcha-t-il. Les adjoints locaux ont déjà contaminé la scène. Les voitures nous attendent. Il faut qu'on demande Joey Barnhill à l'accueil, pour récupérer les clés. Comment vous avez réussi à nous obtenir les voitures de location ? lança-t-il à Beth d'un air perplexe.

Celle-ci enfila ses gants en souriant.

— Mentionner le FBI fonctionne parfois comme un charme. Est-ce qu'il fait toujours aussi froid et venteux ici ? ajouta-t-elle tout en se frottant les bras. Ça arrive que les températures grimpent, parfois ?

Wolfe ouvrit la voie vers l'entrée.

— En été, ça se réchauffe un peu, mais en l'occurrence, c'est un avantage. Ça gardera le corps au frais et préservera les preuves.

Ils récupérèrent les clés, que Beth s'empressa de lancer à Styles.

— C'est toi qui conduis. Je vais vérifier les antécédents des forces de l'ordre locales pendant ce temps-là... On nous a loué deux Nissan blanches. Je suppose que ce sont ces deux-là.

Elle désigna les véhicules garés sur le trottoir.

— Pourquoi ? Tu as découvert quelque chose sur ces gars que je devrais savoir ?

Styles appuya sur la télécommande et la guida vers une Nissan Rogue blanche dont il ouvrit la portière arrière pour Bear.

Tout en déposant leurs affaires sur la banquette, Beth haussa les épaules.

— Je ne sais pas trop. Pendant que je t'attendais ce matin, j'ai piraté leurs fichiers. Bien qu'ils semblent avoir suivi la procédure, les indices qu'ils ont recueillis sont loin d'être suffisants. Si on en a la possibilité, j'aimerais aller leur parler au poste. Peut-être qu'il s'agit juste d'une mauvaise gestion du personnel ?

Styles s'installa au volant.

— Peut-être, admit-il. S'ils ont déjà commis des erreurs, ça figurera dans leur dossier.

Beth sortit sa tablette et se mit au travail.

— OK. Alors on a le shérif Lance Walker, l'adjoint Dryer et l'adjoint Boone. Le shérif Walker a été élu il y a six ans. Dryer l'a rejoint à ce moment-là, et l'adjoint Boone il y a un an. Boone a été adjoint à Bozeman pendant six mois avant de venir ici. Le shérif est son oncle. Il s'est installé à Mischief après le décès de sa mère. C'est tout. S'ils ont commis une erreur, le shérif n'en a jamais fait mention dans leurs dossiers. Il faut croire qu'être élu shérif ne fait pas du gars un officier compétent dans son travail, mais peut-être que si ?

— Non, répondit Styles qui dirigea la Nissan à la suite de celle de Wolfe. Peut-être que personne d'autre ne s'est présenté pour le boulot. Ça ne paie pas si bien que ça, je crois.

Fourrant sa tablette dans le sac à dos qu'elle avait rempli de produits indispensables, Beth haussa les épaules.

— Aucune idée. Je n'ai jamais aspiré à devenir shérif. J'aime avoir la liberté de me déplacer sans restriction d'un État à l'autre. Si on a une piste en Alaska, en route ! Un shérif est coincé dans les limites de son comté, à moins qu'il ne coopère avec les forces de l'ordre voisines. Et puis, nous, on est formés pour notre travail. En revanche, la formation d'un shérif n'est pas très exigeante : il doit suivre un cours sur les normes et la formation des agents de sécurité publique. Je me demande si un seul d'entre eux connaît la procédure de base pour traiter une scène de crime.

— Peut-être pas, admit Styles en haussant une épaule. Cela expliquerait ce qui se passe ici. Je me souviens encore de ma première scène de meurtre, et je m'en souviendrai toujours, mais j'avais reçu la formation nécessaire pour travailler dessus. J'avais aussi déjà vu beaucoup de cadavres. Peut-être simplement qu'au royaume des aveugles...

Beth observa la zone délabrée qu'ils traversaient, non sans regarder sa montre plus ou moins toutes les cinq minutes pour noter mentalement le temps nécessaire si l'on voulait se rendre d'une banlieue à une autre. Le corps avait été retrouvé dans une ancienne zone industrielle, dont deux ou trois des bâtiments avaient été éventrés par le feu. Les autres demeuraient vides, rappels froids d'une époque de prospérité révolue. Les vitres ayant disparu depuis longtemps, les bâtiments se dressaient comme une rangée de crânes au regard perdu dans le néant. Des touffes d'herbe poussaient sur les trottoirs au béton fissuré et du chiendent avait envahi les portes béantes. Elle se tourna vers Styles.

— Que s'est-il passé ici ?

— Il y a des années, il y avait des embranchements ferroviaires dans tous ces endroits. Lorsqu'ils ont été fermés, l'industrie a perdu son influx vital. Impossible de déplacer les marchandises ou de s'approvisionner régulièrement, si bien que certaines parties de la ville sont mortes. Ce n'est pas inhabituel. Cela arrive partout... C'est l'endroit idéal pour commettre un meurtre. Personne autour, personne pour entendre les cris.

Styles se tenait un peu à l'écart du véhicule de Wolfe et sa tête bougeait de droite à gauche tandis qu'il balayait la zone du regard. Beth, qui avait déjà remarqué les avantages du terrain, acquiesça.

— Oui, il doit connaître les lieux et choisir un bâtiment où il pourra cacher un véhicule sans être vu, fit-elle après un coup d'œil autour d'elle. Il y en a tellement qui seraient parfaits. Une petite reconnaissance de la zone pour dégager un espace et il n'a plus qu'à se préoccuper de faire monter la victime dans son véhicule. Sans rapport d'autopsie, on n'a aucune idée de l'étendue des blessures de la victime, précisa-t-elle en le regardant. Il me semble qu'ils ont trouvé un corps, remarqué les marques de ligature sur le cou et les ecchymoses aux cuisses, et simplement noté que la cause du décès était – comme dans les autres cas – un viol accompagné d'une strangulation.

— Tu crois qu'un médecin se passerait d'un examen... ?

Styles se gara derrière le véhicule de Wolfe.

Poussant un soupir, Beth secoua la tête, tout en promenant son regard sur les trois voitures de la police locale qui stationnaient le long du trottoir.

— Ça me dépasse. Je suppose qu'on ne va pas tarder à le découvrir.

22

Styles descendit de la Nissan et fit sortir Bear, lui ordonnant de s'asseoir et d'attendre, tandis que lui suivait l'équipe de Wolfe dans le vieux bâtiment. Il faisait sombre à l'intérieur et ce n'était rien de plus qu'une coquille vide au sol de béton fendillé, ponctué de zones herbeuses. Il respectait Wolfe et, sur une scène de crime, il serait resté en retrait pour le laisser faire son travail, mais voir cet homme calme et froid s'énerver était quelque chose d'inhabituel. Il avait l'air d'un sergent instructeur quand il aboyait des ordres au shérif et à ses adjoints. Wolfe voulait des réponses et il les voulait maintenant.

— Vous trois, mettez-vous là. Mon assistant va prélever des échantillons d'ADN, de cheveux et de salive sur chacun d'entre vous. Il s'agit du protocole et non d'un choix des forces de l'ordre sur une scène de crime lorsqu'il y a suspicion de contamination. Je veux aussi des empreintes digitales. Et prenez votre temps, Colt, précisa-t-il en se tournant vers Webber, avant de regarder Styles. Je pense que vous devriez examiner le corps avec moi, que nous voyions s'il correspond à votre autre affaire. J'ai apporté des lampes puissantes. Emily, ajouta-t-il à l'intention de sa fille, récupère quelques torches dans ton kit.

Il attendit que tout le monde ait allumé les torches et, un kit médico-légal dans une main, il se dirigea vers le corps.

Styles mit un masque et jeta un coup d'œil à Beth.

— Attention à la marche. Il y a des briques cassées partout.

Elle lui rendit son regard.

— J'ai dix sur dix à chaque œil et, dans l'obscurité, je vois aussi bien qu'un chat. Mais merci de te soucier de moi.

La fille était à plat ventre, la tête tournée sur le côté, les yeux fixes. Des vêtements déchirés jonchaient le sol environnant et, d'après ce que Styles voyait, l'herbe et le chiendent avaient été aplatis à côté d'elle. Il fronça les sourcils. Quelque chose clochait. S'accroupissant pour observer le sol, il bougea sa torche d'avant en arrière.

— Elle a été déplacée, indiqua Beth en se penchant pour examiner le corps. Pourtant, le sol est sale et son dos est intact.

Styles acquiesça.

— Oui, et si on regarde comment le chiendent est aplati, elle était allongée sur quelque chose quand il l'a agressée. Une fois son affaire terminée, il l'a fait rouler et il a récupéré ce sur quoi ils étaient allongés.

Incrédule, il secoua la tête.

— C'est une première ! finit-il par s'exclamer. Un tueur qui emporte une couverture avec lui pour violer et tuer afin de ne pas se blesser les genoux.

— Le matériau est épais, peut-être cinq centimètres d'après l'empreinte dans le sol, et regardez par ici, leur suggéra Wolfe qui braqua sa lampe de poche sur deux petites zones de terre remuée, à un peu moins d'un mètre l'une de l'autre. Je suis prêt à parier que c'est l'œuvre des bouts pointus de deux santiags. Aidez-moi à préparer un sac mortuaire, ajouta-t-il à l'intention de Styles. Nous allons devoir la retourner et je veux que son dos reste propre au cas où il y aurait des fibres ou des traces que je puisse utiliser pour déterminer ce sur quoi elle était couchée. Hmm, fit-il, perplexe, après avoir déplacé sa torche, faute de mieux, je dirais que c'est le contour d'un tapis de yoga. Emily en a un qu'elle déroule sur l'herbe à la maison : il laisse une marque similaire quand elle a fini.

— Vous voulez dire qu'il apporte un tapis de yoga pour commettre un meurtre ? fit Beth, interloquée. Vous plaisantez, j'espère ?

— À moins qu'il ne se soit trouvé là par hasard, tout beau, tout propre. Si un vagabond dormait ici, le tapis n'aurait pas été très ragoûtant et aurait probablement été jeté il y a longtemps. J'ai bien l'impression que le tueur a prémédité son meurtre.

Styles frotta la cicatrice à son menton.

— Ou alors ce sont des gamins qui sont venus faire des galipettes en douce et c'est parti en sucette. Les adolescents font toutes sortes de choses dingues quand leurs hormones se déchaînent.

Il se pencha pour aider Wolfe à faire rouler le corps.

— Une fois, peut-être, concéda Beth, peu convaincue. Mais on sait que ces meurtres se produisent partout dans Mischief. Ce ne sont pas des gamins. C'est un tueur en série organisé. Regardez-la, ajouta-t-elle. Elle est jeune... Est-ce que le shérif a parlé d'une fille disparue ?

Styles secoua la tête.

— Non, mais c'est arrivé pendant la nuit, peut-être que sa disparition n'a pas encore été déclarée.

— C'est quoi, cette marque sous le sein droit ? demanda Beth en déplaçant le faisceau de sa torche sur le corps. Une brûlure de cigarette ?

Wolfe se pencha.

— Possible. Je vais examiner ça de plus près au labo. Les marques de ligature sur le cou correspondent à l'utilisation d'une corde, et non de mains. C'est très différent de votre cas à plusieurs égards...

Sur quoi, le légiste fronça les sourcils en écartant ce qui

restait des vêtements pour insérer la sonde d'un thermomètre dans le foie de la victime.

— On a parlé de mort par strangulation, et le viol a été mentionné, comme pour les autres jeunes femmes assassinées ici à Mischief. C'est exact ?

Il jeta un coup d'œil à Styles.

Celui-ci, non sans s'être éclairci la gorge, regarda le corps meurtri de la jeune fille et déglutit difficilement. L'idée que sa sœur ait pu subir le même sort lui nouait le ventre.

— Elles étaient toutes adolescentes, mais les rapports contiennent peu d'informations. Un médecin local ou une entreprise de pompes funèbres se sont occupés des corps. Aucune autopsie officielle n'a été pratiquée sur aucune d'elles. Ce qui ressort des différents rapports, c'est qu'elles ont été violées et étranglées.

— Il faut que je réalise l'autopsie dans ma salle d'examen, mais je ne vois aucune indication de viol, constata Wolfe avant de les considérer, l'un et l'autre. Vous connaissez l'importance d'un viol raté, j'imagine ? fit-il d'une voix à peine plus forte qu'un murmure.

Beth se rapprocha et Styles put à peine distinguer ses paroles. Il était évident qu'elle ne voulait pas être entendue par le shérif ou ses adjoints.

— Oui. Son impuissance à la violer, le tueur s'en est servi comme d'une excuse pour l'assassiner. Dans son esprit, l'assassinat cacherait sa honte. L'enlèvement et l'agression le stimulent, mais il ne peut obtenir de satisfaction qu'en les tuant.

Styles se gratta la tête et fronça les sourcils.

— Vous voulez dire qu'il met ses problèmes sur le dos de ces filles ? Que c'est la raison pour laquelle il les tue ?

— Si je découvre que les autres n'ont pas été violées après qu'il a arraché leurs vêtements et leur a meurtri les cuisses, oui, je dirais que c'est concluant. La dernière victime remonte à quand ?

Beth sortit son téléphone et fit défiler ses fichiers.

— Il y a près d'une semaine, je crois. Elle s'appelait Jody Hooper. Je n'ai pas beaucoup d'informations, mais ses funérailles ont été annoncées. J'ai trouvé l'avis quelque part. C'est demain. Pour l'instant, ils organisent des visites pour la famille et les amis dans un funérarium local.

— OK, fit Wolfe en se redressant. Nous allons mettre cette victime au frais à la morgue de l'hôpital, puis nous irons aux pompes funèbres. Il est hors de question que je laisse Jody Hooper être enterrée avant de l'avoir examinée. Il pourrait s'agir d'une preuve cruciale. Cherche des fragments de vêtements, une corde, ou autre, susceptibles d'avoir été utilisés dans la strangulation, lança-t-il à Emily. Mets-les en sachet et rejoins-nous devant. Nous mettrons le corps à l'arrière de la Nissan, et quand tu auras fini, on fonce à l'hôpital. Donnez-moi un coup de main pour porter le corps, ajouta-t-il à l'intention de Styles. Et trouvez-moi les coordonnées de l'entreprise de pompes funèbres. Je vous rejoindrai devant l'hôpital et nous partirons de là.

Styles se pencha pour soulever une extrémité du sac mortuaire.

— Ça marche.

Après avoir regardé Wolfe s'éloigner avec son équipe, Styles se tourna vers Beth.

— Ce cas n'est pas rattaché à notre affaire. Wolfe va probablement appeler Carter et Jo pour qu'ils s'en occupent. On a assez de pain sur la planche pour l'instant.

Les mains sur les hanches, Beth se planta devant lui et le regarda fixement.

— Traite-moi de fouineuse, mais après avoir vu ce qui se passe ici, tu ne penses pas qu'on doit à cette fille assassinée de se pencher sur son cas pendant qu'on est là ? Ces meurtres ont été pratiquement balayés d'un revers de la main, ajouta-t-elle en pointant du menton le shérif et ses adjoints. Pour ma part, je voudrais bien examiner les dossiers qu'ils ont sur ces meurtres. Si tout est en ordre, tant mieux, mais Carter et Jo auront besoin d'un résumé de l'affaire, non ?

Voyant où elle voulait en venir, Styles acquiesça.

— Je dois en parler au directeur, mais s'il est d'accord, on rentre chez nous après être passés au funérarium, puis on va à Black Rock Falls dans la matinée pour assister à l'autopsie. Une fois qu'on aura reçu les conclusions de Wolfe, on revient ici et on examine leurs dossiers. On fera ainsi gagner du temps à une autre équipe si on se charge du travail de défrichage. À moins d'une avancée dans notre affaire, on s'y consacre un jour ou deux. Je déteste le travail de bureau, soupira-t-il, mais s'il s'agissait de ma sœur, je voudrais savoir que quelqu'un se soucie suffisamment de son sort pour consentir à un effort supplémentaire. J'appelle le directeur, déclara-t-il en consultant sa montre. Avant de retrouver Wolfe, on a le temps d'aller se prendre un café au restaurant en face du bureau du shérif et de trouver un endroit où passer quelques nuits.

— Ton plan me semble bon, approuva Beth, tout sourire. Et question budget, ça passe ?

Styles sourit.

— On a une trésorerie très saine, donc trouve un endroit agréable et pas un motel miteux. J'ai entendu dire qu'il y avait un chouette hôtel en ville, avec un restaurant qui sert de bons steaks.

— N'oublie pas qu'on doit être de retour à Rattlesnake Creek à 15 heures pour interroger nos suspects, lança Beth en se dirigeant vers la Nissan. Je ne préviendrai pas le shérif qu'on va revenir demain pour consulter ses dossiers. S'il est incompétent, je préfère le prendre par surprise.

Sur un éclat de rire, Styles fit signe à Bear de grimper dans le pick-up.

— Moi aussi, renchérit-il.

23

Les funérariums flanquaient la chair de poule à Beth. Les employés de ces établissements semblaient toujours identiques, comme sortis d'un moule. Ils avaient une façon de se comporter et une odeur qui la faisaient frissonner. Comment quelqu'un pouvait-il vouloir devenir croque-mort ? Elle comprenait que ces gens étaient très importants dans l'ordre des choses et nécessaires à la société, mais, bien qu'étant tout le temps confrontée à la mort, l'idée d'appliquer des cosmétiques sur une chair morte pour rendre un corps présentable à ses funérailles lui rappelait trop d'affaires passées qu'elle préférait oublier. Elle jeta un coup d'œil à Styles alors qu'ils approchaient du bâtiment et se racla la gorge.

— Je déteste cette étape d'une enquête.

Il se gara derrière le pick-up de Wolfe et lui sourit.

— OK, pour te changer les idées, je vais te livrer un épisode amusant, tiré de mon lointain passé. Quand j'étais dans la police militaire et que je n'étais pas en service – ce qui n'arrivait pas souvent, car j'étais de garde à peu près vingt-quatre heures sur vingt-quatre, sept jours sur sept –, si quelqu'un appelait, je prenais une voix inquiétante et je répondais : « Crématorium des Champs heureux, en quoi puis-je vous aider dans cette épreuve difficile ? » La personne qui appelait raccrochait en général très vite. Elle rappelait quelques minutes plus tard, ou jamais, et je faisais comme si de rien n'était. Je sais que ce n'était pas une farce très gentille, mais j'étais jeune et inconscient.

Beth éclata de rire.

— Tu as deux facettes, Styles. Je ne suis pas sûre que tu sois un dur à cuire dans les règles, mais je commence à aimer ton côté mauvais garçon. J'ai aussi commis quelques folies dans ma jeunesse et je me suis souvent attiré des ennuis.

— À mon avis, du moment que tu ne fais de mal à personne, c'est bon. Parce que tu n'as fait de mal à personne, hein, Beth ?

Il lui lança un long regard interrogateur.

Si seulement tu savais. Beth secoua la tête.

— Juste blessé quelques ego. Wolfe nous attend, ajouta-t-elle en désignant le légiste sur le trottoir. Il a encore l'air furax. Je sais qu'il a été dans l'armée et je vois qu'il lui en reste des « séquelles ». Il tient à ce que tout soit fait dans les règles et quand ce n'est pas le cas, il s'énerve un peu.

Styles haussa les épaules.

— Je dirais plutôt qu'il veut faire éclater la vérité pour les victimes, un peu comme nous. Les tueurs restent en liberté à cause des erreurs de certains. Voilà ce qui le perturbe en ce moment. C'est quelqu'un de bienveillant. Il veut la vérité, c'est tout, et il la trouvera. Il est comme un chien avec un os : il n'abandonne jamais.

Le hall d'entrée du funérarium sentait les fleurs, mais les compositions étaient toutes artificielles. Le parfum floral entêtant provenait d'un distributeur fixé au mur qui pulvérisait une brume pour dissiper les odeurs. Beth se sentit nauséeuse, car ce parfum n'était au fond qu'un artifice destiné à couvrir l'odeur des produits chimiques utilisés pour conserver les corps. Elle avait l'impression que l'air vicié se refermait sur elle, l'étouffant un peu plus à chaque pas dans le couloir et dans le salon de présentation. Elle jeta un coup d'œil autour d'elle. L'endroit était désert, si l'on exceptait le cercueil ouvert et le visage livide reposant sur un coussin de soie rose, encadré de longs cheveux bruns arrangés de façon à couvrir son cou.

— Je dois examiner le corps de Jody Hooper, glissa Wolfe à l'employé des pompes funèbres. Dans votre arrière-salle. Le corps devra être retiré du cercueil, déshabillé et placé sur un brancard pour que je l'examine.

Comme l'homme commençait à protester, il leva la main et ajouta :

— C'est soit cela, soit je ramène le corps à Black Rock Falls.

Son interlocuteur, lunettes rondes au bout du nez, le regarda comme un petit animal effrayé.

— Très bien, bredouilla-t-il. Mon assistant est absent aujourd'hui. J'aurai besoin d'aide pour soulever le corps.

— Ce n'est pas un problème, répliqua Wolfe en indiquant ceux qui le suivaient. J'ai une équipe avec moi. Laissez-moi faire et nous l'aurons remise dans son cercueil avant que vous ne vous en rendiez compte.

L'employé des pompes funèbres regarda Wolfe par-dessus ses lunettes.

— Quel est le but de cet examen ? Je crains qu'elle n'ait été embaumée. Vous ne trouverez aucune preuve sur son corps.

— Je me charge des détails, rétorqua Wolfe qui poussait déjà le cercueil vers la porte. C'est par où ?

— Après les doubles portes au bout du couloir, répondit craintivement l'homme en tendant un doigt tremblant.

Wolfe se retourna pour le regarder.

— Qui a signé le certificat de décès ? J'ai besoin d'un nom et de ses coordonnées. Vous n'en auriez pas une copie par hasard ?

L'homme remonta ses lunettes sur son nez.

— Je dois en avoir une dans mon dossier. Les détails figureront sur le certificat. Je vous imprime ça, déclara-t-il en se hâtant de quitter la pièce.

Difficile de rester planté là pendant que Wolfe procédait à l'examen. À côté de lui, Colt Webber prenait des photos pour les preuves, mais l'examen interne était enregistré sur un ordinateur portable *via* une petite caméra, avant et après l'introduction d'un colorant dans les cavités pour mettre en évidence d'éventuelles lésions. Wolfe, qui ne faisait aucun commentaire pendant le processus, s'avérait de surcroît bien trop occupé pour répondre aux questions. Afin de relier les affaires, Beth devait trouver sur la victime une marque de brûlure similaire aux précédentes. S'étant approchée, elle balaya le corps du regard et trouva la petite zone de peau brûlée, comportant clairement le motif d'une rune celtique. Elle attendit que Wolfe ait achevé son examen puis la lui montra du doigt.

— Regardez, une autre trace de brûlure. Vous pensez que c'est une signature ?

Wolfe alla chercher des instruments dans sa trousse.

— Oui, j'ai remarqué, convint-il. Webber a pris des clichés. Comme cette victime sera enterrée sous peu, je vais devoir prélever ce bout de peau comme preuve, ajouta-t-il en incisant la petite zone concernée. Je la comparerai à la marque que nous avons trouvée sur l'autre victime. Celle-ci a clairement été marquée. Par une bague, peut-être, ou un objet similaire. Un indice de ce genre pourrait faire considérablement avancer une affaire. J'espère qu'il y a des clichés des autres victimes, que nous pourrons utiliser à des fins de comparaison. Je mettrai mon équipe sur le coup dès que nous serons rentrés au bureau.

Il ne fallut guère de temps à Wolfe pour terminer, puis le corps fut rhabillé et replacé dans le cercueil. Emily Wolfe réarrangea les cheveux de la victime et lui caressa délicatement le bras avant de faire signe à Webber de remporter le corps dans le salon de présentation. Cette marque d'attention surprit Beth. Elle aurait imaginé qu'une fois la victime passée par tout le processus, elle ne serait plus qu'un cas parmi d'autres, mais c'était peut-être son côté psychopathe qui ne comprenait pas la manière dont les choses se passaient.

Bien que Beth éprouve souvent des émotions fortes et qu'elle comprenne que l'avis des experts, qui affirmaient une absence totale d'empathie chez les psychopathes, était erroné, elle avait fini par apprendre beaucoup de choses sur elle-même et les personnes comme elle. C'étaient surtout des émotions fortes qui déclenchaient leur comportement. Et la même pulsion qui les poussait à tuer à répétition. Ce qui la rendait différente, c'était sa compréhension de la raison pour laquelle cela se produisait : la manière dont l'élément déclencheur poussait la personne à tuer.

Pendant des années, elle avait compartimenté les éléments négatifs de sa vie. Elle avait enfermé l'assassinat de sa mère par son père – auquel elle avait assisté –, les années de maltraitance dans des familles d'accueil, et les avait placés là où ils ne pouvaient pas contrôler ses émotions. Les gens normaux procédaient ainsi en permanence. Si quelqu'un leur avait fait du mal, ils enfermaient le souvenir de ce qui s'était passé et l'oubliaient. C'était une façon de faire face aux mauvaises choses de la vie. Le problème avec les psychopathes, c'était que leur cerveau ne fonctionnait pas tout à fait de la même façon et ne comportait pas ce système de sécurité intégré qui empêchait d'agir de manière impulsive. Ainsi, lorsque leur déclencheur émotionnel se produisait, les boîtes contenant tous les mauvais souvenirs s'ouvraient et leur inondaient l'esprit, à l'instar d'une drogue puissante. Il avait fallu beaucoup de temps à Beth pour maîtriser un tant soit peu ses impulsions. Le problème, c'était que si elle n'orientait pas sa colère vers l'élimination de ces monstres que les autorités n'arrivaient pas à appréhender, elle perdait le contrôle. Et à force de se placer dans des situations impossibles et dangereuses, elle risquait de devenir un agent spécial du type « Je tire d'abord et je pose les questions ensuite ». Cette action pourrait être considérée comme située du bon côté de la loi. Beaucoup la verraient comme une héroïne, mais combien de temps cela durerait-il ? Non, elle s'en tiendrait à son code de conduite personnel : elle ne se muerait en Tueur au tarot qu'en cas de légitime défense ou si elle assistait à un crime. Ce seraient les preuves qu'il lui fallait pour passer à l'action.

— Beth, intervint Styles en lui posant la main sur le bras. Ça va ?

Revenant à l'affaire, elle acquiesça.

— Je réfléchissais, c'est tout.

Wolfe ôta ses gants et son masque et les jeta à la poubelle avant de se laver les mains.

— Pas de viol. Comme l'autre victime, elle a des ecchymoses et des marques de brûlures sur tout le corps, là où ses vêtements ont été déchirés. Je n'ai pas vu non plus de blessures de défense, sur l'une ou l'autre victime, et il y a par ailleurs de multiples marques de ligatures, ce qui signifie qu'il a utilisé la corde pour la maîtriser plutôt que pour la tuer. Les griffures sur le cou sont dues au fait que la victime s'est agrippée à la corde. Les ecchymoses sur les cuisses suggèrent un viol, mais il n'y en a pas eu dans ce cas. Je procéderai à un examen plus approfondi de l'autre victime, mais le fait qu'il veuille les violer, sans passer à l'acte, est significatif. Ce n'est pas le même homme que le Tueur des supérettes, dont les victimes ont été sauvagement violées. Cet homme, ici, est probablement impuissant. Si vous décidez de continuer sur cette affaire, je vous suggère de consulter Jo Wells. Elle pourra vous donner un aperçu du mobile de ce tueur, surtout si nous parvenons à y associer les marques de brûlures.

Beth acquiesça.

— Je constate une incompétence crasse de la part du bureau du shérif local. C'est quelque chose que l'on devra dénoncer, mais j'apprécierais que nous gardions cette information pour nous en attendant.

— Vous pensez qu'il y a eu dissimulation ? s'enquit Wolfe, intrigué. Et qu'elle implique aussi des médecins locaux ?

— Je pense que c'est quelque chose sur quoi nous devons enquêter, admit Styles avec un long soupir. J'ai vérifié les dossiers et il me semble que le shérif ait appelé quelqu'un de différent à chaque découverte d'un corps. En soi, c'est déjà inhabituel. En cas d'homicide, on a besoin de comparaisons pour bâtir une affaire et je ne vois rien de cela ici.

— Je peux me pencher là-dessus, fit Wolfe, sourcils froncés. Si l'un des médecins locaux contourne les règles, je rédigerai un rapport. Cela fait partie de mon travail. J'aurais besoin de copies de tout ce que vous avez pour pouvoir comparer les informations sur chaque victime.

— Je vais tout télécharger sur le serveur, assura Styles avec un sourire. On a quelques fichiers que Beth a récupérés sur les ordinateurs du bureau du shérif. J'ai confirmé notre implication dans cette histoire avec le directeur. On repassera demain à la première heure pour examiner les dossiers que le shérif a constitués sur les meurtres et voir ce qu'il a caché d'autre comme preuves.

— C'est un travail monumental ! s'exclama Emily en les examinant tour à tour. Mener deux affaires de front ! Et si le Tueur des supérettes frappait à nouveau pendant que vous êtes ici ?

Peu désireuse de voir ses plans perturbés, Beth haussa les épaules.

— Nous interrogeons des suspects cet après-midi, mais à part quelques pistes fournies par un logiciel de reconnaissance faciale à partir de la forme des yeux, on n'a rien sur le tueur. Cette affaire est notre priorité, mais comme celui des supérettes et celui-ci viennent de frapper, il est peu probable qu'ils recommencent tout de suite. Je pense qu'on peut travailler sur les deux affaires pendant un jour ou deux. Si on a l'impression que l'affaire d'ici a été étouffée, on fera appel à une autre équipe pour prendre le relais. Pour l'instant, il s'agit d'une intuition, rien de plus.

Styles consulta sa montre.

— OK, fit-il, il faut qu'on y aille. Je vais voir avec le shérif si on lui a rapporté des disparitions de jeunes femmes, histoire qu'on puisse identifier la dernière victime. S'il a quoi que ce soit, je téléchargerai les détails. On passera à la première heure pour assister à l'autopsie de l'autre victime. Je tiens à savoir ce que vous allez découvrir sur la marque de brûlure.

— Entendu, répliqua Wolfe, qui attrapa son kit médico-légal. L'autopsie est prévue à 10 heures.

24

Beth profita de leur vol en direction de Roaring Creek pour consulter la carte de la région sur son téléphone.

— On peut marcher jusqu'à l'endroit où ils déposent les livraisons pour les deux premiers. Les deuxième et troisième sont des camps miniers et on aura besoin d'un véhicule. J'ai appelé le shérif Bowman, il mettra une voiture de patrouille à notre disposition. Petit récapitulatif des suspects pour nous rafraîchir la mémoire, ajouta-t-elle après avoir fait défiler son téléphone. Austin Buck livre des journaux, des magazines, des cigarettes, etc. aux magasins des quatre villes. La livraison de cet après-midi est destinée à la station-service locale, dont la gérante est Ann Jones. Deuxième suspect : Clay Maverick, qui fournit le *diner* en produits laitiers, où il est en relation avec Elizabeth McGill. Ces deux commerçants nous attendent, donc il n'y aura pas de problème.

— D'accord, et après, on va où ? demanda Styles en lui jetant un coup d'œil.

Beth fit défiler ses notes.

— Pas de contact pour le prochain, Wyatt Cody. J'ai piraté son planning de livraison. Cody, comme je l'ai déjà dit, possède son propre réseau d'approvisionnement en ligne. Il fournit les camps miniers et les magasins locaux en marchandises diverses. Donc on se rend au camp minier de Lost Gold, à environ trois kilomètres de la ville. Il y est attendu vers 16 heures et, coup de bol, Billy Straus est attendu au même camp à 16 h 30. Il les approvisionne en matériel médical et livre les commandes des pharmacies, principalement dans les mines.

Dix minutes plus tard, ils se posaient sur le toit de l'hôpital général de Roaring Creek et, non sans avoir été fouettés par quelques rafales de vent hurlant, ils descendirent l'escalier et se retrouvèrent en plein soleil. Beth consulta la carte sur son téléphone. La station-service locale se trouvait à droite, dans la rue principale.

— On est en avance, constata Styles après un coup d'œil à sa montre. Ce n'est pas un pick-up de livraison que je vois garé dans l'allée ?

Beth accéléra le pas.

— Si, peut-être qu'il est en avance, lui aussi.

Ils attendirent patiemment que le chauffeur décharge ses marchandises et referme les portières de son véhicule avant de s'approcher. Il faisait la même taille que le tireur et elle avait vu cet homme dans le magasin, avant la fusillade, sur les images de vidéosurveillance. En attendant que Styles entreprenne le suspect, elle sortit un carnet et un stylo.

— Austin Buck ? attaqua son coéquipier, carte brandie. Agent Styles et agent Katz. Cela vous dérangerait de répondre à quelques questions ?

— Non, mais je ne peux pas m'attarder trop longtemps. J'ai un emploi du temps chargé. Qu'est-ce que je peux faire pour vous ? Si c'est une histoire de tabac de contrebande, je ne touche pas à ça, moi. Toutes mes livraisons sont légales.

Buck croisa les bras et s'appuya contre l'arrière de son pick-up.

Styles resta détendu, sans trahir aucune émotion.

— Je crois que vous étiez en ville, la nuit où la supérette a été braquée.

— Oui, je m'y suis arrêté, répondit l'autre en haussant les épaules. On n'est pas autorisés à conduire plus d'un certain nombre d'heures. Comme j'avais dépassé ma limite, j'ai pris une chambre au motel.

— Vous êtes allé à la supérette pendant votre séjour ici ? insista Styles, soupçonneux. En d'autres termes, est-ce que vous vous êtes approché de la supérette après la tombée de la nuit ?

— Ouais, eh ben, vous le savez déjà, non ? répliqua Buck en plongeant son regard dans le sien. Ils ont des caméras de surveillance, là-bas. Alors, c'est quoi le problème, exactement ?

Beth leva les yeux des notes qu'elle était en train de prendre.

— Qu'avez-vous vu cette nuit-là ? La nuit du braquage.

Buck haussa les épaules.

— Je ne sais pas trop. Je suis allé chercher un soda et quelques snacks, c'est tout. Un truc à manger en regardant la télé, vous voyez ?

— Avez-vous vu quelqu'un traîner autour du magasin ou le long du trottoir, garé devant ou assis dans un véhicule ? Un individu que vous seriez en mesure de vous rappeler ?

Styles fixait leur suspect comme pour le transpercer du regard.

— Non. Il y avait une fille qui se dirigeait vers le magasin quand je suis sorti, elle était vraiment jolie, avec de longs cheveux. Trop jeune pour moi, cela dit. Il y avait des gens dans le magasin. Des véhicules garés devant, mais je serais bien incapable de dire combien. J'ai juste pris mes achats et j'ai regagné mon pick-up. J'étais fatigué. La journée avait été longue.

Voyant Buck consulter sa montre, Beth échangea un regard avec Styles.

— Quelle heure était-il ?

Le regard de Buck passa d'un agent à l'autre.

— Autour de 21 heures, je crois. C'est tout ce que je peux vous dire. J'ai entendu parler de la fusillade aux informations le lendemain matin. Je suppose que j'ai de la chance d'être en vie, non ?

— Oui, on dirait bien, confirma Styles en lui tendant une carte. Si quelque chose d'autre vous revenait, appelez-moi. Merci pour votre coopération.

Alors qu'ils rebroussaient chemin, il jeta un coup d'œil à Beth.

— Ce n'est pas lui.

Perplexe, celle-ci le regarda fixement.

— Qu'est-ce qui te rend si catégorique ?

— Il lui manque la moitié de l'index droit, répondit-il, narquois. Je m'en suis rendu compte quand il a ôté ses gants. Le tireur était droitier et s'est servi de ce doigt pour appuyer sur la gâchette.

Sur le trajet jusqu'au *diner*, le vent rabattit les cheveux de Beth dans ses yeux. Aussi, dès qu'elle fut à l'intérieur, elle les rassembla et les attacha à l'aide de l'élastique qu'elle avait autour du poignet. Elle les avait libérés de leur queue-de-cheval pour les débarrasser de l'odeur des pompes funèbres – laquelle s'avérait tenace. Elle s'approcha du comptoir et sourit à la serveuse qui se trouvait derrière celui-ci. Elle jeta un coup d'œil à Styles.

— On est en avance, tu veux un café ?

— Pourquoi pas. Seriez-vous Elizabeth McGill ? demanda-t-il, souriant lui aussi.

— Tout à fait, répondit-elle, le sourire aux lèvres également. Je suppose que vous êtes les agents du FBI venus parler à Clay Maverick ? Je connais Clay depuis longtemps. Il vit en ville et nous livre des marchandises de petite taille depuis quelques années maintenant. Je n'ai jamais eu de problème avec lui. Qu'est-ce qu'il a fait ?

— Nous ne pensons pas qu'il ait fait quoi que ce soit, madame, déclara Styles. Nous interrogeons tous ceux qui étaient en ville la nuit de la fusillade, c'est tout. Nous cherchons des témoins. Étiez-vous ici à ce moment-là ? Vous avez vu quelqu'un traîner autour de la supérette ?

— Oui, j'étais là, déclara Elizabeth McGill en indiquant un point derrière elle. J'habite par là-bas et je ne me suis rendu compte de rien. C'est un peu loin de la supérette et, avec la télé allumée, je n'entends pas grand-chose de ce qui se passe à l'extérieur.

Beth commanda un café et deux parts de tarte. Elle avait soudain retrouvé l'appétit après avoir manqué le déjeuner, barbouillée par son passage au funérarium.

— Merci, dit-elle. Nous allons attendre l'arrivée de Clay. C'est juste un interrogatoire de routine, il n'a pas à s'inquiéter.

Dès qu'Elizabeth McGill leur eut servi leur commande, ils emportèrent le tout à une table près de la fenêtre.

— Hmm, on aurait donc affaire à un Gentil Garçon... Voilà qui met tout de suite la puce à l'oreille.

Styles mordit dans sa tarte et lui sourit.

— On verra bien, répliqua-t-il. Comment tu as deviné que je voulais une part de tarte au fait ?

Secouant la tête, Beth haussa les épaules et le regarda droit dans les yeux.

— Tu me poses sérieusement la question ? Cite-moi les occasions où tu n'as pas envie d'une part de tarte ?

— Certes, lâcha Styles en avalant lentement. Pas mal, mais pas aussi bonne que celles de TJ, ou celles qu'on a achetées à l'*Aunt Betty's Café* à Black Rock Falls. Bon sang, je n'ai jamais mangé une tarte aux cerises aussi bonne.

Beth but une gorgée de son café et le regarda par-dessus le bord de sa tasse.

— La prochaine fois qu'on trouvera un corps, tu pourras peut-être demander à Wolfe d'en apporter une part avec lui.

— Quoi ? s'écria Styles en recrachant son café, ce qui l'obligea à attraper plusieurs serviettes en papier pour les presser contre sa bouche. Oh, Beth, tu vas me tuer. J'imagine déjà la conversation : « Wolfe, vous pouvez venir ici dès que possible ? On a un homicide, et je peux avoir une part de tarte aux cerises en prime ? » Tu imagines sa réaction ?

Beth, qui savourait une bouchée de tarte, éclata de rire.

— C'était juste une suggestion. On se pointe de bonne heure. Si tu veux de la tarte, on en prendra quelques parts avant de repartir. Ça ne soustraira que quelques minutes à notre journée.

— J'apporterai une glacière, déclara Styles qui vida sa tasse et planta ses yeux dans les siens. Attention, quelqu'un se dirige vers nous.

Il se leva et fit face à l'homme qui approchait. Il le reconnut sur-le-champ : Clay Maverick. Beth avait vraiment choisi des suspects qui correspondaient tous à la description générale du tireur.

Maverick souleva le bord de son chapeau de cow-boy et les regarda l'un et l'autre successivement.

— Liz m'a dit que vous vouliez me parler. Qu'est-ce qu'il y a ? Ce n'est pas habituel d'avoir une visite du FBI dans notre ville.

— Deux fusillades en six mois et nous voilà, répondit Styles en lui indiquant un siège. Pourquoi ne pas vous asseoir pour que nous puissions discuter ?

Beth posa sa fourchette sur son assiette et repoussa celle-ci, afin de sortir son carnet de notes.

— Liz nous a dit que vous viviez en ville. Vous êtes au

courant pour les braquages. Est-ce que vous avez vu des inconnus traîner dans les parages ces derniers temps ?

Clay Maverick se gratta la joue et s'adossa nonchalamment à sa chaise.

— Non. Vous pensez que si un homme armé tue des gens en ville, quelqu'un va baver sur lui ? demanda-t-il alors que son regard passait lentement de l'un à l'autre. La plupart d'entre nous portent des armes, mais on n'a pas pour autant l'intention de tuer qui que ce soit. C'est un monde de bandits par ici. Quand je fais mes livraisons, je ne sais jamais qui pourrait décider de m'arrêter et de voler ma cargaison.

— Il y a une forte demande de produits laitiers dans la région, dites-moi ? ricana Styles. Les cigarettes et la bière, d'accord, mais le fromage et le yaourt, ça m'étonnerait qu'on se les dispute à ce point. Vous vivez en ville, continua-t-il en plantant son regard dans le sien. Donc vous allez à la supérette combien de fois par semaine, diriez-vous ?

— Je ne sais pas, deux ou trois fois, peut-être quatre, répondit Maverick en haussant les épaules. J'y suis passé la nuit de la fusillade et j'ai vu des corps partout. Je n'ai pas aperçu la fille qui a été enlevée, mais j'ai croisé un pick-up qui se dirigeait vers le nord.

Beth interrompit sa prise de notes.

— Quelle marque de pick-up ? De quelle couleur ?

— Je ne m'en souviens pas, répondit Maverick avec un sourire. J'avais envie d'une glace. Et je réfléchissais au parfum que j'allais prendre. Vous aimez les glaces ? Vous m'avez l'air d'une amatrice de glace aux pépites de chocolat.

La façon dont il s'emparait de la conversation, histoire de l'éloigner des questions, fit sourire Beth. Oh, il était doué !

— Ah bon ? Eh bien, allez savoir... ? Quelle heure était-il ?

— Les agents féminins du FBI ont-elles toutes aussi mauvais caractère ? reprit Maverick en regardant Styles.

Ce dernier se racla la gorge.

— Répondez aux questions, monsieur Maverick, histoire que nous puissions tous repartir. Quelle heure était-il ?

L'intéressé haussa les épaules.

— Un peu plus de 21 heures. Je n'étais pas le seul sur place. Des gens couraient dans tous les sens en brandissant des fusils et en aboyant des ordres. Les flics sont arrivés et ont renvoyé chacun dans ses pénates.

Styles se pencha en avant, appuyant ses mains jointes sur la table.

— Est-ce que quelqu'un est entré pour aller voir comment allaient les victimes ?

— Non, répondit Maverick qui le regarda longuement. Il y avait du sang partout et une femme était allongée près de la porte. Morte : elle avait les yeux fixes. Les autres avaient reçu des balles dans la tête. Personne n'aurait pu sortir vivant de là.

Beth le considéra d'un œil critique.

— Vous avez été témoin d'une tuerie, pourtant vous n'avez pas l'air bouleversé. Avez-vous servi dans l'armée ?

— Moi ? Mon Dieu, non ! s'esclaffa bruyamment Maverick. Je chasse. Donc la vue du sang, ça ne me dérange pas. Vu que je ne connaissais aucune des victimes, c'était un peu comme regarder un film d'horreur, en restant à distance.

— Essayez de vous souvenir du pick-up que vous avez vu partir, insista Styles. Vous avez pu reconnaître un pick-up, alors vous pourrez peut-être nous dire quel modèle c'était ?

— Hmm, un Ram, peut-être. Il avait un hayon couvert, des vitres teintées. Foncé, pas blanc ni argenté. C'est tout ce dont je me souviens, déclara Maverick avant de les regarder tour à tour. Je peux y aller maintenant ? Liz a une part de gâteau au chocolat avec mon nom dessus, là-bas.

Beth se pencha en avant, sourire aux lèvres.

— Une chose. Vous êtes marié ou vous vivez seul ?

Maverick haussa les épaules.

— Je n'ai pas encore quitté le nid. Pas terrible, hein ? De

vivre chez ses parents à mon âge, mais par ici, on reste souvent avec eux jusqu'à ce qu'on ait son propre logement.

— Oui, j'avais remarqué, fit Styles en lui tendant une carte. Si quelque chose d'autre vous revenait à propos de cette nuit-là, appelez-moi.

Beth le regarda s'éloigner et se tourna vers Styles.

— C'est un candidat possible. Il correspond au profil et il a tous ses doigts.

25

La pluie avait commencé à tomber alors qu'ils se dirigeaient vers le bureau du shérif, éclaboussant de gouttes froides les joues de Beth. Bientôt le vent se leva et projeta la pluie presque à l'horizontale. La température chuta si vite que des nuages de vapeur se formaient à chaque respiration. La pluie se transforma en glace, et le grésil les mitrailla d'éclats glacés. Ils coururent les derniers mètres jusqu'à l'entrée et se ruèrent à l'intérieur, heureux d'être à l'abri du froid. Beth contourna la réception, se dirigea vers le bureau du shérif Bowman et frappa à la porte.

— Nous sommes venus récupérer le véhicule. Une petite question : avez-vous relevé les noms des personnes qui s'étaient rassemblées sur le lieu du meurtre ?

— Non, répondit Bowman en lui tendant un trousseau de clés. Il n'était pas nécessaire d'interroger un groupe de citadins traumatisés. Je les connaissais tous. Ils vivent dans le coin. S'ils avaient vu quelque chose, ils me l'auraient dit. C'est une communauté très soudée.

Secouant la tête, Beth le regarda avec incrédulité.

— Et pourtant, un tireur, probablement le même, a frappé deux fois au même endroit sans que personne ne soit témoin de quoi que ce soit ? Ce que vous avancez est vraiment le cas ou les gens ont peur de parler ici ? demanda-t-elle, peu convaincue.

— Peur ? répéta Bowman, perplexe. Pourquoi auraient-ils peur ? Si quelqu'un les menaçait avec une arme, ils se défendraient.

— Pourtant, des gens sont morts dans la supérette, objecta Styles, dubitatif. Personne n'a tenté d'abattre le tireur, ou je me trompe ?

— Je suppose que ceux-là n'étaient pas armés, répliqua Bowman en haussant les épaules. Je n'ai pas de réponse là-dessus.

— OK, fit Styles. Merci pour le véhicule. On vous le rend dans quelques heures.

— C'est le SUV du poste, il est garé juste devant. Si on est déjà fermés, laissez-le sur le parking de l'hôpital et les clés au comptoir. Surveillez vos arrières au camp minier, ajouta Bowman, sourcils froncés. Ces brutes n'aiment pas trop les forces de l'ordre.

Remontant son col pour se protéger de la neige fondue, Beth jeta un coup d'œil à Styles pendant qu'ils ressortaient dans le froid.

— Décidément, cette journée s'améliore de seconde en seconde, ironisa-t-elle en lui tendant les clés. Tu conduis. Je fais le copilote.

Après avoir saisi l'adresse du camp minier sur le GPS, ils quittèrent la ville. Le navigateur leur fit longer une autoroute pendant un certain temps, puis emprunter des chemins de terre qui s'enfonçaient dans les montagnes avant de descendre vers une vallée. Le paysage avait été saccagé. De grandes saignées de terre nue et des monticules de gravats jonchaient des montagnes autrefois pittoresques. C'était une véritable ruche. Des hommes vêtus de casques de protection, de bottes en caoutchouc et de combinaisons vaquaient, concentrés, à leurs occupations. Le bruit était assourdissant. Beth secoua la tête. Le bruit et la pollution des sols étaient loin de lui plaire.

— Oh, c'est affreux !

— Je n'aurais jamais pensé que la citadine que tu es aimait la nature, avoua Styles en manœuvrant le pick-up pour contourner une ornière humide sur la piste. Ah, oui, c'est vrai, tu peins aussi des paysages, donc j'en déduis que tu apprécies les beaux panoramas. Ne t'inquiète pas, la réconforta-t-il en un soupir, il y a plein de choses d'autres à voir autour de Rattles-nake Creek. La ville s'est engagée à préserver la région de l'exploitation minière.

Elle secoua la tête, interloquée, devant le flot d'eaux sales qui jaillissait d'une machine à rincer la terre et se déversait dans un ruisseau autrefois pur. De lourdes machines étaient installées à côté de monticules de terre, recrachant leurs fumées dans l'atmosphère. Ce spectacle l'horrifiait. Comment ce paysage saccagé pourrait-il être ramené un jour à son état originel ?

— Je croyais que c'était une mine d'or souterraine.

Styles regarda le ciel.

— Non, de nos jours, la plupart des mineurs vont sur les concessions des anciens sites. Ils récupèrent les morts-terrains – les piles de déchets des mines – et les traitent. Il reste généralement là-dedans des fragments d'or – il y en a pour des millions de dollars – et ils les extraient des déchets. Il ne s'agit pas de simples résidus. Ce sont des déchets qui ont été traités au mercure, bien trop dangereux pour qu'on travaille avec. Cela peut te paraître grave, ajouta-t-il en souriant, mais les anciens laissaient traîner leurs déchets toxiques et ne dépolluaient pas ensuite. Ces mineurs-là doivent au moins remettre le site dans son état d'origine.

Beth le regarda en ricanant.

— Quoi, des monticules de… comment tu les as appelés ? Ah oui, des morts-terrains et des décharges toxiques. Ça m'a l'air de bien tenir la route, comme plan. Il faudrait peut-être mettre le Service des forêts sur l'affaire, qu'il insiste pour qu'ils plantent des arbres et des arbustes et qu'ils aplanissent les monticules de gravats.

— Mets-le à l'ordre du jour de la prochaine réunion du conseil, répliqua Styles avec un sourire. Tu seras soutenue. Les mineurs font vivre la ville, mais personne ne veut que l'environnement soit endommagé. Ah, voilà le bureau, constata-t-il en regardant devant lui. Je vais leur demander où se trouve leur plate-forme de livraison.

Il s'arrêta devant l'entrée et sortit d'un bond de leur véhicule.

— Attends-moi ici. Inutile qu'on se mouille tous les deux.

Il revint en effet quelques secondes plus tard et ils s'engagèrent sur un large chemin de terre couvert de graviers. Elle se tourna vers lui.

— Tu as posé des questions sur les suspects ?

— Non, juste sur les livraisons, répondit Styles sans quitter la route des yeux. Les suspects n'ont pas besoin de savoir pourquoi on est ici.

Ils se garèrent à l'arrière de ce qui ressemblait à une cuisine, à côté de laquelle se trouvait un petit magasin où les mineurs pouvaient se fournir en produits de première nécessité. Beth remarqua qu'il était ouvert tôt le matin et rouvrait à 18 heures le soir.

— J'en conclus que les mineurs dorment et mangent ici ?

Styles s'arrêta à côté d'un des deux pick-up de livraison.

— Oui. Il existe de nombreux types de sociétés. Certaines sont détenues par des associés, ou un groupe de gars qui mettent tous de l'argent pour prendre un bail et exploiter la concession en se partageant les bénéfices. D'autres travaillent pour une entreprise. Les mines d'or, ce n'est pas ce qui manque dans cette région. Les pierres précieuses sont en général extraites par des entreprises. Elles se trouvent sous terre et leur extraction est dangereuse. Ces mineurs-là doivent savoir ce qu'ils font dans les mines.

Il indiqua les pick-up qui avaient reculé jusqu'à l'une des entrées dans le bâtiment.

— Je pense que ces véhicules appartiennent à nos suspects. Ils sont arrivés avant nous et on dirait bien qu'ils ont presque fini de décharger. J'espère qu'on pourra les intercepter tous les deux pour les interroger.

Beth tendit la main vers la poignée de sa portière.

— C'est pour ça que j'utilise mon badge et ça marche, en général. Ils sont rares, ceux qui déguerpissent quand le FBI veut leur parler. Je me disais qu'on pourrait se séparer et éloigner ces hommes l'un de l'autre pour leur poser nos questions.

— Ça nous fera gagner du temps, c'est sûr, concéda Styles. Attends ici, Bear. Il fait froid et humide dehors.

Sur quoi, il remonta le col de sa veste. Beth releva la capuche de la sienne et sortit du pick-up en courant pour gagner la porte roulante, ouverte à l'arrière du bâtiment, tout en contournant les fourgonnettes. À l'intérieur de l'entrepôt, un groupe d'hommes la regarda avec surprise. Elle sortit sa carte et la brandit pour qu'ils la voient nettement.

— Agent spécial Beth Katz. Je suis ici avec l'agent Styles et nous aimerions parler à Wyatt Cody et Billy Straus.

Elle balaya l'assistance du regard, en quête de marques d'inquiétude.

— Cody, c'est moi.

Un jeune homme mince, mais musclé se dirigea vers elle, la jaugeant d'un regard clairement évaluateur, avant qu'un petit sourire ne vienne lui retrousser la commissure des lèvres.

— Une femme agent du FBI dans un coin pareil... Allez comprendre.

Beth ne broncha pas et imita le comportement de l'homme. Elle eut la satisfaction de le voir changer d'expression. Elle n'avait pas eu la réaction à laquelle il s'était attendu, et elle était passée du statut de proie à celle de chasseuse. Comment se sentait-il à être évalué comme une bête de foire ? Peut-être s'imaginait-il, dans son cerveau délirant, qu'une évaluation sans fard était un compliment, alors que pour elle, c'était une insulte. Elle releva le menton.

— Est-ce qu'il y aurait un endroit, à l'abri du vent, où on pourrait parler ?

— Oui. La cantine se trouve devant les cuisines. On y sert des repas et du café toute la journée. Les gars ont pour la plupart des horaires de travail irréguliers. Cela dépend des conditions. C'est par là, précisa Cody en indiquant une porte située à quelques mètres vers le fond.

Restée en retrait, elle jeta un coup d'œil à Styles, qui acquiesça.

— On vous suit.

Dans son dos, elle entendit son coéquipier parler à l'autre chauffeur.

Ils entrèrent dans une pièce meublée de tables et de chaises avec un long comptoir où s'alignaient, protégés par des vitrines, divers plats et pâtisseries. Elle suivit Cody jusqu'à une table séparée avec des machines à café, des tasses et de quoi agrémenter les boissons.

Cody se servit une tasse d'*americano* et lui sourit.

— Comme je l'ai dit, on sert vingt-quatre heures sur vingt-quatre, sept jours sur sept ici. Comment vous prenez le vôtre ?

— Lait et sucre, merci.

Elle ôta ses gants et se mit en quête de son carnet et de son stylo à l'intérieur de sa veste.

Lorsque le café fut prêt, elle suivit Cody jusqu'à une table située à quelques mètres de là, près d'un poêle à bois. Il faisait bon ici, et elle enleva son manteau pour le suspendre au dossier de la chaise. Après quoi elle s'assit et le regarda avec intensité.

— OK, nous essayons d'établir la chronologie de l'attaque à

main armée de dimanche dernier à Roaring Creek et de la précédente, à Broken Bridge, vendredi.

Elle le fixa du regard, guettant sa réaction.

— Vous vous déplacez d'une ville à l'autre, reprit-elle, et nous avons des raisons de penser que vous étiez sur ces zones au moment des fusillades.

Cody s'adossa à son siège, le café dans une main, une botte nonchalamment appuyée sur son genou opposé.

— C'est probable. Je dirige ma propre entreprise de livraison, mais je ne suis pas bégueule. Je fais tout, donc je prends des commandes supplémentaires quand elles arrivent. C'est bon pour les affaires. Alors, oui, qu'est-ce que ça peut faire si j'étais dans la région à ce moment-là ? Je ne suis pas le seul dans ce cas. Qu'est-ce que vous attendez de moi, agent Katz ?

Beth le regarda. Confiant et détendu. Pourtant, de nombreuses personnes confrontées à un agent du FBI seraient sur les nerfs. Tous les hommes qu'ils avaient interrogés semblaient nonchalants. Était-ce dû à la vie paisible qu'on menait dans les montagnes ? Elle le fixa, espérant qu'il se ratatine sous ses yeux, mais il se contenta de lui sourire. Peut-être interprétait-il son regard insistant comme une tentative de drague ? Sentant les questions affluer de nouveau à son esprit, elle s'éclaircit la voix. Peut-être serait-il judicieux de lui faire croire qu'il avait le dessus.

— Nous recherchons des témoins. Comme vous étiez en ville au moment des deux incidents, il y a de fortes chances que vous ayez vu quelque chose. Nous avons des images de vidéosurveillance de vous dans l'un des magasins.

Cette déclaration était plus ou moins un mensonge. S'il n'était pas le tueur, c'était de la pure invention, mais s'il l'était, eh bien, ils avaient une vidéo des meurtres.

Cody but une gorgée de café et fixa le plafond, feignant une intense réflexion.

— Je ne me souviens pas qu'il se soit passé quoi que ce soit d'inhabituel dans l'un ou l'autre endroit. Hmm, à Broken Bridge, quand je suis sorti du magasin, j'ai vu l'homme avec son chien. L'animal aboyait, si je me souviens bien. À mon avis, c'est l'homme que le tueur a abattu en partant. Je n'ai pas assisté à la fusillade, affirma-t-il en ramenant son regard sur elle. J'étais parti depuis longtemps.

Beth voulait plus d'informations et c'était comme arracher des dents à cet homme.

— Pendant que vous étiez dans le magasin, vous rappelez-vous avoir vu une jeune fille ou quelqu'un d'autre à l'intérieur ?

— La fille kidnappée qu'on a retrouvée assassinée ?

Il prit une nouvelle gorgée de café.

— Oui, elle est entrée juste avant moi et s'est dirigée vers l'arrière du magasin. Il y avait d'autres clients, mais je ne me souviens de personne en particulier.

L'air de rien, Beth prit quelques notes et releva les yeux vers lui.

— Quels véhicules avez-vous vus à l'extérieur du magasin ?

— Je me suis garé à côté d'un Ram, en revanche aucun souvenir des autres ni de leur nombre, répondit-il en haussant les épaules. Je ne pensais pas aux voitures, juste à rentrer chez moi pour regarder le foot.

Encore ce Ram... Elle prit quelques notes rapides, puis le regarda.

— Et dimanche soir, à Roaring Creek ?

Il haussa les épaules et, laissant tomber sa botte de son genou, reposa la tasse sur la table.

— Je suis passé prendre un café à emporter pour la route. J'ai aperçu le type au comptoir, c'est tout. Je ne me souviens pas d'avoir vu quelqu'un dans le magasin et je ne saurais pas vous dire quels véhicules étaient garés devant. J'étais fatigué, je voulais juste rentrer chez moi. J'aimerais pouvoir vous aider, mais je n'ai rien d'intéressant à vous dire, acheva-t-il en écartant les mains.

Beth opina.

— Vous êtes marié ?

— Oh, c'est une question piège ! s'esclaffa Cody. Vous êtes intéressée ?

Secouant la tête, Beth saisit le regard de Styles à l'autre bout de la pièce.

— Non. Je me demandais juste si vous aviez un alibi pour l'une ou l'autre de ces nuits. Une femme ou une partenaire ferait l'affaire.

— Pas de femme, juste ma mère, répondit-il avec un soupir. Vous pourriez l'interroger, mais elle se couche à 21 heures. J'imagine que vous avez mon adresse, ajouta-t-il en la dévisageant longuement, alors allez lui poser la question. Je vous en prie.

— OK, j'ai tout ce dont j'avais besoin, rétorqua Beth en refermant son carnet qu'elle fourra dans sa poche. Merci pour votre coopération.

Elle se leva, s'empara de sa tasse et se dirigea vers la table de Styles. Derrière elle, elle entendit le raclement d'une chaise, signe du départ de Cody.

— Je ne peux rien vous dire d'autre. J'étais malade et quelqu'un d'autre s'est chargé des livraisons. Je n'ai pas cherché à savoir qui. On m'a simplement remplacé. Je ne me trouvais pas à Roaring Creek ni à Broken Bridge ces deux jours-là.

Leur quatrième suspect, Billy Straus, conclut sa déclaration en haussant les épaules. Styles plongea ses yeux dans les siens.

— Quelqu'un peut certifier l'endroit où vous vous trouviez ces soirs-là ?

— Ma mère aussi était malade et ma tante est passée avec de la soupe au poulet. Vous pourriez lui demander, je suppose.

— Notez-moi son nom et son numéro.

Styles poussa son bloc-notes vers l'homme, puis attendit qu'il s'exécute.

— D'accord, merci. Ce sera tout pour cette fois.

Beth regarda Styles.

— Cody était trop sûr de lui, mais il a lâché quelques informations. Il vit avec sa mère, on peut donc vérifier son alibi. Même si elle se couche à 21 heures, elle aurait pu l'entendre ou savoir qu'il n'était pas rentré ce soir-là. Bon, ajouta-t-elle, on est loin d'avoir une preuve même indirecte valable pour l'un ou l'autre de nos suspects. Il pouvait y avoir un nombre incalculable d'hommes aux environs des supérettes à l'heure des meurtres. On ne va pas arrêter des gens au motif qu'ils se trouvaient dans les parages. Le seul élément tangible dont on dispose, c'est le pick-up Ram. Sauf que des pick-up de ce genre, j'en vois circuler partout et qu'on ne peut pas non plus arrêter tous les conducteurs pour les interroger. On poursuit des ombres.

— Une minute, l'interrompit Styles qui se leva pour aller se servir un café et revenir. OK, je n'ai rien non plus. Ce type était nerveux et malade au moment des dernières fusillades. Je ne pense pas qu'il faille insister avec lui. En fait, comme les trois autres ont coopéré et qu'on n'est pas près d'attraper le meurtrier, on n'a qu'une seule option.

Beth leva les yeux au ciel.

— Et c'est ?

Styles but une gorgée.

— On doit anticiper l'endroit où il va frapper la prochaine fois. Il a une zone de confort. Les shérifs locaux peuvent placer les supérettes sous surveillance.

Beth secoua la tête.

— La supérette était simplement... commode. Maintenant qu'il sait que le FBI est sur l'affaire, il pourrait frapper dans n'importe quel magasin, n'importe où. Qu'est-ce que tu ferais dans son cas, Styles ? Tu suivrais un schéma ou tu serais assez intelligent pour y introduire un peu de nouveauté ?

— Oui, j'introduirais un peu de nouveauté, admit-il en fronçant les sourcils. Alors, qu'est-ce qu'on fait maintenant ? On n'a pas les effectifs nécessaires pour surveiller tous les magasins du coin.

Beth avait eu cette question en tête toute la journée. Elle n'avait aucune idée de la manière d'empêcher une autre fusillade, car celles-ci pouvaient survenir n'importe où et se déroulaient en quelques secondes. Les chances d'être présents au moment d'une fusillade étaient infinitésimales.

— C'est mission impossible, à moins de disposer d'une armée, et dans ce cas, le tireur ne se pointerait pas, n'est-ce pas ? Personne n'est aussi stupide. Notre seule chance est de découvrir soit l'endroit où il emmène la femme qu'il kidnappe après le braquage, soit celui où il a l'intention de la tuer. Il a choisi des zones le long de la frontière du comté.

— Donc d'après toi, on ne fait rien, on laisse mourir d'autres innocents et on essaie de l'attraper avant qu'il assassine une autre femme ? fit Styles décontenancé. Tu es complètement cinglée.

Beth secoua la tête devant la confusion de son coéquipier. S'il voulait une démonstration d'empathie, elle pouvait s'y résoudre, bien qu'en vérité, ce soit son détachement qui garde son côté sombre sous contrôle. Mais bon, elle ne pouvait pas invoquer cela comme excuse.

— Je ne dis pas qu'on ne doit rien faire, Styles, je dis que comme on n'est que deux, on ne peut pas couvrir quatre comtés et espérer gagner à la loterie. C'est une tâche hors de nos moyens. Évidemment que je me refuse à le voir tuer à nouveau, ajouta-t-elle avec un soupir. Tu crois vraiment que je resterais sans rien faire si je pouvais l'arrêter ? Je veux lui mettre la main dessus avant qu'il tue à nouveau, mais on sait tous les deux que les chances sont minces.

Styles se passa une main dans les cheveux.

— Oui, c'est vrai. Ça revient à chercher une aiguille dans une botte de foin.

Beth en avait la gorge nouée.

— Ce type va continuer, et on doit se rendre à l'évidence qu'on ne pourra pas l'arrêter tant qu'on ne sait pas qui il est ni où il a l'intention de frapper la prochaine fois. On pourrait faire paraître un communiqué de presse pour que les gens soient au moins conscients du danger et prennent leurs précautions, mais c'est tout. Je peux essayer un truc. Je vais lancer un algorithme de probabilité. J'introduirai toutes les données dont je dispose sur les lieux où il a exécuté ses victimes et j'obtiendrai les probabilités. Lorsqu'il aura enlevé une autre femme, on pourra utiliser l'hélicoptère et être sur zone avant qu'il ait eu le temps de la tuer. D'après ce qu'on a vu, une partie de son fantasme consiste à leur faire croire qu'il les libère et à les tuer ensuite. Autrement dit, il a besoin d'un espace ouvert et isolé, en bord de route, proche de la frontière du comté et qu'il n'a jamais utilisé auparavant.

Elle fit tourner sa tasse de café entre ses doigts.

— Oui, des gens risquent de mourir. Je veux éviter ça autant que toi, mais si tu as l'intention d'attraper ce type, c'est notre seule option.

26

JEUDI, SEMAINE 2

Black Rock Falls

Le lendemain matin, Styles prit l'hélicoptère pour Black Rock Falls. L'idée de laisser une affaire en suspens ne lui laissait aucun repos. Pendant la nuit, il avait ruminé les conclusions de Beth sur l'affaire du Tueur des supérettes et accepté à contrecœur de se concentrer sur l'affaire du Chacal de la nuit pendant un jour ou deux. En vérité, ils n'avaient aucun moyen de prendre le tueur en flagrant délit ou d'empêcher une autre fusillade. La veille au soir, Beth s'était mise au travail et ils avaient laissé tourner sur son ordinateur le logiciel spécialement conçu pour leur donner une meilleure chance d'anticiper ses prochains passages à l'acte. C'était une tentative sans garantie de succès, mais c'était tout ce qu'ils avaient pour l'instant. Il avait appelé tous les shérifs locaux et leur avait demandé de faire paraître des communiqués de presse pour avertir leurs administrés qu'un homme armé rôdait et qu'il représentait une menace pour leur communauté. On pouvait toujours espérer que si le tireur frappait à nouveau, l'un des habitants du coin intervienne et l'élimine. Cela s'était déjà produit lorsque des vies étaient menacées. La fierté que Styles éprouvait à se sentir capable de protéger ses concitoyens était mise à mal dans cette affaire. Se sentir inutile dans ce genre de situation le contrariait beaucoup, au point que la situation lui était intolérable. Il se détourna de l'idée que d'autres innocents risquaient de mourir sans raison et revint à l'affaire du Chacal de la nuit. L'inquiétude de Beth quant à une dissimulation des preuves de la part d'un membre du bureau du shérif lui laissait un goût amer, mais d'après ce qu'il avait vu jusqu'à présent, c'était la seule explication possible à la terreur que le Chacal continuait à faire régner sur les environs de Mischief.

Il atterrit et coupa le moteur de l'hélicoptère. Alors qu'il rassemblait ses affaires, il remarqua que Beth avait seulement enlevé son casque et qu'elle regardait droit devant elle, les épaules raides. Il fronça les sourcils.

— Prête ?

— C'est quelque chose que j'ai dit ? répliqua Beth en se tournant sur son siège pour le regarder. Tu as passé des heures à taper dans des balles hier soir et ce matin, tu n'as pas dit un mot sur ce qui te préoccupe. On doit communiquer si on veut résoudre l'une ou l'autre de nos affaires.

Styles avait toujours joué en gardant ses cartes bien cachées. Il avait révélé plus de choses à Beth sur sa vie privée qu'à n'importe qui d'autre, principalement, pensait-il, pour l'aider à affronter ses propres démons. Il comprenait les gens. Il faut dire qu'il avait eu souvent affaire à des soldats fraîchement rentrés du service, la tête embrouillée et incapables de gérer une situation. Parler de ses problèmes plutôt que les garder pour soi, ça aidait. Il avait commis une grave erreur lorsque sa femme, atteinte d'une maladie mentale, avait exercé un contrôle coercitif sur lui avant d'essayer de le tuer. Il avait deviné que quelque chose n'allait pas, mais, parce qu'il était fou d'elle, il avait essayé de gérer la situation tout seul. Il regarda Beth. Ses yeux avaient la même expression résolue que d'habitude. Il lui était arrivé de voir de la colère et de l'inquiétude dans ces yeux, mais il se demandait si elle avait déjà aimé quelqu'un ou si elle en était seulement capable après avoir été maltraitée dans ses familles d'accueil.

— Désolé. Parfois, j'ai juste besoin d'extérioriser mes démons personnels, Beth. Je m'en veux de ne pas avoir pu arrêter le tireur. C'est un échec à mes yeux et je ne supporte pas très bien l'échec. Je comprends ton point de vue. On ne peut pas être partout à la fois, et je n'ai pas les moyens de sauver le monde.

— On l'attrapera, répliqua Beth en s'éclaircissant la gorge. On ne peut rien faire tant qu'on ne l'a pas pris à son propre piège. Et on finira par l'avoir. Il est tout seul et n'a jamais eu à affronter des gens comme nous jusqu'à maintenant. Mets cette affaire de côté pour l'instant. Les shérifs locaux s'en occupent, et on a besoin d'orienter toute notre vigilance sur le Chacal de la nuit. Après les résultats de l'autopsie, il sera intéressant de voir ce qu'on trouvera dans les registres des meurtres et les dossiers. Personnellement, ajouta-t-elle avec un coup d'œil dans sa direction, j'aimerais savoir pourquoi, à l'ère du numérique, le shérif de Mischief ne télécharge pas toutes ses affaires sur son serveur. Il en a un, et à part les délits locaux, on n'y trouve rien du tout. Les dossiers des meurtres attribués au Chacal de la nuit ne contiennent que la mention de la mort et un rapport très sommaire de l'hôpital ou des médecins locaux et des pompes funèbres. C'est la configuration la plus bizarre que j'aie jamais vue.

En descendant de l'hélicoptère, Bear sur ses talons, Styles lui sourit.

— Je n'ose imaginer comment le shérif Walker va supporter que tu lui fasses la leçon, s'esclaffa-t-il. Je pense que ça va bien m'amuser.

Il claqua des doigts pour que Bear les suive et ouvrit la lourde porte métallique de l'entrée.

Pendant qu'ils descendaient l'escalier et prenaient l'ascenseur qui les conduisait à la morgue et aux salles d'examen du légiste, il jeta un coup d'œil à Beth.

— Tu es sûre de ne pas vouloir faire appel à Jo Wells pour nous assister dans l'affaire du Tueur des supérettes ? Elle pourrait être en mesure de découvrir quelque chose qui nous a échappé sur ce maniaque.

— Pas encore, répliqua Beth en croisant les bras. Je n'ai aucune information à lui communiquer. En la faisant venir maintenant, on lui donnera l'impression d'être des incompétents.

Hochant la tête, Styles attendit l'ouverture des portes de l'ascenseur. L'odeur familière des salles d'examen leur parvint aussitôt. L'endroit était d'une propreté chirurgicale. Les carreaux blancs du sol au plafond brillaient, exempts du moindre grain de poussière, et l'odeur de chair en décomposition avait été masquée jusqu'à un certain point par des désinfectants floraux et des désodorisants à brancher sur les prises électriques dans des endroits stratégiques. Curieusement, Wolfe n'empestait jamais la mort. Comment échappait-il à la puanteur ? Mystère. Il devait se doucher à tout bout de champ. Alors qu'ils remontaient le couloir menant au bureau de Wolfe, la porte s'ouvrit et deux personnes, accompagnées d'un limier, sortirent avec le légiste. Son attention se porta sur la jolie petite femme et il tiqua. Il la reconnaissait, ainsi que le grand gaillard à ses côtés, pour les avoir vus dans le journal local. Ils formaient un beau couple : le beau joueur de football et l'éblouissante pom-pom girl, le roi et la reine du bal de fin d'année. Il s'agissait de la shérif Jenna Alton et de son mari, l'adjoint Dave Kane, deux des représentants de la loi les plus respectés de la région. Même leur chien, Duke, était devenu une légende après avoir sauvé Kane d'une coulée de boue.

Lorsque Wolfe s'approcha d'eux et fit les présentations, Styles sentit Beth se raidir à ses côtés. Il lui jeta un coup d'œil :

elle donnait l'impression de réagir normalement. Il serra les mains qu'on lui tendait en souriant.

— J'ai beaucoup entendu parler de vous et de votre équipe. Très impressionnant.

— Ravie de vous rencontrer enfin, répliqua Jenna, perplexe, en se tournant vers Beth. On s'est déjà rencontrées ? J'ai l'impression de vous avoir déjà vue.

— Non, je suis arrivée de Washington à l'automne dernier, répondit Beth, affable, en lui tendant la main. J'ai passé peu de temps à Helena, mais je suis sûre que je m'en souviendrais, si je vous y avais rencontrée, comme on peut facilement vous suivre dans les livres et dans la presse.

Jenna sourit.

— En tout cas, j'espère qu'on aura bientôt le temps de discuter.

— Enchanté de faire votre connaissance, intervint Kane dont la poignée de main était ferme et le sourire sincère.

Styles acquiesça.

— Peut-être qu'on se retrouvera un de ces jours sur une affaire ? On ne peut pas laisser Carter et Jo monopoliser toutes les missions amusantes.

— Nous ne manquerons pas de vous appeler si nous avons besoin de vous, déclara Jenna avant de regarder Wolfe. Merci, Shane. Nous attendrons votre rapport. N'oubliez pas d'essayer de venir au barbecue de dimanche.

— Je ferai de mon mieux, promit Wolfe avec un sourire. Mais j'ai trois affaires en cours en ce moment.

Alors que Jenna et Kane s'éloignaient, il leur désigna les salles d'examen.

— Laissez Bear dans mon bureau, reprit-il. Il y a de la nourriture, de l'eau et un panier. Prenez les blouses, les masques et les gants dans l'alcôve. Je suis prêt à commencer. Je n'ai que Webber pour m'assister aujourd'hui. Em est en cours.

Styles resta en retrait jusqu'à ce que Wolfe soit entré dans la salle d'examen dont le fronton était marqué d'une lampe rouge et suivit Beth jusqu'à l'alcôve. Alors qu'ils retiraient leurs manteaux, leurs gants et leurs bonnets, il la regarda.

— Tu n'avais pas l'air ravie de notre rencontre avec la shérif locale. Il y a quelque chose que je devrais savoir ?

— Pas ravie ? répéta Beth en enfilant sa blouse, amusée. J'étais impressionnée. Ce que tu as vu, c'était une personne béate d'admiration. Tu sais, comme lorsque tu rencontres ta star de cinéma préférée ? C'est difficile d'agir avec désinvolture, alors que j'ai reçu une formation d'excellence et qu'on attend de moi que je sache résoudre une affaire.

Elle enfila un masque, puis des gants.

— Et ensuite, on me demande de concourir, sans aucune formation officielle, contre un shérif et son adjoint élus qui peuvent me damer le pion, les yeux fermés. Ils ne se contentent pas de résoudre des crimes, ils le font si bien que quelqu'un a publié leurs exploits dans une série de livres à succès. Allez, Styles, avoue. Tu n'es pas impressionné ?

N'ayant jamais été impressionné par personne, Styles haussa les épaules.

— Je sais que Kane a un passé militaire. Ty Carter me l'a mentionné en passant. Et par-dessus le marché, ils ont une équipe remarquable autour d'eux. L'un de leurs adjoints a travaillé comme inspecteur avec un insigne doré, à Los Angeles, et ils ont également Carter, Jo, Wolfe et son équipe. Nous aussi, on se débrouille très bien et on a résolu des affaires au moins aussi notoires, ajouta-t-il en enfilant ses gants. Avec le temps, nos affaires feront également l'objet d'une série policière.

Beth fronça les sourcils.

— Oh, je ne suis pas certaine de vouloir de la publicité. Ils fouilleraient dans mon passé et l'utiliseraient contre moi, c'est sûr. Pour l'instant, Jenna et Kane ont des cibles dans le dos. Les tueurs en série viennent déjà ici. Ils sont nombreux à considérer ces vastes étendues de forêt comme un endroit idéal pour chasser. Combien d'entre eux voudraient être les premiers à les éliminer ? Pour ces psychopathes, ce serait le trophée ultime.

Intrigué par sa façon de penser, Styles jeta un coup d'œil à la porte de la salle d'examen : il avait encore une minute pour lui parler avant que Wolfe ne vienne les chercher.

— Peut-être, mais ils ont de l'expérience maintenant et c'est tout ce qui compte quand on a affaire à des psychopathes, non ?

— Se marier a été leur première erreur... Avoir une famille, leur deuxième, répliqua Beth. Tu sais aussi bien que moi que les psychopathes sont intelligents, qu'ils se servent des faiblesses d'autrui et les utilisent à leur avantage. C'est un peu comme si l'on cherchait à attraper un ours en l'appâtant avec une chèvre vivante. Si quelqu'un veut abattre l'un d'entre eux, il utilisera le moyen le plus efficace à sa disposition. Et crois-moi, les gens qu'ils aiment constitueront les meilleures chèvres.

27

Encore sous le choc après son face-à-face avec Jenna Alton, Beth suivit Styles dans la salle d'examen. Elle avait plus d'une fois abattu un tueur en série à Black Rock Falls, mais pour garder secrète son identité de Tueur au tarot, elle n'avait eu d'autre choix que d'inventer une explication à la volée. Avec la perspicacité qui était la sienne, Styles percevait le moindre changement dans son langage corporel. Une partie d'elle aurait voulu lui dire la vérité, mais son coéquipier étant un homme respectueux de la loi, elle ne pouvait pas courir le risque qu'il la dénonce. À la façon dont il avait haussé un sourcil quand elle lui avait raconté son bobard, elle sentait qu'il n'avait guère été convaincu. Comment pouvait-elle lui dire que Jenna l'avait vue, quelques heures à peine après qu'elle avait éliminé un tueur en série que rien n'arrêtait ? L'homme en question aurait filé bien avant que Jenna et son équipe ne l'atteignent. À court d'options, Beth avait dû agir. C'était de la légitime défense : il avait essayé de la tuer et elle avait retourné la situation contre lui. Elle n'avait pas de témoin et n'avait d'ailleurs jamais eu l'intention d'en avoir. Mais cela n'avait pas d'importance. Au fond d'elle, sa conscience était tranquille, tout comme elle l'aurait été si elle avait tué quelqu'un qui lui tirait dessus lors d'une fusillade dans le cadre de son travail au FBI. D'un côté, il y avait un meurtre ; de l'autre, le tir justifié.

— Prêts ? demanda Wolfe en les regardant. En votre absence, j'ai effectué des radiographies, des prélèvements sanguins et des ponctions sur toutes les zones intéressantes.

Il désigna l'ensemble des écrans accrochés au mur.

— J'ai identifié la victime : il s'agit de Layla Cooper, de Wolf Valley. Sa mère est venue l'identifier il y a peu. Elle avait signalé sa disparition à la première heure ce matin. Comme la plupart des gens, elle a téléphoné à tout le monde, sillonné toutes les routes. Elle a prévenu le shérif, pour le cas où Layla aurait manqué le bus pour rentrer. Il a appelé la gare routière locale. Le chauffeur se souvient de l'avoir déposée à son arrêt habituel. Elle prend le bus régulièrement. En revanche, il ne se rappelle pas avoir vu quelqu'un dans les parages à ce moment-là.

— Vous avez fait tout notre travail à notre place, constata Styles. Savez-vous où elle a été vue pour la dernière fois ?

— Oui, répondit Wolfe en faisant apparaître une carte sur l'écran, devant laquelle ils s'approchèrent. L'arrêt de bus est ici. Elle a l'habitude de finir jusqu'à chez elle à pied, fit-il, et il déplaça son doigt sur la carte. Là, c'est l'ancienne zone industrielle où nous avons trouvé le corps, à environ un kilomètre dans la direction opposée. Il n'y a aucune raison pour qu'elle soit allée là-bas. Le chauffeur a bien précisé qu'elle était descendue seule de son bus et il n'a vu personne l'attendre, ni aucun véhicule dans les environs immédiats.

Beth reporta son attention sur les radiographies et indiqua un point dans le cou de la victime.

— Elle a l'os hyoïde cassé, est-ce que ça prouve qu'il y a eu strangulation ?

— En termes simples, oui, répondit Wolfe. « Asphyxie », c'est le terme que j'emploierais. L'homme s'est servi d'un cordon.

Il s'approcha du cadavre et rabattit le drap.

— Comme je l'ai supposé lorsque nous avons examiné le corps sur place, le tueur a utilisé une corde pour immobiliser sa victime, mais pas pour la tuer, expliqua-t-il en indiquant les cercles de ligature qui sillonnaient le cou. Lorsqu'elle s'est débattue pour retirer la corde, celle-ci était si serrée que la victime a perdu connaissance. Une fois qu'elle a été maîtrisée, il a tenté de la violer, ajouta-t-il, le doigt pointé sur les ecchymoses qui constellaient les cuisses de la jeune femme. Je comprends pourquoi, en voyant ces hématomes, un généraliste ou un employé de pompes funèbres en a conclu qu'il y avait eu viol. Dans le cas de Jody Hooper, la victime que nous avons examinée hier au funérarium, un médecin local a effectué un prélèvement, mais en l'absence d'un kit de viol complet, nous n'avions aucune preuve permettant de statuer de façon définitive sur les faits. Il s'agissait d'une hypothèse. Nous savons maintenant que la Jody Hooper n'a pas été violée. Je vais procéder au même examen sur cette victime-ci.

Il rassembla ses instruments et se mit au travail.

Regardant l'écran plutôt que le processus, Beth attendit que le colorant soit introduit dans les cavités pour que les déchirures et les dommages apparaissent très clairement sur l'écran. Elle secoua la tête. La cavité vaginale n'avait pas été endommagée. L'hymen était manifestement intact, ce qui confirmait que la victime était vierge.

— Au moins, les parents auront le réconfort de savoir qu'elle n'a pas été violée.

Wolfe retira les instruments et les replaça sur le plateau en aluminium.

— Je ne peux pas imaginer l'horreur que constitue la perte d'un enfant. Il y a eu tentative de viol sur ces deux victimes.

S'agissant des autres, impossible d'être catégorique, puisqu'on ne peut pas faire confiance aux rapports d'examen. Ce n'est pas le même type qu'à Roaring Creek. Lui, il viole plusieurs fois ses victimes. Je ne crois pas que le Chacal de la nuit en soit capable. De deux choses l'une : soit il devient impuissant pendant l'agression, soit il est impuissant et espère qu'une situation violente le stimulera.

Styles jeta un coup d'œil à Beth.

— Peut-être qu'il a reçu une éducation religieuse qui fonctionne comme une barrière. Par exemple, il entend la voix de son père ou du prêtre lui chuchoter à l'oreille que le sexe en dehors du mariage est un péché ?

Sachant comment fonctionnait ce type de psychopathe sadique, Beth haussa les épaules.

— Je ne pense pas. Il est impuissant, c'est une évidence, et il en rend ses victimes responsables. Il veut les faire souffrir autant que lui souffre mentalement. C'est pour ça qu'il ne les étrangle pas complètement. Il aime voir leurs yeux, leur peur. Il veut qu'elles se défendent dans l'espoir qu'elles le stimulent. L'enlèvement et le viol ont probablement été un fantasme à un moment donné. Il se nourrit de violence et de domination, mais il a besoin d'une excuse pour valider son comportement. Dans son esprit, la victime n'a pas été à la hauteur et mérite de mourir. Il ne s'arrêtera pas. Il vit pour la violence.

— Je me suis occupé de la cause du décès, reprit Wolfe en les regardant. L'heure du décès se situe entre le moment où elle est descendue du bus et celui où le chien l'a trouvée à 6 h 05 ce matin. Le corps n'a pas été déplacé, sauf quand il l'a fait tomber du tapis où il l'avait enroulée, autrement dit, elle n'a pas été attaquée ailleurs et jetée là. Je n'ai trouvé aucune marque de ligature sur ses poignets ou ses chevilles, et aucune blessure à la tête ou autre qui pourrait suggérer un enlèvement.

— Elle est donc montée dans son véhicule de son plein gré ? s'étonna Styles. Cela semble un peu improbable.

Poussant un soupir, Beth secoua la tête.

— Si quelqu'un s'est approché d'elle en voiture et l'a menacée d'une arme, elle n'a pas eu le choix. Le problème, quand tout le monde porte une arme, c'est que ça peut arriver n'importe quand. Bref, résuma-t-elle, on doit supposer qu'elle connaissait son assassin, ou qu'il l'a menacée d'une arme pour qu'elle s'exécute. Autre chose ? demanda-t-elle à Wolfe. Des fibres ou de l'ADN latent, des drogues dans son organisme, un indice utilisable ?

— Non, répondit Wolfe en indiquant à Webber qu'il pouvait remporter le corps. Ce que j'ai trouvé, ce sont des traces d'alcool isopropylique, vaporisé sur tout le corps. Combien de personnes en ont sur elles ? Des centaines, voire des milliers, à mon avis, utilisent ce spray pour se nettoyer les mains, nettoyer les chariots de supermarché, etc., afin de tuer les germes. Malheureusement, ce produit détruit aussi l'ADN. Je suis surpris que le Tueur des supérettes ne l'ait pas utilisé, car il est facilement disponible et aboutirait à peu près au même résultat que le PCR Clean.

Beth acquiesça. Elle préférait l'autre méthode, fiable à cent pour cent. Elle ne pouvait pas se permettre une fiabilité moindre.

— Ce tueur connaît donc parfaitement l'ADN et les traces d'ADN, tout comme le Tueur des supérettes ? lâcha-t-elle en levant les yeux vers l'écran. Je vois que vous avez une analogie entre les marques de brûlures trouvées sur les victimes du Chacal de la nuit. Elles se ressemblent, non ?

Wolfe retira son masque et ses gants pour les jeter à la poubelle.

— Oui, je les ai examinées au microscope, elles sont identiques et correspondent aussi à une autre marque laissée sur une autre victime. Cette troisième photo n'est pas nette, mais elle est trop ressemblante pour être ignorée. Ce tueur marque ses victimes au fer rouge. C'est l'empreinte d'une rune. J'ai cherché le symbole et il représente « nauthiz », ou la lettre « N ». Il existe plusieurs interprétations, certaines en magie, d'autres dans la langue, mais ce que j'ai trouvé d'intéressant, c'est qu'elle représente le fait d'entrer en contact avec le côté sombre et incontrôlable d'une personne.

Un frisson parcourut l'échine de Beth : c'était tout à fait logique. Ce tueur était hors de contrôle, consommant des jeunes filles avec une absence totale de retenue, et quelqu'un le couvrait. Si c'était quelqu'un du bureau du shérif, elle l'abattrait parce que, aussi sûr que le soleil se lève chaque matin, les dissimulations seraient profondes et ils n'obtiendraient jamais assez de preuves pour une condamnation. Elle jeta un coup d'œil à Styles.

— Tout ça est très intéressant. Je pense qu'il est temps de fouiller les dossiers papier du bureau du shérif à Mischief et de voir ce qu'on peut trouver.

— Vous avez l'intention de poursuivre cette affaire, alors qu'elle n'est pas liée à celle que vous avez en cours ? s'étonna Wolfe, sourcils froncés. Vous travaillez comme des forçats, on dirait, et des gens meurent quand même. Vous ne pouvez pas être à deux endroits en même temps.

Styles retira lentement ses gants et son masque, les roula en boule, puis les lança à travers la pièce comme s'il visait un panier de basket.

— Pour l'instant, on n'a rien à part des filles mortes et une marque qui les relie, pas de suspects. Vu qu'on est sur place, on va vérifier les dossiers. Si on trouve quoi que ce soit qui suggère une dissimulation, ce qu'on soupçonne, on confiera l'affaire à une autre équipe.

Beth s'éclaircit la gorge.

— On ne peut pas aller voir le directeur avec des hypothèses. Il voudra des preuves avant d'envoyer une équipe. Dans l'état actuel des choses, on marche sur des œufs puisque le shérif local n'a pas demandé notre aide. On est ici pour essayer de relier cette affaire à celle de Roaring Creek. Jusqu'à présent, conclut-elle en soupirant, il a coopéré, mais on ne sait pas combien de temps ça va durer. Il ne s'attend pas à recevoir une visite de notre part cet après-midi. Le directeur pourrait envoyer une équipe de toute façon, vu qu'il s'agit d'un tueur en série. C'est lui qui a l'autorité en matière de meurtres à répétition.

Elle retira ses gants, mais garda son masque le temps de gagner le couloir. Une fois dehors, elle se retourna vers Wolfe.

— Merci pour votre aide. Elle nous a été précieuse.

Sur quoi, elle ôta sa blouse et se rhabilla. Wolfe attendit qu'ils aient terminé tous les deux.

— Je mettrai mes comptes rendus concernant les deux victimes sur le serveur, vous les aurez cet après-midi. La victime précédente, celle de Roaring Creek, devrait également avoir son rapport sur le serveur cet après-midi. Je suis là chaque fois que vous aurez besoin de discuter d'une affaire. N'hésitez pas à m'appeler, acheva-t-il avec un sourire.

Ils avaient regagné son bureau. Hochant la tête, Beth frotta les oreilles de Bear qui s'était élancé à leur rencontre.

— Merci.

28

Comme Bear avait besoin de se dégourdir les pattes, ils l'emmenèrent au parc. L'odeur de l'*Aunt Betty's Café* flottant sur le trottoir interpella Styles, qui traversa avant de se retourner vers Beth.

— Je suis affamé et l'après-midi va être long. Cet endroit est censé être très bon, et vu la tarte qu'on y avait commandée, il faut qu'on l'essaie pendant qu'on est en ville. Qu'en dis-tu ?

— Bonne idée, confirma Beth en le suivant à l'intérieur. Ça sent bon.

Dès qu'ils eurent consulté le tableau des spécialités, ils commandèrent tous deux un chili, une tarte aux pommes fraîchement sortie du four et un café. Le service fut rapide et le serveur proposa une assiette de restes de viande pour Bear, que Styles accepta.

— En voilà un endroit remarquable, commenta-t-il avec un petit coup de coude à Beth. Je ne pensais pas qu'il était possible de manger aussi bien qu'au *TJ's* dans ces villes de l'arrière-pays.

Beth dégustait lentement son repas, sans cesser d'observer leur environnement, l'œil aux aguets.

— On aurait du mal à qualifier ce genre de ville d'« arrière-pays ». C'est une grosse destination touristique. Les gens viennent ici pour être terrifiés. D'autres vont à la station de ski ou à la chasse. J'ai entendu dire qu'il y avait aussi des rapides en eaux vives.

Styles s'esclaffa.

— C'est ce que j'aime chez toi, Beth. Tu fais toujours des recherches sur les endroits qu'on visite.

— La faute à mon esprit analytique, je suppose, répliqua-t-elle en buvant son café. J'ai besoin de toutes les informations pour le cas où elles auraient de l'importance.

Après avoir terminé leur repas, ils regagnèrent le bureau du légiste et Styles montra sa carte afin d'accéder à l'ascenseur menant au toit. Quelques instants plus tard, ils étaient en route pour Mischief. Comme ils ne s'étaient pas annoncés, ils durent se rendre à pied dans la neige fondue jusqu'au bureau du shérif. Une fois à l'accueil, ils demandèrent à le voir. L'expression de surprise qui se peignit sur le visage du shérif Lance Walker au sortir de son bureau en disait long. Styles lui sourit.

— Désolé de débarquer sans prévenir, mais on est toujours sur l'affaire du braquage de la supérette et de l'enlèvement suivi de meurtre à Roaring Creek. On se demande s'il n'y aurait pas un lien. Notre homme pourrait passer par ici pour enlever des filles. Il a l'air de prendre son pied. Ça vous dérangerait qu'on regarde vos dossiers pour voir si ce lien est avéré ?

Walker remua les épaules comme si sa chemise était soudain trop serrée, et indiqua du pouce une pièce à l'arrière.

— Ben... non. C'est là que mes adjoints travaillent. Tous les registres sur les meurtres se trouvent là aussi. Je suis de la vieille école. J'aime les fichiers qui ne peuvent pas être piratés et qu'on a toujours sous la main. L'inconvénient, c'est que ça vous obligera à les passer un à un en revue. Copiez tout ce dont vous avez besoin. Le scanner est au bout du couloir à droite.

— Combien d'adjoints avez-vous ? demanda Beth en sortant son carnet de notes, stylo levé.

— Juste deux, Branch Dryer et Dirk Boone. Ils sont en pause en ce moment, donc je suis sûr qu'ils vous prêteront volontiers main-forte.

— Dryer et Boone, répéta Beth avec un sourire. C'est noté. Ils sont mariés ?

— Non, répondit le shérif qui la regarda, intrigué. Vous cherchez un mari ?

— On ne sait jamais.

Sur un petit signe d'adieu de la main, Beth se dirigea vers la porte ouverte au bout du couloir.

Styles la suivit du regard puis se retourna vers le shérif.

— Merci pour votre aide. C'est vraiment gentil.

Curieux de savoir ce que Beth avait encore prévu, Styles se dirigea vers le bureau des adjoints. Il l'y trouva, souriante, en train de discuter avec les adjoints comme s'ils étaient de vieux amis. Il attendit qu'elle arrête de parler et hocha la tête lorsqu'elle fit les présentations. Après quoi, il s'éclaircit la gorge.

— Nous aurions besoin de consulter vos registres de meurtres pour l'affaire du Chacal de la nuit.

— Bien sûr, répondit Dryer en lui lançant un trousseau de clés. Faites comme chez vous, mais les clés de chez moi sont sur ce trousseau. Il faudra que je les récupère. Vous n'avez qu'à utiliser ce bureau, ajouta-t-il en lui indiquant une table avec deux chaises qui se faisaient face. Il y a du café dans la salle de photocopie.

Styles s'empara des clés, ouvrit le meuble de classement et tendit le trousseau à Beth.

— Allez, on s'y met.

Sans lui accorder la moindre attention, Beth se percha sur l'un des bureaux et libéra ses longs cheveux blonds de leur élastique.

— On va passer la soirée ici, déclara-t-elle. Il y a une vie nocturne dans le coin ? Cette ville est bien plus grande que

Rattlesnake Creek et ça fait une éternité que je n'ai pas fait la fête.

Surpris, car Beth refusait de sortir avec qui que ce soit à Rattlesnake Creek, préférant la plupart du temps demeurer seule, Styles se mit en quête des dossiers. Quel que soit le plan qu'elle avait prévu, il ne l'impliquait manifestement pas.

— Je ne vais qu'au *Dancing Lady Saloon*, moi, lui répondit Dryer avec un sourire paresseux. J'y passe un peu avant de partir en patrouille et je reviens généralement quand j'ai fini ma journée. C'est un endroit agréable quand on veut se détendre, jouer au billard. La musique est bonne. Il y a des groupes qui jouent en *live* et du karaoké certains soirs.

Beth se leva et passa le trousseau de clés d'une main à l'autre.

— Ça m'a l'air sympa. Les patrouilles ont augmenté depuis les meurtres ?

— Non, répondit l'adjoint Boone en haussant les épaules. Les chances qu'on a d'attraper ce type sont de une contre un million. Il ne suit aucun schéma. On roule partout dans le coin, on vérifie les endroits désaffectés et on sillonne la ville dans tous les sens, et il réussit quand même à tuer une pauvre nana. Jusqu'à présent, nos suspects avaient des alibis, ajouta-t-il en désignant le meuble de classement. Tout est là-dedans. On ne sait pas s'il s'agit d'un seul homme ou de plusieurs. Si vous trouvez un indice, prévenez-nous parce que nous, on a que dalle.

Dossier ouvert en main, Styles regarda les deux adjoints.

— Qui prend les décisions concernant les autopsies ?

— Le shérif la plupart du temps, répondit Dryer qui s'adossa à sa chaise. On fait appel au médecin local ou à celui qui est de garde à l'hôpital. Le week-end, ce sont les pompes funèbres qui s'occupent des macchabées. Bien souvent, les causes des décès sont naturelles. Il n'y a pas beaucoup de meurtres par ici. On pense d'ailleurs que les plus récents ont été commis par quelqu'un d'extérieur à notre ville. Un de ces tueurs en série dont on entend parler et qui sévissent dans votre secteur de l'État.

— C'est le sentiment que nous avons aussi, confirma Beth en ouvrant le meuble de classement en grand, avant de se retourner vers Dryer. Je sais que vous êtes en pause déjeuner, mais j'aimerais vraiment un sandwich. Il fait froid et humide dehors. Ça vous embêterait de m'emmener en voiture jusqu'au *diner* du coin ?

— Bien sûr que non. Rendez-moi mes clés et je vous y conduis. Ma voiture de patrouille est juste dehors.

Dryer lui adressa un sourire en coin, comme s'il venait de remporter le gros lot à la tombola, et attrapa les clés qu'elle lui lançait. Il se leva et lui désigna la porte.

— Par ici.

Perplexe, Styles la suivit du regard. Qu'est-ce que Beth pouvait bien mijoter maintenant ?

29

Beth écoutait les propos enjôleurs du beau parleur assis à côté d'elle dans la voiture de patrouille. Ses soupçons s'étaient portés sur lui dès qu'elle l'avait vu. Il correspondait au profil du Chacal de la nuit qu'elle avait bâti et elle avait ensuite remarqué quelques petites égratignures sur ses poignets, à l'endroit où une femme aurait pu l'attraper pour écarter ses mains s'il essayait de l'étrangler. Elle avait d'abord prévu de l'observer, puis elle avait vu son trousseau de clés. Son côté sombre avait fait surface avec une telle précipitation qu'elle avait dû lutter pour le contenir. Lorsque le trousseau avait touché sa paume, son attention avait été attirée par un petit bâton de métal accroché au porte-clés. En le retournant dans sa main, elle y avait remarqué, à l'une des extrémités, gravée dans le métal, la rune qu'elle avait vue, brûlée, dans la chair de ses victimes. Elle tourna la tête pour l'observer. Le Chacal de la nuit se trouvait juste à sa gauche. Elle avait eu besoin d'une excuse pour se retrouver seule avec lui et découvrir quel était son véhicule. Quelle meilleure excuse que d'aller chercher des plats à emporter ?

— On doit se sentir bien seul à patrouiller ici la nuit. En arrivant, on a remarqué que de nombreuses rues ressemblaient à celles de villes fantômes. Tous les vieux bâtiments industriels sont à l'abandon.

— J'aime être seul parfois, admit Dryer qui lui sourit. Ça me permet de réfléchir. Je me porte toujours volontaire pour les patrouilles de nuit. Ça me plaît.

Lorsqu'ils firent halte devant le restaurant, toutes les pièces du puzzle s'emboîtèrent pour Beth. Elle sentit l'odeur de la cigarette dans l'haleine de l'homme. Il avait sans doute un Zippo sur lui, parfait pour chauffer le fer de marquage accroché à son porte-clés. Il utilisait son véhicule pour ramasser les filles. Elles montaient dans une voiture de patrouille et se croyaient en sécurité. S'il commettait une erreur et que des preuves étaient découvertes, il les détruisait. Un plan bien huilé jusqu'à ce qu'elle arrive. Alors qu'ils se garaient devant le restaurant, elle se tourna vers lui.

— Vous n'avez pas besoin de sortir. Je n'en ai que pour une minute et il fait froid. Je vous rapporte quelque chose ?

Il s'adossa à son siège et lui sourit.

— Non merci, je viens de manger. Prenez votre temps.

À l'intérieur du *diner*, Beth fouilla ses poches en quête du traceur qu'elle avait pris l'habitude de porter sur elle depuis un certain temps. Savoir en permanence où se trouvait le tueur lui faciliterait la tâche. Il ne lui restait plus qu'à le déclencher et à voir ce qui se passerait. Il était hors de question qu'une autre innocente se fasse massacrer, mais elle avait de nombreuses astuces dans sa besace pour attraper un tueur. Après avoir acheté deux sandwiches, elle sortit du *diner*, fit tomber comme par mégarde un paquet de serviettes en papier à côté de la voiture de patrouille et, pendant qu'elle se penchait pour les ramasser, glissa le traceur sous la portière du passager.

— Ce que je peux être maladroite ! s'exclama-t-elle en grimpant.

Dryer repoussa son chapeau et sourit en l'observant.

— Vous n'êtes pas du tout ce que j'imaginais d'un agent du

FBI. Vous avez l'allure et la façon de parler d'une citadine. Sortez avec moi ce soir, histoire qu'on vous enlève ces attitudes de la ville pour les remplacer par celles de la campagne.

Beth gloussa comme une écolière. Oh là là, il était tombé dans le piège qu'elle lui avait tendu. Elle comprenait les hommes comme lui. Dominants et agressifs lorsqu'ils n'obtenaient pas ce qu'ils voulaient. Les femmes déclenchaient leur rage quand elles refusaient leurs avances ou leur donnaient l'impression d'être insignifiants. Elles les déchaînaient aussi lorsqu'elles les ridiculisaient devant leurs amis. Quel déclencheur Beth devait-elle utiliser ? Ce type était déjà à fond et il n'en faudrait pas plus pour le pousser à bout. Or pour l'instant, il n'avait pas d'autre victime en vue. Il s'attaquerait à la première femme venue pour prouver qu'il avait raison.

Elle veilla à parler d'une voix rauque et un peu essoufflée.

— Il faut que je demande à Styles combien de temps il compte travailler aujourd'hui. C'est mon supérieur et il est parfois coriace avec moi.

— C'est plutôt injuste, non ? commenta Dryer au moment où il se garait devant le bureau du shérif. Vous devriez peut-être lui poser la question. Ce sera une soirée inoubliable, je vous le promets. On pourra aller chez moi ensuite, après qu'on aura bu quelques verres.

Stupéfaite de voir Dryer s'inscrire aussi parfaitement dans ses plans, elle regagna le bureau, où elle dut affronter le regard désapprobateur de son coéquipier. Il savait qu'elle mijotait un truc et, Styles étant Styles, il n'aimait pas être tenu à l'écart. Elle posa les sandwiches sur le bureau et, baissant la voix pour ne pas être entendue, se pencha vers lui.

— Tu me croiras si tu veux, mais Dryer m'a draguée dans la voiture de patrouille ! Alors que je jouais seulement au gentil flic pour tenter d'obtenir des informations.

— Qu'est-ce qu'il a dit ?

Styles ouvrit un sachet en papier pour lorgner sur son contenu.

— Il m'a proposé de sortir avec lui et j'ai dit que je te demanderai l'autorisation, une fois qu'on en aura terminé ici, répondit Beth en soupirant. Non seulement ça, mais il s'est montré très suggestif.

— Qu'est-ce que tu veux ? insista Styles, soupçonneux. Tu as peut-être mal interprété.

Beth leva les yeux au ciel.

— Je ne pense pas, non. Il a dit qu'on pourrait boire quelques verres et retourner chez lui et qu'il aimerait me débarrasser de la citadine en moi pour me donner des manières de la campagne. Vu qu'on a besoin de leur coopération, je n'ai pas réagi, ajouta-t-elle avec nonchalance. J'ai gardé mon sang-froid, mais qui ne dit mot consent, non ? Alors maintenant, qu'est-ce que je fais ? Même si je ne me sens pas à l'aise avec lui, je ne veux pas faire d'esclandre.

— Pourquoi as-tu demandé au shérif s'ils étaient mariés ? répliqua Styles. Peut-être qu'il en a parlé à Dryer ?

Sceptique, Beth secoua la tête.

— J'avais besoin de savoir s'ils vivaient seuls, c'est-à-dire s'ils avaient des gens pour leur fournir des alibis. Et ce n'est toujours pas une excuse pour me draguer comme ça, si ? Je dois travailler ici, Styles, et je n'ai pas besoin de ce genre d'attention.

— Laisse-moi faire.

Styles se leva si brusquement que sa chaise bascula. Il sortit du bureau pour y revenir avec le shérif. Il dévisagea successivement les hommes présents.

— L'agent Katz est un officier fédéral et mérite le respect. L'adjoint Dryer a fait des commentaires, en disant qu'il pourrait la débarrasser de son côté citadin pour le remplacer par un côté plus campagnard. C'est du harcèlement sexuel. Est-ce le genre de comportement que vous autorisez dans votre bureau, shérif ?

Bang, il était là, le déclencheur. L'humiliation faisait son petit effet à tous les coups et Beth voyait Dryer changer sous ses yeux. Elle avait observé à de nombreuses reprises cette transformation dans son propre reflet. Le regard qu'il lui lança était terrifiant, comme si, en actionnant un interrupteur, elle avait vu son vrai visage. Le tueur en série sadique était prêt à en découdre et, s'il se fichait bien de savoir qui il assassinerait cette fois-ci, elle serait à n'en pas douter son premier choix. Cet homme était le Chacal de la nuit et il essaierait à coup sûr de frapper ce soir, mais cette fois, le Tueur au tarot serait juste derrière lui.

30

Styles regarda l'homme en colère qui le fixait d'un regard mauvais et secoua la tête.

— Vous ne pensez pas que lorsque l'agent Katz m'a demandé à quelle heure nous passerions par ici, je lui ai demandé pourquoi ? demanda-t-il en jetant un coup d'œil au shérif. Elle est actuellement sur plusieurs affaires et n'a pas de temps pour s'amuser à moins que je ne sois d'accord. Elle ne voulait pas me donner de détails, mais j'ai insisté, ajouta-t-il avec un coup d'œil à Dryer. Ce n'est pas parce qu'une femme essaie d'être aimable avec vous que vous avez le droit de la draguer.

— Elle m'a posé des questions sur la vie nocturne, rétorqua Dryer dont les yeux étincelaient de colère. C'était un appel du pied.

Styles secoua lentement la tête.

— Pas de mon point de vue. Je travaille avec elle depuis plus de six mois et je ne l'ai jamais vue agir de manière inappropriée.

— D'accord, cracha Dryer en fusillant Beth du regard. Je m'excuse d'avoir été sympa et de vous avoir proposé un verre.

C'est ma faute. Croyez-moi, cela ne se reproduira plus. Vous n'êtes pas mon genre de toute façon.

Le shérif Walker désigna la porte d'un signe de tête.

— Ça suffit, Dryer. Va aider à l'accueil. Boone, assure-toi que les agents aient tout ce dont ils ont besoin.

Ayant deviné que Beth désirait être seule, Styles secoua la tête.

— Ce n'est pas la peine, on a tout ce qu'il nous faut. Il n'y a pas beaucoup d'éléments utiles à notre affaire, ici. On va faire une pause, avant de terminer et de vous débarrasser le plancher.

— D'accord, fit le shérif en regardant Boone. Il y a des contraventions impayées à l'accueil. Poursuis les contrevenants et menace-les de la foudre divine. Je vous laisse, acheva-t-il à l'attention de Styles.

Sur quoi, il partit en refermant la porte derrière lui.

Poussant un long soupir, Styles se tourna vers Beth.

— OK, qu'est-ce qui se passe ?

— J'ai trouvé des pages manquantes dans trois des rapports rédigés par Dryer, répondit Beth en sortant des dossiers qu'elle lui tendit. Regarde, il manque des pages dans tous les rapports sur les meurtres. Les preuves mentionnées à propos de ce meurtre-ci ne se trouvent pas dans le casier à preuves. Ce sont soit des erreurs, soit des dissimulations de la part de Dryer. Il m'a draguée, c'est vrai, admit-elle en haussant les épaules, mais honnêtement, je gère. Je voulais juste qu'ils quittent le bureau pour qu'on puisse travailler tranquilles. Et je n'ai trouvé que ça, comme excuse. Je connais ce genre de types. Tu agis de manière amicale avec lui, tu glousses au bon moment, tu le prends en tête-à-tête et bim, il t'invite à sortir avec lui.

Styles la regarda, perplexe.

— Les hommes sont-ils si transparents ?

— Certains, oui. C'est un joueur. Il aime commander, donc j'ai tenté ma chance pour voir s'il allait mordre à l'hameçon, dit-elle avant de désigner le bureau. Pas de vidéosurveillance.

Pendant que tu fais le guet, je vais fouiller leurs ordinateurs et leurs bureaux, pour voir s'ils ont quelque chose de caché.

Incapable d'en croire ses oreilles, Styles la dévisagea.

— Tu ne peux pas fouiller leur bureau sans mandat. Tout ce que tu trouveras sera irrecevable.

Beth se leva, les mains sur les hanches, et le regarda.

— On n'obtiendra pas de mandat sans raison valable et quel intérêt s'il n'y a rien à trouver ici ? En revanche, si on sait qu'il y a des preuves de falsification de dossier et qu'on donne les fichiers comme raison valable, on l'aura. Il faut que j'accède à son ordinateur et à ses affaires personnelles pour voir s'il garde quoi que ce soit des crimes.

Après s'être éclairci la gorge, Styles s'appuya d'une hanche contre le bureau.

— Il prendrait des souvenirs des crimes ? Pourquoi il ferait une chose pareille ?

— Peut-être qu'il les conserve pour celui pour qui il trafique les preuves. Peut-être un parent ou un ami proche.

Beth grignota un sandwich.

Réfléchissant un instant, Styles la dévisagea. En cet instant, elle avait son air innocent. Il avait vu d'innombrables visages de Beth Katz. Elle était comme une porte tournante émotionnelle, et il ne savait jamais vraiment à quelle humeur s'attendre. Cela étant, elle avait trouvé la preuve que quelqu'un avait trafiqué les fichiers.

— Tu penses que quelqu'un ici, probablement Dryer, connaît le tueur ?

— Oui, confirma Beth. Quelque chose comme ça.

Peu convaincu, Styles feuilleta les dossiers des meurtres.

— Comment sait-on qu'il s'agit de Dryer ? N'importe lequel d'entre eux aurait pu bidouiller les fichiers. Ils y ont tous accès. Ce n'est pas parce que Dryer a rédigé le rapport que c'est forcément lui. Si Boone est impliqué, par exemple, il a très bien pu supprimer des preuves, lui aussi.

Elle s'empara d'un dossier sur le bureau et l'agita en l'air.

— Le fait est que l'un d'entre eux a falsifié des preuves. Ça, c'est une preuve. Le coupable reste à identifier, mais on doit d'abord déterminer combien de personnes ont accès aux meubles de classement.

Styles regarda les meubles en question, puis posa ses yeux sur elle.

— Celui sur lequel je travaillais contenait les dossiers de Boone sur les meurtres. Ils doivent avoir un meuble chacun. Je n'ai pas vu de modifications ou de pages manquantes. On pourrait scanner les dossiers de Dryer afin de recueillir ses empreintes. Il ne peut pas porter de gants au bureau. C'est notre meilleure chance. Puis scanne les pages de part et d'autre de celles qui manquent, pour trouver des empreintes. S'il n'y a que les siennes, on devra le faire figurer dans notre rapport. On n'est là que pour jeter un coup d'œil. On a une affaire à résoudre, et celle-ci devra être confiée à quelqu'un d'autre.

— D'accord, concéda Beth avec un sourire. Je devine que tu as ton scanner d'empreintes digitales dans une poche quelque part ? Je vais rassembler tous ses fichiers et tu les scanneras. Je vais bosser sur mon ordinateur portable. Comme ça, quand tu auras fini, je chercherai une correspondance. Les empreintes des adjoints et du shérif sont déjà sur le serveur. Wolfe les a téléchargées hier.

Il se mit au travail, scannant méticuleusement toutes les pages relatives aux affaires de meurtre locales avant de les télécharger sur le serveur. Il avait besoin des empreintes digitales et des dossiers. C'était un travail long, fastidieux et chronophage, qui consistait à vérifier chaque page et à revenir en arrière au cas où la falsification remonterait loin dans le temps. Il ne fallut pas longtemps à Beth pour trouver une correspondance pour les empreintes, et ils scannèrent toutes les pages suspectes ainsi que quelques-unes juste avant et juste après, dans les registres des meurtres supervisés par Dryer. Les empreintes lui appartenaient toutes. Comme Beth le soupçonnait, c'était donc bien lui qui falsifiait les dossiers. Lorsqu'elle se dirigea vers l'ordinateur de Dryer, Styles se pencha par-dessus son épaule. Il fut étonné de la rapidité avec laquelle elle contourna son mot de passe.

— Tu as trouvé quelque chose ?

— Pas encore, mais il a envoyé des photos des scènes de crime sur un autre appareil. Peut-être un ordinateur personnel ou une clé USB. Les clichés pris à l'hôpital et aux pompes funèbres sont ceux qu'on avait trouvés avant de venir ici. Ils ont tous été effectués par un téléphone. On doit vérifier s'il en manque. Il y a peut-être d'autres preuves incriminantes pour le tueur qu'il n'a pas mises dans les fichiers, fit Beth en levant les yeux. La présence de ses empreintes digitales partout suggère vraiment une falsification.

Elle se pencha pour fouiller dans les tiroirs de son bureau.

— Rien d'intéressant ici, mais j'aimerais bien faire examiner son véhicule par la police scientifique.

Craignant d'outrepasser les limites de la loi et des droits humains élémentaires, Styles secoua la tête.

— Pas encore. On adresse tout ce qu'on a au directeur et on voit s'il veut que l'on continue, fit-il en soupirant. Si tu te rappelles bien, on était juste censés jeter un coup d'œil pour suivre une intuition. On a recueilli des preuves. Ne perds pas de vue que le Tueur des supérettes est notre principal objectif. On n'a plus beaucoup de temps à consacrer à la poursuite d'un flic qui dissimule des preuves alors qu'un tueur de masse se déchaîne dans le comté voisin. Il est presque 17 heures, ajouta-t-il après avoir consulté sa montre. On remet tout ça en place et on file à l'hôtel.

— Il y a des taxis dans cette ville ? demanda Beth qui était en train de refermer l'ordinateur de Dryer. Il tombe encore de la neige fondue et on doit récupérer nos sacs dans l'hélico.

Ils entendirent des voix à l'extérieur. Styles rangeait les

dossiers dans l'armoire lorsque Dryer et Boone entrèrent. Il leur sourit.

— On a terminé pour aujourd'hui, mais on reviendra demain matin. Merci pour votre aide. Il y a des taxis dans cette ville ?

— Oui, répondit Boone en fronçant les sourcils. Vous avez une station de taxis devant l'hôtel. Vous pourrez en prendre un de là-bas demain matin, mais je vais vous en appeler un pour tout de suite.

Il attrapa son téléphone et passa l'appel. Il ne fallut que quelques secondes avant qu'il ne leur adresse un signe de tête.

— Il sera là dans cinq minutes environ. La plupart du temps, ils ne sont pas très occupés avant la fermeture des saloons.

Styles attendit que Beth attrape son manteau et rassemble les informations qu'ils avaient recueillies au cours de la journée. Il avait tout copié sur le serveur, mais sa coéquipière avait également fait des copies papier. Elle le suivit dehors en enfilant ses gants.

— Demain, on parle à tous ceux qui ont manipulé les corps ?

Styles acquiesça.

— J'ai toutes les informations sur mon téléphone. Je dresserai une liste ce soir et on la passera en revue demain matin. Il faudrait vraiment qu'on ait notre propre moyen de transport, mais bon, on peut toujours marcher ou prendre un taxi. Ce serait plus facile si cette neige mouillée cessait de tomber... Voilà notre voiture, allons-y, lâcha-t-il à la vue du taxi qui ralentissait pour s'arrêter le long du trottoir.

31

Leur hôtel avait été construit pendant la ruée vers l'or et n'avait probablement pas été aéré depuis. La chambre de Beth était de bonne taille, avec une salle de bains raisonnablement moderne – manifestement un ajout par rapport à l'aménagement initial de l'établissement –, avec une baignoire sur pieds et une douche au-dessus. La vasque du meuble de toilette ressemblait à une fleur, avec des pétales qui s'incurvaient sur les côtés, et le miroir de celui-ci était constellé de taches brunes. Au moins l'éclairage était-il bon et Beth se prélassa dans la baignoire avant d'aller rejoindre Styles au restaurant. Amusée, elle constata que l'endroit avait des portes qui ressemblaient à celles d'un saloon du Far West. Elle les franchit pour rejoindre Styles au comptoir – celui-ci avait dû laisser Bear dans sa chambre. Elle avait mis un point d'honneur à bien s'habiller aussi avait-elle emporté deux grosses valises – à la grande consternation de son coéquipier –, mais elle voulait être sûre de pouvoir faire face à n'importe quelle situation. Une citadine se devait de changer de vêtements quand elle se retrouvait dans une ville qu'elle ne connaissait pas. En réalité, une de ses valises était remplie de tout ce dont elle avait besoin en matière d'effets spéciaux, de déguisements et costumes. Elle ignorait si et quand elle aurait l'occasion de suivre Dryer. Prendre un taxi pour aller commettre un meurtre était généralement proscrit, mais elle utiliserait tous les moyens de transport à sa disposition. Si Dryer frappait à nouveau bientôt, elle bénéficierait d'un avantage certain puisqu'elle savait à tout moment où il se trouvait.

— Notre table est prête, annonça Styles avec un sourire. Je comprends maintenant pourquoi tu as apporté tous ces bagages. Est-ce que j'ai le droit de te dire que tu es splendide sans passer pour sexiste ?

Beth s'esclaffa.

— Oui, et merci. Je ne me vexerai pas si tu me dis que je suis jolie... Les gens me plongent parfois dans la perplexité, admit-elle avec un soupir.

— Comment ça ?

Il prit la place qui lui était désignée et la dévisagea, tandis que le serveur, après leur avoir remis les menus, s'éloignait.

Beth croisa le regard de son coéquipier par-dessus la carte et s'éclaircit la gorge.

— Les hommes se comportent de deux manières opposées avec moi : soit ils me draguent, soit ils m'évitent. Tu es mon ami et mon partenaire de travail et je te respecte, alors n'hésite pas à me dire ce que tu penses. Tu ne me vexeras pas. Je ne crois pas que tu puisses y arriver, même si tu essayais. Alors, détends-toi. On est amis et on s'est déjà fait des confidences.

— Ça me va, répliqua Styles en pliant son menu. Mais je n'ai pas besoin de te dire que tu es très belle, Beth. Tous les regards se sont tournés vers toi dès que tu es entrée. Tu sais que tu dégages un magnétisme très attirant.

Beth parcourut le menu, le reposa et leva les yeux vers son coéquipier.

— Merci, mais je suis comme toi. On est tous les deux des produits endommagés, et les dégâts prennent du temps à guérir, hein ? J'aime travailler avec toi, Styles, mais je n'arrive toujours pas à comprendre comment tu réussis à t'accommoder de moi. Je sais que je suis parfois difficile. Tu as vraiment la patience d'un saint.

— Beaucoup de ceux qui résolvent le mieux les problèmes de ce monde dépassent un peu les limites, minimisa Styles. Je peux vivre avec cette partie de toi. Pour le reste, j'aviserai au fil de l'eau.

Il fit signe au serveur et ils commandèrent leur dîner, pendant lequel ils discutèrent de l'affaire. Beth buvait une gorgée de son deuxième verre de très bon vin quand le téléphone de Styles sonna.

— Shérif, que puis-je faire pour vous ?

Il passa l'un de ses écouteurs sans fil à Beth.

Surprise de constater qu'il s'agissait d'un appel du shérif Bowman de Roaring Creek, Beth haussa les sourcils et écouta avec intérêt.

— *Il y a eu une autre fusillade à River's Edge. Le shérif Tucker est sur place. L'employé de la supérette a été abattu et nous avons trouvé un sac à main appartenant à une jeune femme du nom de Cheyenne Dimple. Elle est portée disparue. Elle a dix-sept ans, vit à proximité, passe tous les soirs prendre du lait et du pain à la même heure. Nous avons parlé à sa mère.*

— Je suis actuellement à Mischief, je ne peux pas me rendre sur place ce soir. Je dois faire le plein, précisa Styles, sourcils froncés. Le shérif Tucker devra s'occuper de la scène et tout sécuriser jusqu'à ce qu'on puisse s'y rendre dans la matinée. Faites transporter le corps de la victime dans une morgue ou un hôpital local. Il y a un endroit proche de la scène de crime où je pourrais faire atterrir l'hélico ?

— *Oui, je vous enverrai les coordonnées et le contact de Tucker. Communiquez-lui votre heure d'arrivée et il vous rejoindra pour vous emmener sur les lieux. Je lui demanderai de vous trouver un moyen de transport si nécessaire.*

— Parfait, merci.

Jetant un coup d'œil interrogateur à Beth en face de lui, Styles soupira en coupant la communication.

— L'affaire de Mischief devra attendre. On a peut-être une chance de sauver cette fille. Il faut qu'on jette un œil à tes algorithmes et qu'on essaie de déterminer où il prévoit de l'assassiner pour se rendre sur place. On partira au lever du soleil.

Après lui avoir rendu l'oreillette, Beth finit son vin et s'adossa à sa chaise.

— C'est aussi bien que le tueur ne soit pas un lève-tôt. D'après le rapport de Wolfe et l'examen des insectes présents sur les corps, les victimes n'ont pas été tuées de bonne heure. Wolfe estime qu'elles ont été retrouvées au maximum deux heures après qu'il leur a tiré dessus, donc on peut supposer qu'il les a tuées vers 11 heures ou plus tard, pas plus tôt. Si on est de retour au bureau à 6 heures, on pourra repartir dans l'heure, puisque tu dois refaire le plein, et qu'il faut récupérer notre matériel. Je n'ai pas l'intention de me lancer à sa poursuite sans une veste en Kevlar, ça c'est sûr.

— Naturellement, approuva Styles en consultant sa montre. Je te propose qu'on se couche tôt. À moins que tu n'aies d'autres idées ?

Soudain aux anges, Beth se frotta les tempes pour masquer son excitation. Une petite fenêtre d'opportunité venait de s'ouvrir pour mettre la main sur Dryer et l'empêcher d'assassiner de nouvelles filles. Elle regarda Styles.

— Moi, non. J'ai la tête farcie après avoir étudié tous ces dossiers. Me coucher tôt m'apparaît comme le paradis.

Styles fit signe au serveur pour qu'il leur apporte l'addition.

— Super, dit-il. Moi aussi, je suis crevé. Je vais dormir comme une bûche, cette nuit.

32

Beth élabora son plan pour éliminer Dryer pendant qu'ils prenaient l'ascenseur pour regagner leurs chambres respectives. Avisant la préposée au service d'étage avec son chariot rempli de serviettes, elle l'interpella.

— Ça vous dérange si je prends quelques serviettes supplémentaires ?

— Allez-y, répondit la femme en lui en tendant une pile. Mon service sera terminé dès que j'aurai rapporté mon chariot. La journée a été longue, conclut-elle avec un sourire.

Beth profita de leur rapprochement pour détacher la carte ouvrant les chambres qui pendait à la ceinture de la femme et la glissa sous les serviettes. Ce tour de passe-passe était le fruit de plusieurs années d'entraînement. Elle avait suivi des cours du soir de magie pendant de nombreuses années et elle pratiquait régulièrement toutes les compétences qu'elle avait acquises profitant ainsi de l'avantage dont elle avait besoin pour réussir. Elle pouvait subtiliser la montre ou le portefeuille d'un homme ou lui glisser l'une de ses cartes de tarot dans la poche sans qu'il s'en aperçoive. Le crochetage des serrures, l'utilisation des plantes médicinales et un maquillage d'effets spéciaux – une compétence développée au fil de nombreux cours – n'étaient qu'une petite partie de ses connaissances. Le FBI appréciait ses talents d'agent secret infiltré et sa capacité à se transformer en homme ou en adolescente, mais elle n'avait jamais révélé qu'une partie de ses compétences à ses collègues. Elle veillait à rester en forme et, comme elle avait naturellement une silhouette longiligne, même à trente ans, elle pouvait se faire passer pour n'importe qui, avec les bonnes prothèses en silicone, de l'adhésif double face, le maquillage et les perruques adéquats. Elle avait des combinaisons qui lui donnaient une allure replète et d'autres, garnies de muscles, qui mettaient sa minceur en valeur. Les vêtements venaient compléter l'illusion. Sa capacité à se glisser dans n'importe quel personnage était un don qu'elle avait acquis petit à petit. Le côté psychopathe de son cerveau lui était en effet d'une grande aide lorsqu'il s'agissait d'incarner quelqu'un. Si elle n'avait pas été agent du FBI, elle aurait adoré se retrouver sur scène. Cependant, si elle avait eu à jouer un combat, le risque aurait été grand qu'elle se laisse emporter, ce qui n'était pas une option. Elle se sourit à elle-même. Personne n'avait jamais remarqué qu'elle n'était pas celui ou celle qu'elle incarnait. Pas même Styles lorsqu'il avait découvert qu'il lui arrivait de se déguiser.

Lorsqu'ils arrivèrent à leur étage, elle prit congé de Styles en agitant la main et se glissa dans sa chambre. Dès que la porte se fut refermée, elle ôta ses chaussures et consulta l'application de suivi sur son téléphone. Bien, Dryer était au saloon, son endroit préféré pour noyer son chagrin. Il y passerait probablement un certain temps, puis ferait le tour de la ville jusqu'à ce qu'il trouve quelqu'un sur qui déverser sa colère. Toutefois, elle ne devait pas laisser pareille monstruosité se produire. Elle avait découvert qu'il partait en patrouille vers 22 heures, tous les soirs. Elle consulta sa montre, puis se dirigea vers son sac. Cette fois, elle se transformerait en habituée des bars et tenterait de l'attirer dans un coin tranquille du saloon. Comme il avait été déclenché, il lui ferait probablement la causette et proposerait qu'ils se retrouvent quelque part. Même en mode « déclenché », il ne serait pas assez stupide pour se laisser voir en compagnie de l'une de ses victimes.

Elle déposa sa valise sur le lit et sortit tout ce dont elle avait besoin de son sac à malices. Elle avait à disposition de nombreuses formes en silicone pour modifier son apparence. Un nez différent, une peau avec des traces d'acné et une perruque brune coupe courte se marieraient bien avec des lentilles de contact marron foncé. Une série de dents trop blanches ferait ressortir sa lèvre supérieure et une touche de rouge à lèvres ajouterait à sa moue. En moins d'une demi-heure, elle avait changé de visage et enfilé un soutien-gorge qui lui donnait des seins énormes. Elle choisit ses vêtements avec soin. Dans cette ville, elle porterait un jean, un pull moulant, des talons hauts, de nombreux bracelets en argent et de longues boucles d'oreilles en argent. Elle enfila de fins gants de cuir et retira une carte de tarot de son enveloppe protectrice avant de la glisser dans sa poche. Elle avait choisi le poison comme arme de prédilection. Elle renverserait quelques gouttes de sa boisson sur Dryer. Ce serait risqué, mais déterminant. La peau de l'adjoint absorberait lentement le poison qui le tuerait en une douzaine d'heures ou peut-être plus. D'ici là, elle serait de retour à Rattlesnake Creek avec Styles. C'était le plan parfait. Tout ce qu'elle avait à faire, c'était de sortir de l'hôtel et d'y revenir sans être vue.

Elle jeta un coup d'œil à sa sélection de manteaux. Aucun ne convenait pour les circonstances, et il n'était pas question qu'elle se fasse tremper par la pluie. Ouvrant lentement la porte de sa chambre, elle jeta un coup d'œil dans le couloir. Un ascenseur de service se trouvait à l'autre extrémité. Elle l'emprunterait pour éviter d'être vue et passerait par l'entrée du personnel. Il restait quelques heures avant que l'établissement ne ferme pour la soirée et il était fort probable que quelqu'un ait laissé un manteau à sécher dans le vestiaire. À sa grande joie, l'ascenseur ne marqua aucun étage et s'arrêta au sous-sol. Son cœur tambourinait dans sa poitrine lorsque les portes s'ouvrirent. Des voix étaient audibles dans les parages. En se penchant, elle aperçut deux hommes qui se dirigeaient vers les doubles portes en poussant des chariots chargés de vaisselle. Un panneau lumineux indiquant « Sortie » brillait comme un phare. Elle se précipita dans cette direction. Sur un côté, elle remarqua une porte portant l'inscription « Réservé au personnel ».

Elle l'ouvrit en utilisant la carte dérobée à l'employée d'étage. Le local était conforme à ses attentes : une rangée de patères près de la porte avec en dessous des chaussures et des bottes mouillées. Une succession de casiers dotés de serrures à combinaison occupait un autre pan de mur et, au centre, trônait une table où s'attardaient quelques tasses à café sales et un cendrier. Elle ignora les casiers et passa les mains sur les manteaux, trouvant enfin un long imperméable à capuche, encore humide, qu'elle s'empressa d'enfiler, non sans rabattre la capuche sur ses yeux. Ainsi vêtue, elle prendrait un taxi jusqu'au saloon et personne ne la reconnaîtrait. Elle regagna donc le couloir et sortit dans une ruelle. Quelques instants plus tard, elle grimpait dans un taxi et, avec son plus bel accent du Sud, donnait des instructions au chauffeur pour qu'il la conduise au *Dancing Lady Saloon*. Ayant réglé sa course en liquide, elle entra et se débarrassa de son manteau, puis se dirigea vers le bar. Un examen attentif de la salle lui permit de repérer Dryer à la table de billard. Il ne jouait pas : adossé au mur, il se contentait de suivre la partie en cours. Il leva les yeux, comme s'il avait senti son arrivée. Redressant les épaules, elle lui adressa alors un large sourire avant de se retourner pour commander une boisson.

— Un bourbon, sec.

— Ça marche.

Le barman lui servit son verre et le plaça sur un dessous de verre. Il poussa une coupelle de cacahuètes dans sa direction.

— Vous êtes nouvelle dans le coin ? demanda-t-il avec un sourire.

Beth sourit à son tour.

— Je ne fais que passer.

À son grand soulagement, quelqu'un appela l'homme à l'autre bout du bar.

Tandis que le barman s'éloignait, elle ouvrit la minuscule fiole de cyanure et la versa dans son verre. Après quoi elle glissa dans sa poche le flacon rebouché, heureuse de porter encore ses gants. Même si le cuir n'était pas une barrière contre le poison, le fragment de poudre qui risquait de s'y attarder ne lui causerait pas de problème. Elle fit tourner le contenu de son verre, regardant les petits cristaux se dissoudre en un mélange létal qui provoquerait une mort instantanée s'il était ingéré. Elle perçut au-dessus d'elle l'odeur d'une haleine de fumeur et frissonna aussitôt. Dryer était juste derrière elle. L'avait-il vue vider le flacon ? Peut-être pas, car elle avait masqué ses mouvements, mais quoi qu'il en soit, le jeu était lancé. Alors qu'il s'accoudait au bar, elle continua à faire tourner le verre entre ses doigts.

— Tu vas le boire ou jouer avec ? lui lança Dryer, grand sourire aux lèvres.

Parfaitement au fait de la manière de le pousser à bout, Beth haussa les épaules.

— J'aime bien jouer, répliqua-t-elle avant de se retourner sur son siège. Pas toi ?

— Tu fais des avances à un adjoint du shérif ? répondit Dryer tout en la reluquant lentement de la tête aux pieds. Je devrais peut-être te coffrer ?

Beth soutint son regard, feignant la nonchalance. L'homme rongeait son frein. Son envie de meurtre était si forte qu'il avait du mal à se contrôler. Elle saisit l'éclair de triomphe dans ses yeux, à l'image de celui qu'elle éprouvait, et répondit, en veillant à donner des intonations aguicheuses à sa voix :

— Pas de problème, à condition que tu me promettes d'utiliser tes menottes.

Dryer observa lentement les alentours, puis fixa son regard sur elle.

— Tes désirs sont des ordres. Dans la ruelle de derrière, donne-moi cinq minutes pour amener la voiture de patrouille. J'ai une piaule à proximité.

C'était le moment. En se retournant, Beth fit tomber son verre du bar, qui se renversa sur les genoux de Dryer. Elle recula en poussant un petit cri alors que le verre s'écrasait sur le sol.

— Oh là là, susurra-t-elle en plantant ses yeux dans les siens. Il va falloir que tu enlèves ce pantalon mouillé.

— J'en ai bien l'intention, déclara Dryer, manifestement peu préoccupé par les taches d'humidité.

Il se leva et indiqua au barman qu'il avait du verre cassé à ramasser.

Quelques instants plus tard, celui-ci arriva, armé d'une pelle et d'un balai à long manche. Il balaya le tout avant de le jeter dans la poubelle : les preuves avaient été éliminées. Il était temps pour elle de partir. Elle descendit de sa chaise, enfila son manteau et passa une main dans le dos de Dryer. Dans la seconde qui suivit, elle glissa la carte de tarot dans la poche arrière de son Levi's.

— À plus tard, monsieur l'adjoint.

Elle se dirigea vers la sortie conduisant à la ruelle.

33

Persuadée d'avoir terminé son travail, Beth projetait de retourner devant le saloon et d'attraper un taxi, mais ce plan fut mis à mal lorsqu'elle aperçut Dryer qui se dirigeait vers elle. Abaissant sa capuche sur ses yeux, elle pivota et s'élança dans la direction opposée. Le mélange pluie-neige lui cinglait le visage et le vent repoussait sa capuche. Or si elle se trempait trop, son déguisement allait disparaître. Elle devait s'éloigner de lui et s'enfuir, en sautant par-dessus les rigoles d'eau sale qui débordaient des égouts et se déversaient sur le trottoir. Il fallait à tout prix éviter les conflits et ne pas être vue en train d'interagir de manière agressive avec Dryer. Car s'il l'emmenait pour l'interroger, l'adjoint la fouillerait et tout serait perdu. Au détour d'une rue, elle récupéra la fiole vide au fond de sa poche et la laissa tomber dans une masse d'eau brune qui fonçait en tourbillonnant vers les égouts. Une fois cette preuve éliminée, elle accéléra le pas et se dirigea vers la ruelle suivante dans l'espoir de pouvoir faire demi-tour et attraper un taxi.

Dans la seconde qui suivit, un rugissement de moteur et un crissement de freins retentirent à proximité : une voiture de patrouille s'arrêtait pour lui barrer la route. Elle regarda à gauche et à droite, mais, à cette heure de la nuit, personne ne s'était aventuré sous les assauts glacés de la neige fondue. La portière du passager s'ouvrit sur Dryer. La pluie avait éclaboussé sa veste et son chapeau de cow-boy dégoulinait. Le déluge, qui s'était accumulé le long du trottoir, cavalcadait en glougloutant, charriant des flots de feuilles, brindilles et autres emballages de bonbons. Beth avança d'un pas chancelant, comme si elle avait l'intention de monter dans la voiture, mais elle s'arrangea pour trébucher et se retrouva à genoux. Passant la main sous le véhicule, elle arracha le traceur, qu'elle laissa aussitôt tomber dans l'eau, puis fit semblant de se ressaisir, releva sa capuche et plongea son regard dans celui de Dryer.

— J'ai changé d'avis. Je rentre chez moi. J'ai été ravie de vous rencontrer.

— Pas si vite, répliqua Dryer en lui lançant un regard noir. Il reste toujours ce problème de racolage. Soit tu paies l'amende, soit je te présente au juge demain matin. C'est toi qui vois.

Beth se redressa, fit volte-face et détala dans la ruelle. Ses hauts talons posaient problème, elle s'en débarrassa d'un mouvement de pied et continua sa course. La pluie lui fouettait le visage et de petits éclats glacés lui entaillaient les joues à mesure qu'elle augmentait sa vitesse. Elle quitta la ruelle au pas de charge et tourna à droite, espérant gagner la station de taxis, car rentrer à l'hôtel à pied lui prendrait beaucoup trop de temps. Le souffle court, elle scruta le trottoir sombre. Il n'y avait pas âme qui vive à cette heure de la nuit. On aurait dit que quelqu'un avait éteint toute vie en ville. Les rues étaient si désertes qu'on n'entendait en tout et pour tout que le clapotis de la neige fondue sur sa capuche et le gargouillis de l'eau qui ruisselait le long du caniveau. Une seconde plus tard, la voiture de patrouille, qui avait fait le tour du pâté de maisons, éclairait le trottoir de ses phares : Dryer rôdait pour lui mettre la main dessus. Or, elle n'avait nulle part où se cacher. Aux abois, Beth traversa la route. Les devantures sombres des magasins se pressaient les unes contre les autres comme pour se mettre à l'abri, seulement entrecoupées par des ruelles au bout de chaque pâté de maisons.

Désarmée, face à un tueur en série muni d'une arme et d'un badge, elle devait continuer à se déplacer. Il était hors de question qu'elle l'affronte, même s'il était en train de mourir à petit feu. Elle serra les dents, déterminée à se montrer plus maligne que lui. Il n'allait pas quitter de sitôt le siège bien au sec de sa voiture de patrouille, et elle pouvait tirer profit de cette réticence en faisant des allers-retours sur le bitume. Dans son véhicule, il ne pouvait pas faire demi-tour assez vite pour l'attraper. Si elle parvenait à regagner la ruelle, elle pourrait peut-être sauter dans l'un des taxis qui attendaient devant le saloon et s'enfuir avant qu'il n'ait refait le tour du pâté de maisons. Elle se remit à courir, reconnaissante envers Styles pour toutes les fois où il avait exigé qu'elle l'accompagne à la salle de sport et où elle s'était entraînée jusqu'à tomber d'épuisement. Son endurance s'était considérablement améliorée depuis qu'elle avait commencé leurs séances d'entraînement matinales.

La frustration de Dryer ne faisait qu'augmenter et, alors que Beth s'élançait sur la route derrière sa voiture, il recula brusquement. Terrifiée, elle plongea vers le trottoir, mais roula dans le caniveau. Ruisselante, elle se retourna au moment où il fonçait et faisait pivoter l'arrière du véhicule vers elle, avec l'intention de la faucher. Épuisée, tous les muscles endoloris, elle parvint à se relever, mais il grimpait sur le trottoir. Ses pneus patinèrent dans l'eau : il avait perdu le contrôle et tout ce qu'il voulait, c'était la tuer. La soif de sang qui lui embrumait le cerveau l'avait transformé en animal.

Beth, qui s'était jetée sur le côté, s'accroupit, attendant son prochain mouvement. Le moteur du véhicule rugit : la voiture reculait d'un coup pour remonter le trottoir et faire demi-tour, sans se soucier de heurter les lampadaires au passage. Le métal crissa, puis les roues arrière de la voiture de patrouille touchèrent le bitume dans des projections d'eau boueuse. Beth se leva d'un bond. Profitant de ce que le véhicule effectuait une énième marche arrière, elle contourna le capot et s'élança dans la ruelle. Courant à perdre haleine, elle déboucha en face du saloon, traversa la route et se jeta dans un taxi.

— Oh, merci mon Dieu ! Je suis complètement perdue. Il faut que je retourne à mon hôtel.

Elle donna l'adresse au chauffeur.

— Pas de problème.

L'homme ne lui accorda qu'un bref regard et redémarra à une allure tranquille, au rythme du va-et-vient de ses essuie-glaces.

Beth se baissa sur la banquette arrière lorsque l'adjoint, après avoir fait le tour du pâté de maisons dans le grondement de son moteur, ralentissait pour scruter le trottoir. Elle se détendit lorsqu'ils eurent changé de quartier.

— C'est une chouette ville que vous avez là. Dommage qu'il pleuve.

— Vous restez longtemps ? s'enquit le chauffeur en lui jetant un coup d'œil dans le rétroviseur.

— Je suis juste venue voir mes parents pour leur cinquan-tième anniversaire de mariage. Les Doolie, vous les connaissez ? demanda-t-elle avec un sourire.

— Non, mais j'ai vu leur photo devant l'hôtel, fit-il avec un hochement de tête avisé. Ce sera un sacré événement.

Beth avait vu l'affiche, elle aussi.

— Ça, c'est sûr.

Le taxi s'arrêta devant l'hôtel. Beth paya en liquide et, au sortir du véhicule, avisa Styles sur le trottoir, en compagnie de Bear. Juste à temps. *Bon sang !* Le taxi ne se fut pas plus tôt éloigné qu'elle faisait demi-tour et empruntait la ruelle en courant pour gagner l'entrée arrière. Elle se glissa à l'intérieur, remit le manteau à sa place et, après avoir déposé la carte ouvrant les chambres sur la table, se dirigea vers la porte. Un rapide coup d'œil des deux côtés lui indiqua qu'elle pouvait se faufiler dans le passage et prendre l'ascenseur jusqu'à son étage. Dès qu'elle fut dans sa chambre, elle fila à la salle de bains où elle se fit couler un bain chaud. Elle fourra ses vêtements mouillés dans un grand sac en plastique. Ils iraient à l'incinérateur sitôt qu'ils seraient rentrés à Rattlesnake Creek. Elle enleva les artifices siliconés de son visage, les enveloppa dans du papier hygiénique et les jeta, morceau par morceau, dans les toilettes.

Plongée dans son bain brûlant, elle se lava les cheveux. Si ses genoux étaient éraflés, ses gants lui avaient protégé les mains. Elle soupira. Dix paires de fins gants de cuir constituaient un avantage certain. Il lui faudrait commander sans tarder d'autres articles pour sa panoplie de déguisement. Heureusement, comme le FBI était au courant des opérations d'infiltration qu'il lui arrivait de faire, on ne l'interrogeait jamais sur ses achats inhabituels. Dix minutes plus tard, elle entendit frapper à sa porte. Elle se raidit et attendit. Au bout d'une seconde, son téléphone se mit à sonner, l'obligeant à se sécher une main pour attraper l'appareil. Voyant qu'il s'agissait de Styles, elle décrocha et mit le haut-parleur.

— Désolé de te déranger, mais Bear est devenu dingo dehors tout à l'heure, il voulait chasser les ombres, je suppose. Pour te la faire courte, ajouta Styles en se raclant la gorge, il est assis devant ta porte et refuse de bouger. Tu pourrais ouvrir qu'il puisse te voir ?

Beth gémit.

— Je suis dans le bain. Donne-moi cinq minutes.

S'extirpant de la baignoire, elle fourra ses vêtements souillés dans deux sacs qu'elle glissa dans sa valise, puis elle fouilla parmi ses vêtements pour en sortir un peignoir qu'elle passa sur son corps encore humide. Puis, les cheveux enturbannés dans une serviette, elle se dirigea vers la porte.

— Bon, autant que tu entres, dit-elle en regardant Bear. Qu'est-ce qui t'arrive, mon grand ?

Trempé, le chien avait des gouttes de pluie accrochées aux moustaches. Il la renifla, puis s'assit à ses pieds en s'appuyant contre sa jambe. Elle leva les yeux vers Styles. Lui n'était pas mouillé. Autrement dit, il s'était changé avant de venir la trouver.

— Est-ce qu'il s'est déjà comporté comme ça ?

— Seulement quand il croit que je suis en danger, répondit Styles en jetant un coup d'œil à la pièce. Je pensais que tu voulais aller directement te coucher ?

Beth le dévisagea, feignant l'ironie.

— J'ai décidé de prendre un bain, finalement. Qu'est-ce qu'il y a ? Je te manque déjà ? Tu veux entrer, toi aussi ?

34

En examinant le visage rougi de sa coéquipière, Styles sentit sa gorge se nouer. Beth avait parfois une façon de le regarder... et il avait du mal à interpréter son humeur. Plaisantait-elle ou était-elle très sérieuse ? Elle avait été la partenaire parfaite pendant ces enquêtes, travaillant dur sans jamais se plaindre. Sa compagnie au dîner avait été agréable, presque comme celle d'une épouse de longue date. Il sourit en espérant qu'il s'agissait de la réaction la plus appropriée.

— Oh, tout va bien, mais merci pour ton invitation. Bear voulait juste s'assurer que tu étais saine et sauve, c'est tout. Il t'aime bien et je suppose qu'il se demandait où tu étais passée. Je me suis dit que tu devais être au lit, mais quand Bear s'est planté devant chez toi en refusant de bouger, j'ai remarqué de la lumière sous la porte, alors j'ai frappé. Sauf que tu n'as pas répondu. Bref, j'ai eu peur qu'il n'y ait un problème. D'où mon coup de fil. C'est ce que font les partenaires et les amis, Beth. Ils prennent soin les uns des autres.

Beth se débarrassa de la serviette qu'elle avait autour de la tête et secoua ses cheveux mouillés.

— Merci de te soucier de moi. Tu ne veux vraiment pas

changer d'avis et entrer ? Ta compagnie me ferait plaisir. Pourquoi ne pas appeler le service d'étage et commander un chocolat chaud avec double dose de guimauve ? On pourrait le boire devant le feu. Mais avant ça, ajouta-t-elle en lui tendant la serviette avec un sourire, sèche donc Bear. Il est trempé jusqu'aux os. Il y a d'autres serviettes sur le lit, si nécessaire. Je retourne à la salle de bains, le temps d'enfiler un pyjama et de me sécher les cheveux. Si je ne fais rien, ils seront tout emmêlés demain matin. Je pense que Bear a besoin de nous savoir tous les deux en sécurité. Il a tellement l'habitude de nous voir ensemble qu'il doit redouter un souci. Ça a dû être stressant pour lui de rester tout seul dans une chambre d'hôtel inconnue.

Surpris, Styles se dirigea vers la ligne directe de la chambre et appela le service d'étage. Cela ne faisait pas plus d'une heure et demie qu'ils avaient dîné, mais il ajouta des biscuits à la commande et entreprit de sécher Bear. Dix minutes plus tard, Beth rouvrit la porte de la salle de bains et il la regarda sécher ses longs cheveux blonds jusqu'à ce qu'ils tombent en un rideau de soie dans son dos. Il se leva lorsque le service d'étage se présenta à la porte. Dès que le serveur eut déposé le plateau sur la table, il lui donna un pourboire et referma la porte derrière lui.

— C'en est fini de ma réputation, lança-t-il, amusé, à Beth.

— De ta réputation ? répéta Beth, narquoise. Je suis en pyjama dans une chambre d'hôtel en compagnie de mon supérieur. Je ne pense pas que ce serveur ira trouver le shérif. Il ne sait pas qu'on est du FBI.

Elle prit une tasse, l'assiette de biscuits, et les déposa sur la table basse devant le feu, puis s'installa sur le canapé.

— J'ai analysé quelques scénarios abstraits à l'aide d'un logiciel que j'ai créé. Je validerai mes conclusions lorsqu'on sera de retour à Rattlesnake Creek, mais j'ai l'impression que le Tueur des supérettes tentera d'assassiner et d'abandonner sa victime actuelle à Broken Bridge. À mon avis, on le trouvera en cherchant une zone avec des espaces ouverts le long d'une auto-route. S'il suit son mode opératoire habituel, ce qui est très probable *a priori*, on pourrait se mettre en place avant qu'il ne passe en voiture pour relâcher la fille.

Savourant son chocolat chaud, Styles acquiesça.

— Comment on pourrait déguiser l'hélico, selon toi ? Ce serait bien d'avoir une cape d'invisibilité, mais un hélico du FBI, ça se remarque à un kilomètre à la ronde. Un espace ouvert, ça nous oblige à arriver sur place à temps pour le prendre en flagrant délit. Je devrai poser l'oiseau à plus d'un kilomètre des lieux, sans cela il nous remarquera.

Beth haussa les épaules et grignota un biscuit.

— Je ne peux pas répondre à cette question tant que je n'ai pas reçu les résultats ni examiné la carte. Jusqu'à présent, il a choisi des tronçons d'autoroute rectilignes, histoire de voir venir n'importe qui dans les deux sens, et non loin d'un bosquet. Je vois les choses ainsi : il dit à la femme de courir vers les arbres, peut-être en lui faisant croire qu'elle pourra appeler des secours depuis une maison voisine ou quelque chose comme ça. Il vise pendant qu'elle court et l'abat. C'est sa manière à lui de terminer une partie, par une cerise sur son gâteau.

Après avoir passé en revue ce qu'il savait de la région, Styles acquiesça.

— J'ai une bâche de camouflage qu'on pourra déployer sur l'hélico si on a le temps. Je l'emporterai. Le principal problème, c'est qu'un grand nombre des zones ouvertes le long du ruisseau sont truffées de puits de mines. Les anciens creusaient sous terre. Ce n'est pas prudent de faire atterrir un hélicoptère par là-bas. Bref, on doit trouver une vieille carte des concessions minières pour tout vérifier. La zone est envahie par l'herbe de blé et il est arrivé que des gens qui passaient par là tombent dans d'anciens puits. Tu peux trouver ces informations avant notre départ ? demanda-t-il. Ce sera déjà une sacrée course pour y arriver. On va travailler sur la base d'une intuition en espérant pouvoir l'arrêter. Les chances ne sont pas en faveur de la victime, à l'heure qu'il est.

— Je fais de mon mieux, Styles, répliqua Beth, qui vida sa tasse et lui sourit. Je suis fatiguée. Bear est rassuré. Ça te dérange si je vais au lit, maintenant ?

Styles acheva sa tasse, lui aussi.

— Tu m'ôtes les mots de la bouche. J'ai demandé au service d'étage de nous monter le petit déjeuner à 5 heures. Tu pourras être prête à partir pour 5 h 30 ? Je dois faire un vol préliminaire et ce serait plus facile si tu étais avec moi, histoire qu'on puisse décoller sans tarder dans la foulée.

— Bien sûr, promit Beth en le raccompagnant à la porte. Pourquoi ne pas leur demander d'apporter le petit déjeuner ici ?

Styles était déjà sur le seuil. Il lui jeta un long regard.

— D'accord. Dors bien, Beth.

35

VENDREDI, SEMAINE 2

Rattlesnake Creek

La pluie s'était arrêtée dans la matinée, mais tout était humide et froid à leur arrivée à Rattlesnake Creek. Beth transporta ses sacs dans sa chambre, enfila son gilet en Kevlar liquide et revêtit une tenue adaptée à la course sur un terrain accidenté. Ils avaient décidé de ne pas porter leurs vestes du FBI, car si leur homme les apercevait, mieux valait qu'ils aient l'air d'un couple promenant son chien. Elle prépara un sac à dos avec tout ce dont elle aurait besoin pour une longue randonnée, vérifia son arme et ajouta des munitions à son étui. Laissant sa porte ouverte, elle attendit d'entendre Styles se diriger vers le bureau pour traîner son sac de vêtements mouillés jusqu'à l'incinérateur et l'y faire basculer. Comme ils utilisaient l'appareil pour leurs ordures ménagères ainsi que pour tout matériel médico-légal contaminé, il n'était pas rare que l'un ou l'autre l'active. Après quoi elle gagna le bureau en ascenseur, afin d'aller y consulter son ordinateur et faire défiler les résultats. Souriant à Styles par-dessus son épaule, elle pointa l'écran du doigt.

— La bécane est d'accord avec moi. La probabilité pour qu'il se débarrasse du corps à Broken Bridge est de quatre-vingt-neuf pour cent. Ça me va, je dois dire. Voici les cartes de la région, fit-elle en indiquant l'écran. Consulte-les et je vais utiliser mon ordinateur pour rechercher la localisation des anciennes concessions minières.

— L'heure tourne, Beth, la pressa Styles qui se plongea dans l'examen de la carte. On a besoin d'un espace ouvert, d'un bosquet et d'un long tronçon d'autoroute. Ça ne nous fait que trois options, mais on n'aura pas le temps de se rendre sur les trois.

Beth lui jeta un coup d'œil.

— Quelle est la route la plus isolée, la moins empruntée ?

— OK. Ce serait un petit endroit appelé Randy's Mine. Je suppose que ce Randy en possédait la concession il y a long-temps. Tu pourrais le trouver dans les baux ?

Beth attendit les résultats de sa requête, puis superposa le plan de la concession à la carte.

— Oui, il y a des mines partout, mais pas derrière les arbres. D'après le plan, la concession se termine juste avant les arbres. Il n'y a rien sur la carte à part ce qui pourrait être les vestiges d'un petit bâtiment. Qu'en penses-tu ?

Elle attendit que Styles se penche par-dessus son épaule.

— À mon avis, ce serait sans danger d'y faire atterrir l'hélico et on aura les arbres pour s'abriter. J'apporterai mon fusil, déclara-t-il en se redressant. S'il laisse la fille s'échapper, je pourrai l'abattre avant qu'il ne la tue.

Beth sentit l'excitation l'envahir. Elle aimait se lancer à la poursuite d'un tueur. Et maintenant que son côté sombre était apaisé, le besoin d'éliminer le Tueur des supérettes s'était calmé pour devenir un doux bourdonnement. Il ne lui manquait plus que de recevoir l'appel qui lui annoncerait la mort de l'adjoint Branch Dryer dans des circonstances mystérieuses et son monde serait revenu sur les rails.

— D'accord, alors faisons en sorte que ça se produise. Tu es un tireur d'élite au fusil ? Je ne te vois pas tirer très souvent, enfin, à part sur le terrain d'entraînement.

— Je me débrouille, répondit Styles avec un air malicieux. Il semblerait que je tire aussi bien que je sais piloter. C'était une condition pour être policier militaire, figure-toi.

Après avoir récupéré son ordinateur portable et enfilé son manteau, Beth attrapa son sac à dos et se dirigea vers la porte.

— Parfait. Parce qu'on va avoir besoin de toutes les ressources possibles.

Lorsqu'ils arrivèrent à Broken Bridge et que Styles eut fait le tour des zones périphériques, elle utilisa des lunettes de terrain pour observer l'autoroute. Styles faisait voler l'hélico à une telle altitude que les véhicules en contrebas ressemblaient à des fourmis. Aux abords de Randy's Mine, les routes devinrent désertes, mais Beth aperçut un véhicule au loin.

— Quelqu'un arrive. C'est le seul véhicule qui se dirige dans cette direction. La route décrit un grand virage avant de se transformer en ligne droite. C'est peut-être notre homme.

— Je le vois. Il doit être à un peu plus de vingt bornes. On a le temps de se mettre à couvert des arbres sans être détectés, lui communiqua Styles *via* le casque. À moins qu'il s'engage sur la ligne droite avant qu'on atterrisse, le risque qu'il nous aperçoive est minime. Les arbres qui bordent cette partie de l'autoroute bloqueront son champ de vision.

Il ne leur fallut que quelques minutes pour se poser. Styles sortit de l'hélicoptère et le dissimula sous une bâche de camouflage. Il était évident que ce n'était pas une première pour lui, car il travaillait vite. Lorsque Beth se fut éloignée avec les sacs à dos, l'hélicoptère parut se fondre dans les arbres. Seules les pales du rotor principal et la queue semblaient rester en suspens.

— C'est bien utile, ce truc.

Styles la rejoignit, hissa son sac à dos et ramassa son fusil.

— En effet, convint-il. On devrait pouvoir l'apercevoir

depuis la lisière de ces bois, mais le bosquet le plus proche de l'autoroute serait notre meilleure option pour une embuscade. Tu as l'intention de le prendre vivant, n'est-ce pas ? demanda-t-il avant de froncer les sourcils. Je t'avertis, Beth, mais je ne compte pas jouer les bourreaux, même s'il le mérite.

Elle s'attendait à sa réaction, il avait fini par la comprendre jusqu'à un certain point, mais tant qu'elle opérait aux côtés de Styles, elle travaillerait dans le respect de la loi... enfin, au plus près possible du respect de la loi. Elle lui coula un regard en coin.

— Et s'il vise la fille pour la tuer, tu n'as pas l'intention de le flinguer ? Elle se trouve où, cette règle, dans le code de procédure ? J'ai dû la rater. On a un tueur en série déterminé à assassiner une victime innocente. La force meurtrière est justifiée dès l'instant où il braque une arme sur la victime.

— Je le mettrai à terre, répliqua Styles en la fixant longuement. Vu ce qu'il a fait, la mort, ce serait trop doux. Je veux le voir souffrir en prison pour le restant de ses jours, en isolement si possible, ou avec les détenus de droit commun, pour qu'il se frotte à des criminels vraiment endurcis.

Il se redressa, carra les épaules et afficha une mine déterminée, avant de plonger son regard dans le sien.

— Cette fois, c'est moi qui décide. Il faut qu'on coure jusqu'à ce bosquet. Il ne doit surtout pas nous voir, sinon il continuera sa route et on sera coincés ici pour rien. Ne me lâche pas d'une semelle.

Sur un signe à Bear, il partit au pas de charge.

Beth le rattrapa et ils bondirent à travers les hautes herbes pour gagner le couvert des arbres. Elle avait Styles quelques pas devant elle dans sa ligne de mire, mais le sol se déroba soudain sous ses pieds. Son estomac fit un saut périlleux tandis qu'elle plongeait dans l'obscurité. Faute d'avoir le temps de se cramponner à quoi que ce soit, elle tomba comme une pierre et atterrit dans un espace sans lumière. Des lianes lui fouettèrent le visage tandis qu'elle rebondissait contre une paroi et heurtait quelque chose de poilu. Elle entendit un gémissement sonore, puis le bruit d'un corps qui percutait le sol. Dans la seconde qui suivit, elle toucha le fond, mais elle n'avait pas atterri sur de la terre : quelque chose avait amorti sa chute. N'empêche, une douleur aiguë fusa dans son épaule. Hors d'haleine, elle reprit son souffle et tenta de se relever, mais où était-elle ? Elle sentait un corps sous ses mains. Elle était tombée sur Styles et il n'avait pas proféré un son.

La panique s'empara d'elle : bouger risquait de s'avérer mortel. Ils étaient peut-être au bord d'un autre puits de mine. L'air, humide et chargé de relents de décomposition, était à peine respirable. À côté d'elle, un gémissement monta de l'obscurité. Bear était avec eux. Elle tendit une main et le trouva secoué de tremblements à côté d'eux.

— Ne bouge pas, Bear. C'est bien, mon grand.

Cherchant à respirer malgré ses poumons qui la faisaient souffrir, Beth remonta sa main le long du torse de Styles, trouva son cou et tâta son pouls. Sous ses doigts, l'artère palpitait de façon rassurante. Elle glissa alors la main jusqu'à son torse et retint sa respiration : il montait et descendait lentement. Les signes étaient encourageants, mais il s'était peut-être blessé et elle ne l'aiderait certainement pas en restant plaquée sur lui. Elle devait le faire rouler sur le côté... sauf que s'il s'était brisé la nuque, elle risquait de le tuer. L'obscurité étant totale, elle ignorait quel danger les guettait. À côté d'elle, Bear s'approcha et lécha le visage de Styles. Même si elle ne pouvait pas le voir, elle l'entendait. Le chien était un protecteur, dont le maître gisait au sol. Il ne quitterait jamais Styles. Beth devait se montrer ferme avec lui.

— OK, arrête de le lécher, Bear. Je vais m'occuper de lui. Et ne bouge pas, pour l'amour du ciel. Si ça se trouve, on est coincés sur une corniche.

Les ténèbres l'enserraient comme un mur, chassant l'air de

ses poumons. Il fallait que Styles reprenne conscience. Passant la main sur son corps, elle trouva une épaule et la secoua. Il ne remua pas.

— Styles, ça va ?

Pas de réponse.

Une peur qu'elle n'aurait jamais cru possible d'éprouver – une angoisse pour la santé de son coéquipier – déferla sur elle. On aurait dit l'effondrement d'un mur exposant ses émotions, et cette incertitude la décontenançait. Elle le secoua à nouveau, plus énergiquement, cette fois.

— Styles, il faut que tu te réveilles. Ouvre les yeux. Réveille-toi !

Rien.

36

Le cœur battant, elle passa une main sur le sol jonché de débris, cherchant un endroit sûr où se déplacer. Vulnérable dans l'obscurité, elle dut retirer son sac à dos. Sa puissante lampe de poche se trouvait dans une poche latérale. Avec la lenteur d'un escargot, Beth roula loin de Styles et trouva sa torche. Elle sursauta lorsque le faisceau balaya l'endroit où ils avaient atterri. Un petit tunnel envahi de végétation. Partout au sol, des carcasses séchées d'animaux morts, dont la peau s'étirait de façon grotesque sur les os, tandis que leurs orbites creuses fixaient le vide. Les murs paraissaient se refermer autour d'elle. Sa torche tomba sur des yeux rouges qui l'observaient : des rats s'éparpillèrent dans une cavalcade de petites pattes courant dans toutes les directions. C'était son pire cauchemar. Elle détestait les espaces exigus, et les tunnels sombres grouillant de rats figuraient en bonne place sur sa liste des lieux honnis. Ravalant son envie de crier, elle braqua la torche sur Styles et sa gorge se noua. Il avait le visage blanc comme un linge et un filet de sang coulait d'une coupure à son front. Il avait besoin d'aide. Elle sortit aussitôt son téléphone pour appeler les secours. Ils seraient là dans moins d'une heure. Elle fixa l'écran avec consternation.

— Pourquoi il n'y a jamais de réseau quand on se retrouve dans la mouise ? On dirait bien qu'on est tout seuls, lança-t-elle à Bear.

À côté d'elle, le chien gémit et se releva, secouant la poussière de sa fourrure. Il avait l'air d'aller bien. Beth lui frotta les oreilles.

— Ça va ?

Ce n'était pas comme si le chien pouvait répondre, mais sa simple présence, ses yeux intelligents, la rassurèrent.

— Bon, il faut que j'aille voir Styles. J'espère qu'il n'a rien de cassé. Cela dit, je me demande bien comment je vais pouvoir vous sortir tous les deux de là.

Elle tressaillit sous une violente douleur à l'épaule et réalisa qu'elle était tombée sur le fusil de Styles. Il avait atterri le long d'un de ses bras, à moitié sous son propriétaire. Elle l'éloigna avec précaution. En devenant le Tueur au tarot, elle avait acquis de nombreuses expériences et connaissances. Elle s'était fait passer pour différentes personnes dans sa croisade contre les pires assassins : herboriste, kinésithérapeute, femme d'affaires, danseuse de pole dance, diseuse de bonne aventure ou travailleuse du sexe, pour ne citer que quelques-uns de ses personnages. Elle avait fait des études de kinésithérapie, profession dont elle avait eu besoin afin de mener à bien une opération d'infiltration pour le FBI. Elle avait trouvé ces connaissances extrêmement utiles, non seulement pour se remettre des blessures subies au cours d'une mission, mais aussi dans des situations comme celle où elle se trouvait présentement. Ôtant ses gants de cuir, elle tâta la tête de Styles avec précaution. Il avait une bosse à l'arrière du crâne, mais son cou semblait intact. Elle descendit vers chacune de ses épaules, le long de ses bras, puis vérifia ses côtes et continua le long de son torse. Elle avait atteint ses hanches lorsqu'une voix la fit sursauter.

— Si tu as l'intention de poursuivre, il faudra que ça se termine par un mariage.

Styles relâcha un long soupir.

Soulagée, Beth le fusilla du regard.

— Oh, très drôle. Ne bouge pas. Tu saignes. Il faut que j'attrape la trousse de premiers secours. Tu gisais sans connaissance, donc je vérifiais que tu n'aies pas de fracture, c'est tout.

Il lui sourit, puis grimaça.

— J'avais deviné, figure-toi. Qu'est-ce qui s'est passé ? On est où ? Aïe ! gémit-il après avoir relevé la tête. J'ai dû me fracasser le crâne et je crois que j'ai des bleus sur les côtes.

Beth lui tendit la lampe de poche et s'éclaircit la gorge.

— J'ai essayé d'appeler à l'aide, mais il n'y a pas de réseau ici. Tu es tombé le premier dans le puits, et ensuite Bear et moi, on t'a atterri dessus. Je ne suis pas surprise que tu aies les côtes endommagées. Je craignais que tu ne te sois brisé le cou. Tu n'avais pas l'air bien pendant un moment.

— J'ai la nuque endolorie. J'ai dû très mal me réceptionner. Et toi, tu es blessée, demanda-t-il après examen. Je peux faire quelque chose pour t'aider ?

Beth secoua la tête, non sans se frotter l'épaule.

— J'ai heurté ton fusil à l'atterrissage. J'aurai des bleus, c'est tout. Sinon, ça va. En revanche, pour empêcher un nouveau meurtre, ça ne va pas être simple...

Elle leva les yeux vers l'ouverture du puits de mine.

— On ne sortira jamais d'ici à temps pour la sauver, convint Styles, dépité, en éclairant l'espace confiné. Cette malheureuse est quasi morte maintenant. Et encore faudrait-il qu'on s'échappe.

Beth, qui avait trouvé la boîte de premiers secours, enfila des gants d'examen et entreprit de nettoyer l'entaille de Styles au front. Il fallait recoudre. Aussi commença-t-elle par appuyer un pansement dessus pour tenter de stopper l'hémorragie.

— Chaque chose en son temps. Pour l'instant, tu es ma priorité. Ne bouge pas. C'est déjà difficile de voir ce que je fais, et cette coupure a besoin de points de suture.

— Ton empathie envers les malades a besoin d'être revue. Tu es censée au moins essayer de m'aider à me sentir mieux, Beth.

Styles la regarda, mais sans se départir de son calme habituel. Rien ne semblait l'inquiéter.

Poussant un soupir de frustration, Beth lui jeta un coup d'œil.

— J'ai d'abord vérifié l'état général de Bear et lui, il ne s'est plaint de rien. Alors maintenant, tiens la torche comme il faut et arrête de gémir. Crois-moi, tu as droit au comportement le plus empathique dont je sois capable envers un malade.

Elle lui appuya sur le torse pour le maintenir immobile.

— Tu t'inquiètes pour moi, or tu n'as jamais l'air inquiète. J'ai la cervelle qui me sort du crâne ou quelque chose comme ça ?

Il porta une main à sa tête, que Beth repoussa.

Agacée, elle saisit un paquet de sutures adhésives qu'elle colla le long de la coupure, en faisant de son mieux pour rapprocher les côtés de la plaie.

— Tu iras bien si tu me laisses faire.

L'écho distinct d'un coup de feu retentit au-dessus d'eux et elle fixa Styles.

— En revanche, je ne donne pas cher de la peau de cette jeune femme.

37

Broken Bridge

Terrifiée, Cheyenne Dimple ne bougeait pas d'un cheveu. Faire la morte était sa seule chance pour l'instant. Elle avait passé une nuit atroce avec un livreur local. Elle l'avait regardé, horrifiée, tirer sur l'employé de la supérette, puis braquer l'arme sur elle. Comme il lui avait promis de la libérer, elle s'était pliée à ses exigences. Ses parents lui avaient dit qu'elle pouvait faire tout ce qu'elle voulait, du moment qu'elle s'y appliquait. Alors elle s'était tue et avait supporté. La seule chose qui l'inquiétait à propos de cette horrible nuit, c'était que depuis la fusillade elle-même, il n'essayait plus de lui cacher son identité. Il devait savoir qu'elle l'avait reconnu. Il était passé plusieurs fois pour livrer des articles au bazar où elle travaillait. En fait, elle avait dû se mordre la langue pour ne pas l'appeler par son nom à plusieurs reprises. Il lui avait parlé très gentiment pendant le calvaire qu'elle endurait, comme s'il lui faisait une immense faveur en lui infligeant ces blessures. Elle avait vite compris qu'il n'agissait pas normalement. Il n'avait rien en commun avec l'homme qu'elle croyait connaître. D'ordinaire calme, sans grand-chose à dire, il n'avait pas arrêté de jacasser dès l'instant où il l'avait fait monter dans son véhicule.

Si elle avait eu le courage de s'échapper pendant la nuit, elle aurait essayé. L'arme, qui avait glissé des doigts de son agresseur, était restée sur le matelas à côté de lui une bonne partie de la nuit. Si elle avait été assez forte, elle l'aurait abattu et se serait enfuie, mais elle n'aurait sans doute réussi qu'à le réveiller et il l'aurait encore battue. Et même si elle s'était échappée, elle n'avait aucune idée de l'endroit où il l'avait emmenée. Dehors, c'était la nature sauvage et une mort lente assurée, sous les attaques de la faim et de la soif ou du fait de sa vulnérabilité face aux prédateurs. Elle n'aurait pas pu prendre son pick-up, faute de savoir où il gardait les clés. Bref, son seul espoir résidait dans la promesse qu'il lui avait faite de la libérer au matin. Quelle idiote elle avait été ! Fallait-il être stupide pour se laisser berner par ce type ? Elle pensait à ses parents. Comment réagiraient-ils lorsqu'ils découvriraient ce qui lui était arrivé ? L'église la rejetterait-elle ? Ses amis la renieraient-ils ? Aucun homme ne voudrait plus d'elle, en tout cas.

Un sentiment d'abandon l'envahit, une sensation étrange de flottement, comme si elle était sur le point de s'endormir. Elle cligna des yeux, observant les fourmis qui se dirigeaient en file indienne vers son corps allongé. Leur procession s'étendait au-delà de son champ de vision. C'était étrange : l'un de ses yeux semblait fonctionner parfaitement, mais pas l'autre. Il lui avait tiré une balle dans la tête, elle l'avait bien compris, mais elle n'avait pas eu mal. Sa chute, face contre terre sur une dalle de béton, vestige de la construction d'un hangar vieux de plusieurs années, avait été plus douloureuse. Son nez la lançait et son menton s'était éraflé au contact de la surface rugueuse. Elle sentit un calme étrange l'envahir devant la mare de sang qui s'étalait sous ses yeux. On lui avait tiré une balle dans la tête et on la laissait mourir sur une dalle environnée de champs d'herbe de blé. Personne ne trouverait jamais son corps, sans même parler de se précipiter pour lui sauver la vie.

Elle ne pouvait pas le laisser s'en sortir après ce qu'il lui avait infligé. S'il y avait une chance que quelqu'un la trouve, elle devait laisser un message pour désigner son meurtrier. Elle attendit que le grondement de son pick-up retentisse sur l'autoroute puis disparaisse au loin avant d'essayer de bouger. Le côté gauche de son corps ne répondait pas, mais elle leva son bras droit et, le déplaçant comme on le fait quand on veut dessiner un ange dans la neige, elle chassa la terre pour dégager un espace sur la dalle de béton. Après quoi, plongeant un doigt dans le sang qui s'accumulait autour de son visage, elle traça, avec une lenteur et une difficulté immenses, le nom de l'homme, assorti des mots : « mon tueur ».

Épuisée, elle leva les yeux vers les corbeaux qui se massaient dans les arbres tout près d'elle. L'horrible grésil et la pluie avaient cessé, mais les herbes scintillaient encore grâce à leur constellation de gouttes. Elles dansaient, comme autant de diamants, à chaque coup de vent. Cheyenne fixa le ciel d'un bleu intense et regarda passer un unique nuage blanc. L'épuisement la saisit, si profond qu'elle n'eut bientôt plus qu'une envie : se baigner dans les rayons du soleil et fermer les yeux. Lentement, elle s'éloigna, en paix.

Luttant contre des vagues de nausée, Styles parvint à se rasseoir, à se débarrasser de son sac à dos et à attraper une bouteille d'eau ainsi que sa lampe de poche.

— Passe-moi du paracétamol et vérifie mes pupilles. Je ne pourrai pas piloter l'hélicoptère si j'ai une commotion cérébrale.

— Tes pupilles réagissent normalement à la lumière, affirma Beth qui avait fait aller et venir la torche devant lui.

Elle trouva les analgésiques et les lui tendit. Puis, tout en exerçant une petite pression sur son bras, lui repoussa une mèche du front.

— Reste assis un moment. Tu t'es évanoui et il faut du temps pour que le cerveau se remette en marche quand il lui arrive un choc pareil.

Elle se frotta l'épaule en grimaçant.

Réalisant qu'il avait regardé Bear – qui remuait la queue et sautillait sur place – pour vérifier que son chien allait bien, mais qu'il ne s'était pas enquis de la façon dont sa coéquipière se sentait, Styles lui toucha le bras.

— Ton épaule te fait mal, on dirait ? Tu veux que je regarde ?

Beth avala deux comprimés de paracétamol avec une gorgée d'eau.

— Non, ça va. J'ai juste eu les doigts engourdis pendant un moment. Je mettrai de la glace dessus quand on rentrera à la maison. Je suis plus inquiète pour toi. Tu t'es très mal réceptionné. J'ai vraiment cru que tu t'étais cassé le cou. Il faut que je te sorte de là.

Elle se mordilla la lèvre inférieure tout en l'examinant, puis elle braqua la lampe de poche dans l'étroit tunnel.

— D'après ce que je vois, le puits dans lequel on est tombés était probablement utilisé pour la ventilation. Il n'y a pas d'échelle ni rien d'autre et ses parois semblent lisses. Autrement dit, on peut toujours rêver pour sortir par là.

En regardant tout autour de lui, Styles remarqua des outils cassés et d'autres équipements de mineurs datant de plus d'un siècle. Il distinguait clairement des lignes parallèles, en acier, qui couraient sur le sol couvert de terre, malgré la rouille qui leur donnait la même couleur.

— Pas nécessairement, répliqua-t-il. Il y a une vieille voie ferrée ici, les mineurs y poussaient des chariots. On pourrait la suivre et espérer trouver une sortie, mais le puits de mine reste notre meilleur moyen d'évasion. Je vais essayer de grimper. J'ai une corde dans l'hélico, je pourrai la dérouler jusqu'ici pour vous la lancer, à Bear et toi, ensuite.

— Pourquoi on ne suivrait pas les rails ? objecta Beth en braquant sa torche dans le tunnel.

Chancelant, Styles se mit lentement debout et s'appuya contre le mur, jusqu'à ce que son vertige s'estompe. Il récupérait rapidement dans la plupart des situations, et ils devaient sortir de ce trou au plus vite.

— On risque de les suivre sur des kilomètres pour découvrir que l'autre extrémité du tunnel a été scellée, ou rencontrer des éboulements, des ours, ou n'importe quoi d'autre. OK, rien ne nous empêcherait de leur tirer dessus, mais le bruit pourrait de provoquer un éboulement. Je vais charger mon sac à dos et tenter d'escalader le puits. J'ai déjà fait ce genre de choses et, regarde, il y a des racines qui poussent sur toute la hauteur. Elles constitueront des points d'appui efficaces. Dans le pire des cas, je retombe, alors ne t'approche pas. Je ne pense pas que tu survivras si je t'atterris dessus depuis là-haut. Tu ne vas pas te sentir mal à rester toute seule en bas ? Ce n'est pas un endroit où on rêve d'être piégé.

— J'aurai Bear pour me tenir compagnie, répondit-elle en frottant les oreilles du chien. Il est extraordinaire. Pendant que tu étais dans les vapes, il s'est blotti contre toi et t'a léché le visage.

Styles acquiesça.

— Oui, c'est vrai, mais c'est le propre des spécimens de sa race. Ils nourrissent et protègent ceux qu'ils aiment. Ce sera pareil pour toi. Il ne permettra pas qu'il t'arrive quoi que ce soit en mon absence.

— C'est bon à savoir. Pourquoi tu prends le sac à dos ? demanda Beth en l'aidant à le hisser sur ses épaules. Il ne va pas te gêner ?

Styles secoua la tête.

— Non, ça m'aidera au contraire à dégager le puits. Je vais l'ascensionner en m'appuyant des mains et des pieds aux parois d'un côté et du dos de l'autre. Espérons juste que ça marche. Si je n'y arrive pas, il se peut au moins que j'aie du réseau plus près de la surface et que je réussisse à appeler des secours. Ty Carter doit être le pilote d'hélicoptère le plus proche et le plus expérimenté, ajouta-t-il en fronçant les sourcils. Il pourrait balancer un harnais ici et nous tirer de là.

— D'accord, fit Beth, la mine grave. Vas-y doucement. Tu n'as toujours pas l'air très bien. Peut-être que tu devrais attendre encore un peu ?

Souriant pour la rassurer, Styles se hissa grâce aux lianes qui pendaient le long des parois et se cala dans le tunnel vertical du puits. Il avait déjà escaladé plusieurs fois des parois rocheuses aussi glissantes que celle-ci. Les racines constitueraient un atout. Il se hissa, un pas après l'autre. Sa tête le lançait et un filet de sang, échappé de la coupure à son front, coulait dans son œil droit. Faute de main libre pour l'essuyer, il chercha à se débarrasser de l'épais voile rouge qui bloquait sa vision en clignant des yeux, puis il continua son ascension. Ses muscles en feu lui criaient de faire une pause, mais il fit taire la douleur. Un arrêt serait synonyme de désastre, car il serait suicidaire de redémarrer avec des crampes musculaires. Il lui fallut grimper une éternité avant que la lumière du jour n'éclaire les parois et qu'il puisse enfin s'agripper au bord du puits. Fermement cramponné aux racines d'un buisson mort, il se donna de l'élan avec ses jambes et parvint à se hisser sur l'herbe. Il resta allongé sur le dos quelques instants, à regarder le ciel et à aspirer de grandes bouffées d'air pur. Puis, il se releva tant bien que mal, évacua les crampes dans ses membres et se pencha par-dessus l'ouverture du puits.

— Je vais chercher la corde. Je me dépêche.

Il prit quelques secondes pour balayer les environs du regard. Si la jeune femme avait été abattue dans les parages, il ne la voyait pas de là où il se trouvait, mais il distinguait le chemin qu'ils avaient emprunté, Beth et lui, grâce aux tiges couchées dans l'herbe de blé. Non loin du puits, il y avait un peuplier sur la berge d'une rivière asséchée. Il s'en approcha prudemment, scrutant le sol devant lui. Pour extraire Beth et Bear de la mine, il pourrait fixer à cet arbre le système de poulie qu'il transportait dans l'hélico. Sans plus attendre, il se harnacha de son sac à dos et repartit vers l'hélicoptère.

Transportant tout ce dont il avait besoin sur une épaule, il retourna rapidement au puits de mine et fixa le système de poulie, puis il laissa tomber une extrémité de la corde dans le trou.

— Beth, attache la corde au harnais de Bear. Vu qu'il ne voudra pas te quitter, ordonne-lui de me trouver. Pigé ?

La voix de sa coéquipière lui parvint de très loin pendant qu'elle poussait le chien vers le puits.

— Pigé, dit-elle. Allez Bear, mon grand. N'aie pas peur. Il est prêt à partir, annonça-t-elle en tirant sur la corde.

Styles banda ses muscles et remonta son chien à la surface. Après avoir détaché Bear, il laissa retomber la corde dans le puits. L'épaule blessée de Beth allait poser problème. Il essuya le sang qui lui coulait sur les yeux et agrippa la corde.

— Attache-la autour de ta taille et remonte le long du puits en utilisant les racines des arbres comme points d'appui. Je te tiens.

— D'accord, je suis prête, mais il faut que tu me tires pour me hisser dans le puits, parce que je ne peux pas l'atteindre. Je ne suis pas assez grande, lui lança Beth, à l'évidence préoccupée. Il fait affreusement sombre ici sans la lampe de poche.

Surpris de la voir craindre ainsi l'obscurité, Styles jeta un coup d'œil au fond du trou.

— Plie les genoux et bondis vers le haut. OK, à trois, un, deux, trois, saute.

Il recula en tirant de toutes ses forces pour soulever Beth et son sac à dos dans le conduit du puits. La corde se relâcha quand elle put s'agripper aux lianes. Puis, il fit remonter la corde, mètre après mètre.

— C'est bien. Continue comme ça. Je vais te hisser jusqu'en haut.

Il fut soulagé lorsque sa tête blonde apparut, couverte de toiles d'araignées et de feuilles. Il l'aida à grimper sur le bord et ils restèrent tous les deux allongés dans l'herbe, hors d'haleine, aux côtés d'un Bear manifestement déterminé à les lécher de partout. Styles roula sur le ventre et détacha la corde qu'elle avait nouée autour de sa taille.

— On a beau être épuisés, il faut qu'on aille voir s'il a tué la jeune femme. Vu qu'on a entendu un coup de feu, on ne peut pas repartir avant d'avoir vérifié.

Beth se redressa en douceur, en brossant la terre de ses mains. Elle balaya les environs du regard.

— On n'a aucune chance de la repérer en explorant le terrain à pied. Et je ne veux surtout pas risquer de tomber dans un autre puits de mine. J'avais pourtant vérifié les cartes et je n'ai vu aucune indication d'un puits allant de la forêt à ces arbres.

Styles se leva lentement et enroula la corde. Ayant décroché la poulie de l'arbre, il la lui tendit, puis ramassa son sac à dos.

— Ça fait partie des mines non enregistrées, je suppose. Je suis d'accord avec toi. On va chercher le corps en hélico. Il n'y a pas de mines le long de l'autoroute. Si on voit quelque chose, je poserai l'appareil et on ira jeter un œil. Reste derrière moi, ordonna-t-il en désignant le sentier que dessinaient les herbes de blé couchées. Et marche dans mes pas. Bear, près de moi.

Il les ramena ainsi à l'hélicoptère.

39

Les yeux irrités par son séjour dans la mine, Beth scrutait les abords de l'autoroute. Elle remarqua quelque chose près d'une grange délabrée.

— Je vois une forme. Je suis sûre que c'est un corps. Là, près de cette vieille grange. Il y a une route de l'autre côté. Elle est assez large pour que tu puisses atterrir ?

— Oui, du moment que je peux poser les patins en toute sécurité sur un sol solide et que cette route est recouverte de bitume. Je ne vois pas d'arbres à proximité ni de lignes à haute tension. Ça devrait être bon.

Styles posa l'hélicoptère.

Ils se précipitaient vers le corps quand la brise leur souffla l'odeur du sang aux narines. La jeune femme semblait vivante, avec ses cheveux qui ondulaient sous le vent. Beth se pencha pour vérifier ses signes vitaux, mais elle dut déchanter. Le chagrin l'étreignit et elle leva les yeux vers Styles.

— Elle portait le nom charmant de Cheyenne, et la voilà allongée face contre terre dans une mare de sang. Jetée là comme les ordures d'hier. Il faut absolument qu'on arrête ce maniaque.

Styles avait suivi le chemin imprimé par la fille dans les hautes herbes, avant de faire demi-tour.

— Je n'ai pas l'impression qu'il y a quelqu'un d'autre ici. Je ne vois que la trace qu'elle a laissée.

Cheyenne avait reçu une balle à l'arrière de la tête, mais son bras tendu indiquait qu'elle était restée en vie quelques minutes après le tir. Un jeu de grattage flottait à côté de sa main, dans la flaque de sang, et des marques semblaient indiquer qu'elle avait essayé d'écrire quelque chose. Cette vision mit Beth en rage. Une vie dont ils auraient pu éviter la perte insensée s'ils n'étaient pas tombés dans un puits de mine. Lorsque Styles parvint à ses côtés, elle pointa du doigt les gribouillis sur le béton, près de la main de la jeune femme.

— Un autre jeu de grattage, et regarde ici, elle a essayé d'écrire quelque chose. C'est un nom. Qui commence par un « W ». Tu arrives à le déchiffrer ?

— J'imagine qu'il faut se mettre à son niveau, au ras du sol, pour avoir une chance d'y parvenir.

Styles s'agenouilla près de la main tendue et se pencha afin d'observer l'écriture.

— D'ici, c'est très clair. Elle a écrit : « Wyatt Cody, mon tueur ».

Il sortit son téléphone et prit des photos sous tous les angles.

Stupéfaite, Beth regarda son coéquipier.

— Wyatt Cody ?

Elle se remémora son interrogatoire. Avait-elle raté quelque chose ? Le type s'était montré décontracté et confiant, mais il était évident à son attitude qu'il ne l'avait pas prise au sérieux.

— Ça ne m'est pas souvent arrivé de manquer un tueur en série. Cody cherchait surtout à me draguer, plutôt que de s'inquiéter des accusations d'homicide.

— Tu as dit que les individus charismatiques et lisses sont typiques, objecta Styles. Il te poussait à bout, c'est tout. Il essayait sans doute de te dominer. Ça, ajouta-t-il en désignant la victime, c'est sa manière à lui de jouer. Ce qu'il a fait ici, ça relève de la pure domination. Il vit avec sa mère, non ? Je parie que c'est une femme dominatrice. Je dirais que son père est parti depuis un bail.

Beth opina : elle comprenait très bien ce type de comportement.

— Une mère dominatrice et cruelle peut fonctionner comme déclencheur, mais il faut plus que cela. Il se concentre sur les jeunes femmes, donc à un moment il s'est passé quelque chose de traumatisant qui a impliqué une jeune femme pour ajouter à sa psychose. Les psychopathes ne sont pas tous des tueurs. Il faut un certain nombre d'éléments déclencheurs pour les pousser vers un comportement destructeur.

Styles releva son Stetson et regarda au loin.

— On s'inquiétera du pourquoi du comment plus tard. Pour l'instant, il faut lui mettre la main dessus et l'inculper. Tu as toujours son planning de travail sur ton téléphone ?

Essayant de garder le contrôle malgré son côté sombre qui se réveillait et, avec lui, son besoin de vengeance, Beth prit quelques profondes respirations. Cette fois-ci, elle devait agir selon les règles. Avec tous les yeux braqués sur elle, il lui fallait se comporter en agent du FBI modèle.

— Je vais d'abord appeler, dit-elle en sortant son téléphone. Il nous faut une équipe ici dès que possible.

— Moi, je joins Wolfe. Il voudra voir la scène et réaliser l'autopsie sur le corps, renchérit Styles qui sortit son téléphone, lui aussi. Et je téléphonerai ensuite à Cash, pour qu'il nous rejoigne au bureau. On le mettra au courant. Notre tueur vit à Rattlesnake Creek, c'est donc lui qui devra procéder à l'arrestation.

Mal à l'aise, Beth lui décocha un regard.

— Demande-lui de nous attendre avant de se rendre chez Cody. Je ne voudrais pas qu'il soit sa prochaine victime.

Sur quoi, elle passa son appel.

Ils restèrent près du corps, le temps que les voitures de patrouille déboulent sur l'autoroute. C'était le shérif Weston qui était compétent sur ce territoire et son équipe ne tarda pas à sécuriser la scène. Quelques instants plus tard, l'hélicoptère de Wolfe atterrissait et Beth alla le rejoindre, en compagnie de Styles. Elle adressa un signe de tête à Emily et Webber pendant qu'ils sortaient un brancard et un sac mortuaire de leur appareil.

— J'étais à la supérette, sur les lieux de la fusillade, et je finissais mon travail là-bas quand vous avez appelé. Qu'est-ce qui vous est arrivé ? demanda Wolfe, incrédule, après avoir examiné Styles.

— On est tombés dans un puits de mine. La zone en est truffée, répondit-il. Mais ça va.

Wolfe se pencha dans l'habitacle de l'hélicoptère pour s'emparer de sa trousse médicale.

— Asseyez-vous. Mon équipe va enregistrer la scène. J'ai le temps d'examiner cette entaille et de m'assurer que vous êtes apte à voler.

— Ça va, protesta Styles en s'essuyant l'œil. L'infirmière Beth m'a soigné dans la mine. Je me porte comme un charme.

Wolfe enfila ses gants d'examen et remplit une seringue.

— Elle a fait du bon boulot, mais quand une blessure saigne comme ça, il faut plus que des sutures adhésives. Vous ne sentirez rien.

Il se mit au travail.

— Allez voir Nate dans dix jours pour vous débarrasser des fils. Vous pouvez mouiller la suture, ça ne craint pas l'eau. Je vais vaporiser un film cutané pour protéger la plaie.

Il ne fallut pas longtemps à Wolfe pour nettoyer et suturer l'entaille. Il la recouvrit d'un film protecteur, puis pressa les doigts sur la tête et le cou de Styles.

Beth fronça les sourcils.

— Il va bien ? Il est resté dans les vapes un moment. Et je lui suis tombée dessus.

— Ça va, répéta Styles, agacé. Vous devriez peut-être vérifier son épaule. Elle est tellement têtue qu'elle osera prétendre qu'elle n'a pas mal.

— Bien sûr, déclara Wolfe en auscultant les yeux de Styles avant de se tourner vers Beth. Il s'en sortira. Vous ne nous l'avez pas cassé. Il n'y a personne ici, vous pouvez retirer vos vêtements, ajouta-t-il avec un sourire. Montrez-moi votre épaule gauche. Je sais qu'elle est blessée, je l'avais remarquée avant que Styles n'en parle.

— Je vais aller aider l'équipe, annonça ce dernier avant de s'éloigner.

Retirant son manteau et sa veste en Kevlar, Beth se déshabilla à contrecœur jusqu'au soutien-gorge et se tourna vers lui. Wolfe lui palpa l'épaule avec des mains étonnamment douces.

— Ce n'est rien du tout, insista-t-elle.

Wolfe croisa son regard, mais il n'y avait que de la gentillesse dans son expression.

— Vous êtes tous les mêmes. Sur le terrain, vous voulez tous être des héros. J'ai sur moi une panoplie complète de médicaments, car je suis souvent appelé lorsqu'aucune équipe médicale n'est disponible. Je peux vous faire une piqûre qui n'entravera pas vos performances, mais qui réduira le gonflement de l'articulation et vous soulagera immédiatement. Je ne vais pas vous forcer, mais si vous avez l'intention d'attraper ce tueur, il faut que vous soyez en forme. Alors, qu'est-ce que vous décidez, Beth ?

Il se tourna vers son sac et la regarda par-dessus une épaule.

Elle apprécia son attitude. Il se souciait vraiment de son bien-être. Bon sang, c'était une première.

— D'accord, merci, Shane.

— Vous savez qu'à force de travailler seuls sur des homicides, les gens comme nous se transforment la plupart du temps en loups solitaires.

Wolfe fit son injection, jeta les déchets dans un sac et retira ses gants.

— Maintenant, vous faites partie d'une famille de justiciers, ici, Beth. Carter et Jo sont des gens bien et vous avez rencontré Jenna et Kane de Black Rock Falls. En plus de mon équipe, ce sont aussi des gens à qui vous pouvez confier votre vie pour qu'ils assurent vos arrières. Styles est quelqu'un de bien et vous n'êtes plus seule. Si vous avez besoin de parler de ce qui vous préoccupe, ajouta-t-il avec un long regard inquiet, venez me consulter en tant que médecin généraliste. Je serai toujours disponible, sous le sceau du secret le plus absolu. Quoi que vous me disiez, je n'irai pas le répéter dans votre dos au directeur. Ce qui vous est arrivé quand vous étiez gamine peut commencer à remonter à la surface et, le cas échéant, vous ne devriez pas y faire face seule. Vous pouvez vous fier à moi et à Styles. Il n'ira pas non plus rapporter vos conversations privées au directeur. Ce n'est pas dans ses habitudes. De mon côté, non seulement je ne manque jamais à ma parole, mais en plus je suis lié par ailleurs par le serment d'Hippocrate. Si vous avez besoin d'aide, nous serons là pour vous.

Beth renfila ses vêtements, l'esprit en ébullition. Wolfe avait toujours semblé voir clair en elle. Pouvait-il déceler l'agitation qui régnait dans son esprit ? Personne ne serait jamais en mesure de résoudre ses problèmes ni ce qu'elle était devenue au fond d'elle-même. Elle était née psychopathe. Son côté sombre s'était déclenché dès son plus jeune âge et, une fois la chose arrivée, il n'y avait plus de retour en arrière possible. Elle avait lu toute la littérature sur la question. Le seul dérivatif envisageable était de diriger sa colère vers une situation contrôlée. Ses actes n'avaient jamais été le résultat d'une frénésie irraisonnée. S'il fallait tuer pour sauver une victime, il y avait un choix à faire : une vie innocente ou celle d'un maniaque de l'homicide ? Pas besoin d'un juge et d'un jury pour trancher. N'importe quel flic sortirait son arme et tirerait dans des circonstances analogues. Cette action était légale dans l'État du Montana comme dans la plupart des États. *Idem* avec la légitime défense. Sa façon de gérer son côté obscur était la seule option possible. Ou bien elle pouvait aller en prison et laisser les psychopathes assassiner des innocents sans que personne ne soit en mesure de les arrêter. Le Tueur au tarot était sa vocation et elle était pleinement disposée à relever le défi.

Wolfe récupéra son kit médico-légal.

— Vous avez besoin de me parler de quelque chose, Beth ? Vous me semblez bien silencieuse.

Levant le menton, Beth secoua la tête.

— J'ai essayé de me rappeler la nuit où ma mère est morte. Je me souviens d'avoir dîné, puis d'avoir été placée dans une famille d'accueil sans trop savoir pourquoi j'étais là. Ce qui s'est passé chez ces gens-là, je ne l'oublierai jamais, mais c'est difficile d'en parler parce que c'est très personnel... Si d'autres choses remontaient à la surface, je vous appellerais. Parce que ça doit être vraiment pesant et j'aurai certainement besoin d'aide pour y faire face.

— Je peux vous demander ce qui s'est passé dans le foyer d'accueil ? insista Wolfe, la mine soucieuse. Vous avez été déplacée. Est-ce que vous aviez fugué ?

Les souvenirs se bousculèrent et Beth frissonna. Un coup d'œil attentif au visage du légiste l'incita à lui faire confiance.

— Oui, tout le temps. J'ai été violée plusieurs fois, vraiment très souvent. Ça, je m'en souviens. Ce qui s'est passé la nuit où ma mère a été assassinée, en revanche, c'est le néant. Mon placement en famille d'accueil, j'aimerais pouvoir l'oublier, lui aussi. Ça me perturbe parfois. J'ai du mal à nouer des relations, même si Styles est très gentil avec moi. Il me comprend, plus que la plupart des hommes que j'ai croisés.

— C'est quelqu'un de bien, confirma Wolfe, l'air grave.

Quand avez-vous commencé à vous reprocher les abus dont vous étiez victime ?

La bile au bord des lèvres, Beth n'arrivait pas à croire qu'il ait su si bien lire en elle.

— Je me suis dit que si j'étais toujours victime, c'était parce que j'étais blonde et jolie.

— Saviez-vous que de nombreuses victimes d'abus se tiennent ce genre de raisonnement ? répliqua Wolfe, atterré. Vous n'avez jamais été à blâmer.

Prenant une profonde inspiration, Beth se ressaisit. Elle n'en avait jamais parlé à personne, jusqu'à maintenant.

— Peut-être qu'on pourrait continuer cette discussion. J'en ai assez de parler aux psys. Mais vous êtes différent.

— Pas de problème, dès que vous vous sentirez prête. Je serai toujours là pour vous aider, Beth. Le contenu de nos échanges est en sécurité avec moi. Ça ne regarde que vous.

Là-dessus, il se dirigea vers la scène de crime.

— Vous pouvez laisser Cheyenne entre mes mains maintenant. Allez nous retrouver son assassin.

Beth leva les yeux. Styles avançait vers eux, du sang incrusté dans le col de son T-shirt et l'œil en train de prendre une vilaine teinte bleutée.

— Prêt à y aller ?

— Oui, bien sûr, répondit-il avant de se tourner vers Wolfe. Beth est opérationnelle ?

Wolfe sourit à Beth

— Tout à fait, répondit-il. Alors, arrêtez ce tueur avant qu'il ne frappe à nouveau.

Sur quoi il gagna la scène de crime.

40

Rattlesnake Creek

L'hélicoptère du FBI avait décollé du sommet de l'immeuble ce matin-là, et il se demandait pourquoi ils n'enquêtaient pas sur les meurtres qu'il avait commis. Il aimait que les médias l'appellent le « Tueur des supérettes » et il regardait tous les reportages sur ses meurtres. Il avait baissé le son de la télévision dans sa chambre pour ne pas déranger sa mère, mais depuis la découverte du corps de Cassidy, il n'y avait pas eu d'autres nouvelles. Le FBI avait de nouveau quitté la ville, le shérif était dans son bureau et les nouvelles parlaient d'un hold-up au magasin général. Deux hommes étaient impliqués. Un idiot avait tiré sur l'agent Styles, la nouvelle agent spécial – dont il avait oublié le nom – lui avait arraché un doigt en lui tirant dessus, et son complice était mort. Personne ne disait comment. Tout ce qui s'était passé en ville et la précision de ses tirs à lui n'avaient été mentionnés que ce matin par les bulletins d'information. Quant à l'enlèvement de Cheyenne, on n'en avait même pas parlé. Savaient-ils qu'il l'avait assassinée ? Peut-être n'avaient-ils pas encore retrouvé son cadavre. Ils auraient dû, pourtant, à l'heure qu'il était. Il consulta sa montre. Cela faisait deux heures qu'il l'avait libérée, les corbeaux devaient affluer.

Déterminé à découvrir ce qui se passait, il se dirigea vers la source la plus fiable de la ville. La cloche du *Tommy Joe's Bar and Grill* tinta lorsqu'il entra. Il commanda au comptoir un café et un sandwich de pain de seigle au jambon à emporter, puis attendit, nonchalamment appuyé contre le bar, en observant la salle. Il sourit à TJ lorsque celui-ci revint après avoir transmis sa commande aux cuisines.

— Pas de FBI pour le déjeuner aujourd'hui ? fit-il, curieux. J'imagine qu'ils sont à la recherche du Tueur des supérettes.

TJ remplit un gobelet de café, qu'il referma d'un couvercle.

— Je ne les ai pas vus aujourd'hui. Il y a eu un meurtre à Mischief. Peut-être qu'ils sont là-bas. La dernière fois que je leur ai parlé, ils m'ont prévenu qu'ils s'absenteraient peut-être quelques jours, mais ils n'ont pas précisé quand.

— Les infos n'ont pas dit si le braquage du magasin général était l'œuvre du ou des mêmes types ? Peut-être que le shérif l'a arrêté et qu'ils sont sur une autre piste maintenant ?

— Peut-être, concéda TJ. Mais ils ne discutent pas de leurs affaires avec moi. Le shérif a dit qu'il avait envoyé le braqueur du magasin général à la prison du comté. Il est dans la paperasse jusqu'au cou aujourd'hui, vu qu'un des malfaiteurs est mort. L'un des otages m'a dit que cet imbécile s'était noyé dans du savon liquide.

Incapable de s'arrêter de rire, il regarda TJ.

— Bref, des criminels professionnels, quoi.

— On dirait bien, convint le restaurateur en se retournant.

Wez, le chef cuisinier, venait d'annoncer que la commande était prête.

— Passez une bonne journée.

Il lui tendit le sac contenant son sandwich.

Le moment était venu de forger son alibi.

— Je n'ai pas de livraison avant 13 heures. Je vais aller au parc pour manger mon repas au bord de la rivière. J'ai envie de pêcher le week-end prochain.

— On achète les pêches du jour, si jamais vous faites une bonne prise, lui lança TJ avec un sourire. Mais ne dépassez pas la limite autorisée. Le garde-chasse patrouille dans les parages.

Il gloussa, gentil garçon comme toujours.

— Je m'en souviendrai.

Il sortit en regardant sa montre. Il avait le temps de rentrer et de fabriquer un fait divers. Le meurtre de Cheyenne ne l'avait pas rassasié. Il lui en fallait plus. Remontant dans son pick-up, il mangea son sandwich et sirota son café. La voix de sa mère lui emplissait la tête. Une mitraillette d'insultes. Rien de ce qu'il faisait ne la rendait heureuse. Avec une arme, il contrôlait le monde, il pouvait obliger n'importe quelle femme à faire ce qu'il voulait. Personne n'était capable de l'arrêter, mais il rentrait chez lui et son monde s'écroulait. Il fallait que ça s'arrête. Enfournant la dernière bouchée de son sandwich, il se dirigea vers le parc. Son téléphone dans son sac, il descendit du pick-up pour aller le fourrer au fond d'une poubelle, sous quelques emballages de bonbons et un vieux journal, puis il rentra chez lui. Un éventuel traceur placé dessus montrerait qu'il avait déjeuné dans le parc, comme d'habitude. Il vivait dans une vieille maison de style ranch, entourée d'arbres, et son voisin le plus proche habitait à huit cents mètres. Une fois chez lui, il se dévêtit dans l'entrée, enfila des gants d'examen et se couvrit la tête avec un des bas de sa mère. Il avait à peine posé un pied dans la cuisine qu'il entendit sa voix.

— C'est toi ? lança-t-elle en éclatant d'un rire mauvais. Tu as perdu ton boulot ? Un bon à rien, comme ton père. Ne compte pas sur moi pour te trouver des excuses. Fiche le camp et va te dégoter un job. C'est à toi de t'occuper de moi. Je me suis démenée pour que tu puisses aller à l'école, et qu'est-ce que j'ai en retour ? Un ingrat.

Il entra dans la cuisine. Comme d'habitude, elle était assise à la table, dos à la porte, les pieds rehaussés sur une chaise, en train de regarder un feuilleton à la télévision.

— Je n'ai pas perdu mon travail. Je suis juste rentré pour voir si tu avais besoin de quelque chose.

— Non, et arrête de chouiner, tu me fais rater mon émission. Retourne travailler. J'en ai marre de t'avoir dans les pattes.

Elle ne prit même pas la peine de se retourner pour le regarder. Elle plongea une main dans une boîte de bonbons, puis son attention se reporta aussitôt sur la télévision.

Il ouvrit un tiroir et en sortit un marteau. Accompagné par les paroles maternelles en boucle dans sa tête, il s'empara d'un chiffon et essuya le marteau, frotta le manche pour s'assurer qu'il était propre.

— Tu es encore là ? Non, tais-toi. Je ne supporte pas le son de ta voix. Va-t'en et fiche-moi la paix.

Sa mère plongea une nouvelle fois la main dans la boîte de bonbons.

Il soupesa le marteau dans sa main, les yeux fixés sur l'arrière du crâne détesté. Si seulement il pouvait l'empêcher de parler. Même lorsqu'elle n'était pas là, il l'entendait comme une mitraillette dans son oreille, qui le harcelait toute la journée.

— Il faut que tu arrêtes de me harceler, maman. Ça me met en colère.

— En colère ? répéta-t-elle sans quitter l'écran des yeux. Les mauviettes comme toi ne se mettent pas en colère. Elles se font piétiner. Tu es un minable comme ton père.

Un brouillard rouge s'abattit sur son esprit. Son bras parut s'animer d'une volonté propre et, voyant tout ce qui l'entourait comme depuis l'extérieur de son corps, il souleva le marteau pour l'abattre, encore et encore, sur le crâne de sa mère, jusqu'à ce qu'elle arrête de respirer. Vide d'émotion, il resta à la regarder. Elle se taisait enfin. Une bouffée d'exaltation l'envahit et son esprit devint soudain clair, si clair qu'il n'eut pas à réfléchir à ce qu'il devait faire ensuite. Il essuya le sang sur son corps avec l'une des précieuses serviettes blanches de sa mère, frotta ses pieds ensanglantés, puis il gagna la salle de bains pour y prendre une longue douche. Après quoi, il jeta les serviettes souillées dans la douche, les aspergea d'eau de Javel, les jeta dans un seau et les porta jusqu'à la machine à laver. Pendant que la machine ronronnait, il retourna nettoyer la douche, puis s'habilla dans le couloir. Ensuite, sans un regard en arrière, il repartit au parc, garant son véhicule dans la même zone isolée pour aller récupérer son téléphone. Au moment où il mettait le sachet de son sandwich dans la poubelle, une femme passa avec deux gros chiens. Il lui sourit.

— Jolies bêtes.

— Merci, répondit-elle avec un sourire. Vous prenez votre pause déjeuner ?

Quel alibi parfait ! Il acquiesça et consulta sa montre.

— Oui, d'ailleurs je ferais mieux d'y aller, il est presque 13 heures et je vais être en retard. C'était chouette de vous parler.

Il se dirigea vers son pick-up et prit l'autoroute en direction de Roaring Creek. Il avait quelques livraisons à faire, puis il aurait terminé, mais il ne pourrait pas rentrer chez lui, pas encore. Il lui restait une chose à faire. Il appela sa tante.

— Taty Helenja, tu pourrais faire quelque chose pour moi ? Je suis sur la route et je ne serai pas de retour avant 16 heures. Je viens de me rappeler que maman m'a demandé de passer pendant ma pause déjeuner pour lui apporter des biscuits. Tu sais qu'elle se met en pétard quand j'oublie des choses. Tu pourrais lui en apporter ?

Sa tante, qui habitait deux maisons plus loin, savait comment sa mère le traitait. Il pouvait compter sur elle pour ne pas être trop contrariée quand elle trouverait le corps. Tante Helenja n'aimait pas sa mère et lui proposerait probablement d'emménager chez elle pour se sentir plus en sécurité.

— D'accord, mais mon but n'est certainement pas de lui

faire plaisir à elle, répondit tante Helenja en s'éclaircissant la gorge. Je ne sais pas comment tu fais pour vivre avec cette sorcière.

— C'est ma mère, soupira-t-il.

— Bon, d'accord, capitula sa tante. Conduis prudemment. On se voit dimanche pour le déjeuner.

Sourire aux lèvres, il accéléra sur l'autoroute, déjà en train de réfléchir au braquage de sa prochaine supérette. Sa mère était de l'histoire ancienne et il se voyait bien jouer le rôle du fils endeuillé. Son sourire s'élargit. Il était enfin libre de faire ce qu'il voulait et il avait hâte.

41

Heureux de constater que le ciel était resté bleu, Styles dirigea l'hélicoptère vers Rattlesnake Creek.

— Tu es sûre qu'on ne perd pas notre temps ? Cody pourrait être dans une autre ville cet après-midi.

— Si on se fie à son emploi du temps, non, il sera là, répliqua Beth en faisant défiler l'écran de son téléphone. Il était en ville jusqu'à l'heure du déjeuner et doit aller récupérer quelque chose à River's Edge à 14 heures pour être de retour en ville à 16 heures. Cela nous laisse tout le temps de nous mettre en position pour l'appréhender. Il est censé effectuer une livraison dans notre magasin général. Je me dis qu'on devrait le laisser entrer et l'arrêter proprement à ce moment-là.

Styles se remémora le plan du magasin.

— Il y a une allée qui mène à une porte à volet roulant. C'est là qu'ils réceptionnent les livraisons. On pourrait se cacher à l'intérieur, attendre qu'il y transporte les cartons, et lui sauter dessus à ce moment-là. Il est peu probable que ce soit lui qui se charge de la manutention, supposa-t-il. J'en parlerai à Cash quand on sera de retour au bureau.

— J'ai toujours envie de l'appeler shérif Ryder, lâcha Beth, les yeux rivés sur le paysage.

Hilare, Styles jeta un coup d'œil au visage impassible de sa coéquipière. On aurait dit une statue de glace depuis qu'elle avait parlé au légiste.

— Il t'aime bien, donc n'analyse pas trop la chose, plaisanta-t-il avant de s'armer de courage. Tu veux bien me dire ce qui s'est passé avec Wolfe ? Et ne va pas me répondre : « rien », parce que tu es complètement renfermée depuis que je t'ai laissée seule avec lui.

— Avec Wolfe ? Non, rien du tout..., enfin, pas tout à fait, répondit Beth en se mordillant la lèvre inférieure. Il est persuadé que je vais retrouver le souvenir de ce qui s'est passé la nuit où ma mère a été assassinée. L'idée est flippante, c'est tout. Je sais qu'il est là, et toi aussi, si j'ai besoin d'une épaule, mais en parler ne ferait que raviver d'autres souvenirs que je préfère garder enfouis. Tu sais, parfois il vaut mieux oublier et aller de l'avant plutôt que de ressasser sans cesse la même douleur.

Surpris que Wolfe ait abordé le sujet, Styles acquiesça.

— Oui, je suis pour aller de l'avant. On ne peut pas changer le passé, de toute façon. Je suis là si tu as besoin de moi, Beth, ajouta-t-il après s'être rendu compte qu'elle le dévisageait. En tant qu'ami, pas en tant que supérieur, et s'il s'agit de choses personnelles, il faudra me torturer avant que j'en parle à qui que ce soit.

— C'est bon à savoir, répliqua Beth avec un sourire. Et c'est valable dans les deux sens.

Heureux de voir la voiture de Ryder attendre sur le parking des bureaux du FBI, il fit atterrir l'hélicoptère.

— Tiens, voilà Cash.

Beth consulta sa montre.

— Comme Cody est quelque part sur la route... et qu'il n'est que midi et demi... on va avoir le temps de manger un morceau chez *TJ's*... Je suis intriguée par la mère de Cody. C'est à cause d'elle s'il est psychopathe ? Je pense que ça nous fournit un motif valable pour demander un mandat de perquisition et on a le temps d'en obtenir un avant que Cody ne revienne en ville. On doit fouiller chez lui avant qu'il sache qu'on le soupçonne.

Styles coupa le moteur de l'hélicoptère et sortit de l'appareil. Dès qu'il eut libéré Bear, il prit ses affaires.

— OK, je vais ouvrir la porte à Cash. Je le mettrai au courant avant de prendre une douche. On se retrouve au bureau dans dix minutes.

— Ça marche.

Beth se dirigea vers son appartement.

Après avoir attendu l'arrivée de Ryder dans l'ascenseur, Styles se rendit chez lui, tout en mettant le shérif au courant des détails de l'affaire et de ce qui s'était passé.

— On l'aura au plus tard à 17 heures. Le message que la victime a laissé en mourant et toutes les preuves qu'on trouvera chez lui devraient nous permettre d'étayer l'affaire.

— OK, préparez-vous. Pendant ce temps, j'appelle le juge pour lui expliquer la situation, déclara Ryder en sortant son téléphone. Je vais lui envoyer les photos de la victime et de son message. Ça devrait suffire pour obtenir un mandat de perquisition et un mandat d'arrêt.

Le temps que Styles s'habille, Ryder avait obtenu les mandats.

— Génial. Nous allons aller les récupérer.

— Je m'en charge, déclara le shérif, chapeau sur le crâne. Je vous retrouve chez *TJ's*. J'espère juste que Cody suit bien le planning de ses livraisons et qu'il ne réussira pas à passer à travers les mailles du filet. Les shérifs de trois comtés comptent sur moi pour arrêter ce tueur. J'ai déjà appelé la prison du comté pour les prévenir de se tenir prêts à récupérer un prisonnier dangereux aux alentours de 17 heures.

Styles enfonça son Stetson et enfila son manteau d'un mouvement d'épaules.

— J'aime votre optimisme. Allez, en route.

Dans le couloir, ils retrouvèrent Beth qui sortait de son appartement. Styles se dirigea vers l'ascenseur.

— On a un mandat pour perquisitionner la maison de Cody. Vérifie bien à deux fois qu'on sait où il se trouve en ce moment.

— C'est déjà fait, Styles, répliqua Beth, les yeux levés au ciel. J'ai appelé ses deux derniers points de livraison pour voir s'il y était déjà passé : il suit son programme.

Styles la regarda. Il fallait qu'elle tombe dans un puits de mine pour qu'elle abandonne son attitude professionnelle. Il avait découvert son talon d'Achille et cela l'avait surpris.

— Je suis toujours étonné de voir que les tueurs en série sont capables de commettre les crimes les plus horribles et de continuer à vivre comme si de rien n'était.

— C'est parce qu'ils s'en fichent, expliqua Beth. Ça les amuse sur le moment, mais un peu comme un tour de manège à la foire du comté : une fois que c'est fini, ils attendent avec impatience le prochain.

Styles secoua la tête en grimaçant.

— Voilà qui est brutalement dit. Tout le monde cesse de s'en ficher, à un moment ou à un autre de son existence. D'après toi, ils ne regrettent jamais d'avoir pris une vie ?

Beth croisa son regard et son expression se fit sérieuse.

— Jamais. C'est pour ça qu'ils sont difficiles à attraper, Styles. Extérieurement, sauf s'il est couvert de sang, tu pourrais te trouver à côté d'un psychopathe qui vient de commettre un crime odieux et il se comporterait tout à fait normalement... Si ça se trouve, tu en es un, pour ce que j'en sais, lâcha-t-elle en haussant les épaules.

— OK, j'ai pigé, lâcha Styles sur un éclat de rire.

— Qu'est-ce qu'il y a de si drôle ?

Les lèvres de Beth se retroussèrent imperceptiblement.

Styles, pour sa part, lui sourit franchement.

— Donc tu pourrais en être une, toi aussi, non ?

— Comme je te l'ai déjà dit, confirma Beth dont le sourire s'élargit, tu ne le saurais jamais.

Pendant que Ryder prenait sa voiture pour aller récupérer les mandats, ils traversèrent la route jusqu'au *TJ's* où une délicieuse odeur de nourriture les accueillit. L'appétit de Styles s'éveilla à l'instant où il entra. Il avait besoin de faire le plein et y veillait scrupuleusement pendant une affaire, dès que l'occasion se présentait. Les prochaines heures allaient être intenses, donc manger maintenant était la meilleure option. Ils s'arrêtèrent au comptoir et commandèrent le plat du jour : une soupe de potiron suivie d'un steak haché et de frites. Ils prirent place sans rien dire. Styles était en train d'élaborer un plan d'action. Il leva les yeux lorsque Ryder les rejoignit à la table.

— Tout est prêt pour qu'on y aille ?

— Oui, mais on a besoin de se concerter pour attraper ce type, nuança Ryder, sourcils froncés. C'est un tueur de masse. Je ne prévois pas de le laisser s'échapper.

Beth souleva une frite entre son pouce et son index.

— Je suis du même avis. Styles est le mieux à même de l'affronter, il devrait donc être à l'intérieur quand Cody arrivera. Nous deux, on pourrait se positionner de chaque côté de son pick-up pour l'empêcher de s'enfuir. À nous trois, on devrait réussir à l'avoir.

Styles acquiesça.

— Le plan me convient. J'ai eu à peu près la même idée, mais je suggère que Cash bloque la ruelle avec sa voiture de patrouille, juste au cas où Cody essaierait d'utiliser son pick-up pour s'enfuir.

— Je suis d'accord.

Ryder recula sur son siège pour permettre à TJ de lui servir son repas.

Styles croisa le regard de Beth par-dessus sa tasse de café.

— On le veut vivant, n'est-ce pas ?

— Bien sûr, Styles, répondit-elle avec un sourire. Assure-toi juste de bien l'attraper, parce qu'il ne m'échappera pas, sinon.

42

Beth reposait sa tasse de café dans la soucoupe quand le téléphone de Ryder sonna. Elle se cala contre le dossier de sa chaise et attendit qu'il réponde. Ils devaient se mettre en route pour attraper Cody et elle ne voulait pas de retard intempestif.

Ryder désigna son téléphone pour attirer leur attention.

— Calmez-vous, disait-il en sortant carnet et stylo. La maison des Cody ? Donnez-moi les détails, et vous êtes sûre qu'elle est morte ? OK, enfermez-vous dans votre véhicule et dirigez-vous vers l'autoroute. Nous vous retrouvons là-bas. Une Nissan bleue. OK, nous serons là dans cinq minutes.

Il coupa la communication et se leva.

— C'était la tante de Cody expliqua-t-il. Elle vient de trouver la mère de ce dernier battue à mort.

— Quoi ? s'écria Styles.

Rabattant son chapeau sur sa tête, il s'élança, Bear sur ses talons, à la poursuite du shérif qui s'était rué vers la porte.

Beth se précipita, elle aussi, et grimpa dans le pick-up rouge de Styles. La voiture de patrouille de Ryder disparaissait déjà le long de la rue principale, gyrophares et sirènes allumés.

— Tu penses que Cody a assassiné sa mère ?

— Je dirais que c'est une vraie possibilité, répondit Styles en démarrant à toute vitesse. Voilà qui n'était pas prévu au programme. Il y a peu de chance qu'il termine ses livraisons, il va prendre la poudre d'escampette.

Beth sortit son téléphone.

— Peut-être pas. Il devrait être en train de quitter les lieux de sa dernière livraison à l'heure qu'il est et il a l'intention d'utiliser son planning de la journée comme alibi.

Elle passa l'appel et, après avoir reçu la confirmation du magasin, raccrocha. Puis, elle vérifia l'emploi du temps.

— Oh, ce gars-là est vraiment tranquille. Il continue comme si de rien n'était. Il ne s'est pas contenté d'assassiner Cheyenne. Il a décidé de tuer sa mère et de faire croire qu'il avait travaillé toute la journée. Il était en ville à l'heure du déjeuner, ça veut donc dire qu'après avoir tué la petite, il est revenu à Rattlesnake Creek pour déjeuner, il a tué sa mère, puis il est parti faire sa livraison suivante.

— Il y a de fortes chances qu'il se soit constitué un bel alibi en ville, conclut Styles en lui jetant un coup d'œil. Appelle TJ et demande-lui s'il connaît Cody. Comme ce type livre partout, il est probable qu'il passe aussi chez TJ.

Beth composa le numéro et attendit que le restaurateur décroche. Son établissement était bondé à cette heure de la journée. Il finit par répondre.

— Bonjour, TJ, c'est Beth. Vous connaissez Wyatt Cody, un chauffeur livreur qui habite en ville ?

— *Oui, il vient pour le déjeuner. En général, il prend un plat à emporter. Il est passé tout à l'heure, justement. D'après ce qu'il a dit, il allait manger au parc au bord de la rivière.*

Beth tourna la tête vers Styles.

— Vous vous souvenez de l'heure qu'il était ?

— *Désolé, mais non. Peut-être vers midi. Il y a toujours beaucoup de monde ici, entre midi et deux.*

— D'accord, merci. À plus tard.

Déçue qu'il n'ait pas pu préciser l'heure, Beth fronça les sourcils, puis se déconnecta avant qu'il ait eu le temps de lui poser des questions.

Le pick-up s'arrêta derrière la voiture de Ryder et ils suivirent le shérif jusqu'à une Nissan bleue. Une femme âgée était assise à l'intérieur, les mains crispées sur le volant. Beth regarda Ryder.

— Vous voulez que je lui parle ?

— Non, je la connais. Elle a l'air d'avoir peur. N'allez pas me l'effrayer encore plus.

Ryder ouvrit le véhicule et se pencha pour s'adresser à la femme. Quelques instants plus tard, il referma la portière et son interlocutrice repartit sans demander son reste, en faisant crisser le gravier.

Beth la suivit du regard.

— C'est elle qui a trouvé Mme Cody ? Vous n'avez pas besoin d'une déposition ?

— Je lui ai dit de se rendre à mon bureau et de m'attendre là-bas, répondit Ryder, qui indiqua du menton une sortie plus loin le long de la voie rapide. Elle a dit qu'elle était venue voir Mme Cody et l'avait trouvée dans la cuisine. Elle a tellement paniqué qu'elle s'est enfuie. Il y a du sang partout et elle a marché dedans. On va devoir enfiler des combinaisons avant d'entrer. Je pense qu'il faudrait appeler le légiste. Il est évident qu'elle ne s'est pas suicidée. Vous pensez que Cody a tué sa mère pour pouvoir s'enfuir ? Comme s'il s'était arrangé pour nous occuper pendant que lui s'enfuyait ?

— C'est possible, admit Styles en haussant les épaules. On va jeter un coup d'œil et sécuriser la scène. On ne peut pas attendre ici. On dispose d'un temps limité pour attraper Cody. Il faut qu'on transfère l'affaire au légiste.

La tension tambourinait dans l'air autour de Beth. Elle avait tellement envie de fondre sur Cody que des flots d'adrénaline la submergeaient. Déterminée à leur faire comprendre l'urgence de la situation, elle les regarda à tour de rôle.

— S'il a tué sa mère, c'est qu'il est en phase d'escalade. Comme un chien enragé. Il faut l'arrêter. Et très rapidement, de préférence. Je suis d'accord pour dire que notre priorité est d'arrêter Cody avant qu'il ne tue à nouveau. C'est à vous de décider, Cash, conclut-elle en plongeant ses yeux dans ceux de Ryder.

— On va jeter un œil vite fait sur la victime et on fonce pincer Cody, trancha ce dernier. En route.

Beth s'élança jusqu'au pick-up avec Styles et ils suivirent le véhicule de Ryder jusqu'à un vieux ranch, au bout d'une allée bordée d'arbres. La porte d'entrée étant restée grande ouverte, on voyait des empreintes de pas ensanglantées qui sortaient du bâtiment. De petite taille, elles avaient manifestement été laissées par la tante passée voir Mme Cody. Munie comme eux de surchaussures, de gants et d'un masque, Beth suivit les hommes à l'intérieur, contournant précautionneusement les traces sanglantes. Ils s'immobilisèrent sur le seuil de la cuisine et jetèrent un coup d'œil dans la pièce. C'était un bain de sang, au milieu duquel flottait une assiette en carton contenant des biscuits enveloppés dans un film plastique. La femme affalée sur le bras d'une chaise avait de profondes blessures à la tête. Beth resta à l'écart pendant que Styles s'approchait et vérifiait les signes de vie.

— Elle est morte depuis au moins une heure. Les éclaboussures de sang sont en train de coaguler. On ne peut plus rien faire pour elle, conclut Styles en secouant la tête. Mieux vaut partir et laisser Wolfe s'en occuper.

Il reprit la direction de la sortie, tout en retirant son masque et ses gants.

— Cash, on va se garer loin du magasin et revenir à pied. J'appellerai si son véhicule est dans la ruelle. Bloquez sa fuite. Avec Beth, vous entrerez par la ruelle et moi, je passerai par le magasin. Enfilez vos gilets pare-balles, ajouta-t-il. On ne prend aucun risque avec ce type.

— Ça marche.

Ryder jeta ses gants dans le sac que Beth leur avait tendu, puis ouvrit sa portière pour récupérer son gilet. Ôtant sa veste, il enfila le gilet par la tête.

— Il va falloir poser de la Rubalise sur la porte des Cody.

Pendant que Styles appelait Wolfe, Beth aida Ryder à fixer le ruban adhésif sur l'entrée de la maison. Elle attendit impatiemment que Styles communique au légiste des éléments précis et les coordonnées de la scène de crime. Le temps passait et la fenêtre d'opportunité se refermait. Pour procéder à l'arrestation, ils devaient absolument se mettre en position. Le cœur battant, Beth retira ses surchaussures, ses gants et son masque et les jeta dans le sac qui accueillait déjà l'équipement de protection des autres. Le sac scellé, elle remonta dans le pick-up et le laissa tomber à ses pieds.

— J'ai tout expliqué à Wolfe, annonça Styles en se glissant derrière le volant. Il est en route... Ce tueur est un tordu, reprit-il, amer. Cela dit, je suppose que tu as raison à propos de sa mère. Il n'en pouvait plus.

Beth remonta la fermeture Éclair de sa veste en Kevlar.

— C'était juste une intuition, mais ce qu'il y a là-dedans, c'est de l'acharnement. Un seul coup a dû suffire à la tuer, pourtant il voulait s'assurer qu'elle était vraiment morte. Ce genre de violence indique un grief personnel, donc il se peut que j'aie raison à son sujet. Pour l'instant, Cody est un baril de poudre. Une étincelle, et il explose. Tu devras faire très attention avec lui. Ne lui tourne pas le dos.

Styles accéléra pour regagner la ville.

— Je pince des criminels depuis longtemps, Beth. Je vais trouver une excuse pour lui montrer quelque chose à l'intérieur et le menotter dans l'arrière-boutique. L'aire de déchargement est trop ouverte, il pourrait se passer n'importe quoi. Il faudra que vous restiez invisibles jusqu'à ce que je l'aie maîtrisé. Si tout se passe comme prévu, ajouta-t-il, l'air grave, je raccompagnerai Cash à son bureau. Tu devras couvrir nos arrières pendant qu'on le transférera en cellule.

Bien qu'inquiète, Beth acquiesça.

— Ne le sous-estime pas. Il tue sans distinction et sans y réfléchir à deux fois. Pour lui, tu n'es qu'un obstacle. Il ne te verra pas comme un représentant de l'autorité ou quoi que ce soit d'autre. Tu devras assurer, Styles... même avec nous dehors.

43

Les arbres filaient à toute allure, maintenant que Styles avait mis les gaz. La végétation en germe se fondait en un tout entre-coupé d'éclairs verts et marron à mesure qu'il accélérait. Son pick-up réagissant au quart de tour, le moteur rugit : ils filaient sur l'autoroute. Pendant leur traversée à fond de train de la zone industrielle, Beth dut même s'agripper à son siège. Ce n'était pas la vitesse qui la préoccupait, mais le faible espace que lais-sait Styles entre le pick-up et les véhicules qu'ils dépassaient. Elle avait confiance en sa conduite et, à dire vrai, préférait que ce soit lui qui prenne le volant. Elle avait toujours tant de choses en tête, et trop de tâches à mener à bien entre deux endroits. C'était une solution pratique. Ils ralentirent en arri-vant sur Main Street. Styles s'arrêta pour reculer sur une place devant la pharmacie. Il y avait des véhicules stationnés oblique-ment le long de la rue principale, dans la partie animée de la ville, et le long du trottoir qui longeait la rivière. Ryder s'était garé devant son bureau. Elle le regarda descendre de sa voiture de patrouille, consulter sa montre, puis entrer dans les locaux. Elle consulta sa propre montre. Il était 15 h 15. Ryder devait être allé s'enquérir de l'état de la tante de Cody avant de se mettre en position.

Les yeux rivés sur la route, Beth la scruta de long en large, guettant l'apparition du pick-up de livraison. Quelques camionnettes passèrent et le véhicule qu'elle avait observé attentivement sur la page web de Cody apparut. Il les dépassa si lentement qu'elle put voir Cody, un téléphone collé à l'oreille. Puis, le pick-up accéléra, manquant renverser de peu un couple de personnes âgées qui traversaient la route, chien en laisse.

— C'est lui. Il a l'air pressé tout à coup.

L'instant d'après, Ryder sortait de son bureau et sautait dans sa voiture de patrouille. Le téléphone de Styles sonna. Il fronça les sourcils en voyant Ryder s'engager sur Main Street. La voix du shérif lui parvint par le Bluetooth de la radio.

— *Il vient de découvrir qu'on est au courant pour sa mère,* grommela Ryder. *Sa tante l'a appelé pour lui annoncer qu'elle avait retrouvé sa mère morte. Il lui a dit qu'il rentrait direct chez lui. Je vais le suivre à distance.*

— Je dirais qu'il est plutôt en train de s'enfuir, répliqua Styles en démarrant pour s'élancer à la poursuite du fuyard sur la rue principale.

Beth, qui distinguait le pick-up au loin, constata qu'en effet il ne tournait pas au carrefour menant à la maison de sa mère. Il le franchissait et s'engageait sur la bretelle d'accès à l'autoroute.

— Il se dirige vers l'autoroute. Fonce !

— Accroche-toi !

Styles grimpa sur le trottoir pour éviter la file des véhicules qui s'acheminaient vers le marché local de produits frais, puis ils revinrent sur Main Street. Dès qu'ils furent sortis de la ville, il accéléra encore et ils prirent Cody en chasse.

Le large ruban bitumé de la voie rapide, qui serpentait à travers les montagnes, était souvent très fréquenté en milieu d'après-midi. Les camionnettes d'entretien de l'autoroute passaient la nuit garées au relais routier situé à la sortie de la ville plutôt que de franchir les dangereux cols de montagne dans l'obscurité. La météo annonçait de la pluie et du grésil pour plus tard, mais l'état du ciel donnait à penser que les précipitations surviendraient plus tôt que prévu. Plus ils grimpaient en altitude, plus les températures baissaient, et la voiture de Ryder ne tarda pas à disparaître dans un brouillard rampant. Conduire aussi vite par une météo pareille était suicidaire et Beth appela Ryder.

— Vous l'avez en ligne de mire ?

— *Juste ses feux arrière. C'est une vraie patinoire devant. La route est mouillée et verglacée,* lâcha Ryder en prenant une grande inspiration. *Ça va se calmer un peu quand on passera de l'autre côté. Le problème, c'est que Cody double tout ce qui se trouve devant lui. Je me suis fait dépasser par au moins trois semi-remorques jusqu'à présent. Je ne peux pas le suivre. C'est trop dangereux avec ma voiture de patrouille.*

— On s'en charge, déclara Styles avec un signe de tête confiant à l'intention de Beth. Mon pick-up peut affronter le terrain. Il est fait pour ça et j'ai des antibrouillards.

Il alluma ses feux et rattrapa la voiture de Ryder en quelques minutes.

— Je suis en train de vous griller la politesse...

Les mains cramponnées au siège, Beth retint son souffle pendant qu'ils déboîtaient pour dépasser Ryder. Quelques secondes plus tard, un semi-remorque, dont les feux surgirent de nulle part, fit retentir ses klaxons. Sans se laisser perturber, Styles se replaça sur la voie de droite, au moment où l'énorme véhicule les croisait en trombe, secouant le pick-up de ses turbulences. Beth pressa une main sur sa poitrine.

— Il s'en est fallu de peu...

— Non, il y avait largement la place, répliqua Styles sans quitter la route des yeux. On redescend maintenant. Il y a un grand virage en bas, et ce sera reparti pour un peu de grimpette.

Lorsque le brouillard se leva légèrement, une averse de

neige mêlée de pluie s'abattit sur le pare-brise comme une volée de chevrotines. Les essuie-glaces se déplaçaient si rapidement – droite-gauche, droite-gauche – que Beth avait l'impression d'être à bord d'un train fou, dans une situation où tout échappait à son contrôle. Droit devant, elle aperçut le véhicule de Cody qui dévalait la montagne en zigzaguant. Il venait de dépasser un véhicule plus lent et peinait à redresser son pick-up qui bringuebalait de gauche à droite. Elle jeta un coup d'œil à Styles.

— C'est quoi, le plan, quand on l'aura rattrapé ? On ne peut pas le forcer à quitter la route, pas ici. Sans quoi il va dégringoler vers l'aval de la montagne.

— Quand on recommencera à grimper, je me porterai à sa hauteur et je le pousserai vers la paroi rocheuse. Mon pick-up est abîmé de toute façon, ajouta-t-il avec un haussement d'épaules. Ça ne changera pas grand-chose. Le Bureau prend tout son temps pour le remplacer. Peut-être qu'on va devoir utiliser ta voiture, après ça ?

Beth ricana en secouant la tête.

— Mon véhicule personnel est réservé à mon usage exclusif. Sauf cas de force majeure. Depuis que je suis ici, c'est la deuxième fois que tu détruis ton pick-up.

— Je ne l'ai pas encore démoli. Quelques égratignures, c'est tout. Nous y voilà...

Il accéléra lorsque la route se remit à monter. D'autres semi-remorques les croisèrent et Beth retint son souffle. Styles attendait une pause dans le convoi de camions pour s'approcher du pick-up de Cody. À sa grande surprise, celui-ci fit pivoter le volant de son véhicule pour tenter de pousser celui de Styles sur la trajectoire des voitures et autres camions arrivant en sens inverse. Les pneus crissèrent. Brusquement projetée vers l'avant par le coup de frein de Styles, Beth appuya ses mains sur le tableau de bord. Le pick-up se déporta sur le côté, puis se redressa et rasa la glissière de sécurité qui protégeait les conducteurs d'un plongeon de plusieurs centaines de mètres vers la mort. Le métal de la portière de Styles hurla en raclant la glissière, mais il ne s'arrêta pas. Un coup de volant brutal lui permit de se remettre en chasse.

— Il nous en veut.

Si l'expression de Styles était sombre, ses épaules marquaient sa grande détermination.

Beth le regarda, bouche bée.

— Tu crois ? ironisa-t-elle en vérifiant sa ceinture de sécurité. J'ai bien cru qu'on allait faire un roulé-boulé devant le semi-remorque jusqu'au pied de la montagne.

— Arrête d'exagérer.

Styles tiqua pourtant lorsque son rétroviseur latéral s'arracha et s'envola dans les airs comme un missile.

— Il avait envoyé des signaux qui permettaient de deviner son mouvement. Je l'ai vu regarder dans le rétroviseur et j'ai su qu'il avait l'intention de déboîter. Tout va bien, je l'arrêterai la prochaine fois.

S'efforçant de garder son calme, Beth inspira et expira longuement.

— On est obligés de l'arrêter sur un col de montagne ? On ne peut pas attendre qu'il prenne l'autoroute ou quelque chose comme ça ?

— Ce sera trop facile pour lui de s'enfuir.

Styles regagnait du terrain sur Cody alors qu'ils atteignaient le col.

En bord de route, des panneaux prévenaient les conducteurs d'une descente abrupte, d'une chaussée glissante et de virages dangereux. Beth sortit son arme.

— Roule à côté de lui. Je vais passer sur la banquette arrière et le tuer. Ce sera plus sûr pour tout le monde.

— Tu sais qu'il est très difficile de tirer sur quelqu'un depuis un véhicule en mouvement ? objecta Styles en lui jetant un coup d'œil. On va encore essayer à ma façon. Si ça ne marche pas, on le suivra dans la descente et on appellera le shérif Bowman pour qu'il bloque l'autoroute.

Peu convaincue, Beth serra les dents tandis que Styles se rapprochait du véhicule de Cody. Elle s'agrippait de nouveau à son siège, si fort que ses doigts lui faisaient mal.

— Ce n'est pas un barrage routier qui va l'arrêter. Il n'a rien à perdre. On devra de toute façon appeler Bowman si on quitte la juridiction de Ryder. Tu sais où se trouve la limite des comtés par ici ?

Styles tint fermement le volant et le moteur, poussé à ses limites, rugit.

— Pas maintenant, non. Il faut que je me faufile entre ces semi-remorques. Accroche-toi, ça va secouer.

Ils s'approchèrent à toute allure du véhicule de Cody. À travers la brume, Beth distingua un convoi de semi-remorques arrivant en sens inverse, et à grande vitesse, malgré la neige épaisse qui tombait. Le cœur au bord des lèvres, elle vit Styles déboîter et tenter de percuter le flanc du pick-up de Cody avec l'avant du sien. Il s'agissait d'une manœuvre policière dont il avait l'habitude, qui permettait généralement de coincer le véhicule pourchassé contre le trottoir, mais elle ne fonctionna pas cette fois-ci. Au contraire, Cody freina brusquement, projetant de la fumée et des lambeaux de pneus déchiquetés dans toutes les directions. Son pick-up s'arrêta dans un sursaut, puis, sans crier gare, il fonça sur eux en marche arrière.

Styles braqua aussitôt le volant, si bien qu'ils glissèrent en travers de l'autoroute, avec les roues qui patinaient. Beth poussa un cri d'horreur. Coincés entre deux semi-remorques, ils étaient condamnés. Celui qui arrivait sur eux freina si fort que sa partie avant rebondit. Tournant le volant dans l'autre sens, Styles accéléra, pour diriger le pick-up sur la bonne voie. Hors d'haleine, Beth se cramponna de toutes ses forces alors qu'ils se remettaient à filer sur la chaussée. Dans le rétroviseur, elle aperçut Ryder qui se rapprochait. Sorti du brouillard, il arrivait en trombe, sirène hurlante et gyrophare allumé. Quelques secondes plus tard, il se faufilait entre deux semi-remorques et les dépassait à fond de cale pour prendre Cody en chasse. Implacable, Ryder percuta l'arrière de son pick-up à grande vitesse. Horrifiée, Beth vit les véhicules se coller l'un à l'autre pendant quelques secondes, puis, avec un soupir de soulagement, elle constata que la voiture de Ryder se libérait et ralentissait le long de la glissière de sécurité. Sous l'effet de l'impact, le pick-up de Cody s'était mis à dévier de sa trajectoire. Dans un crissement de freins, il percuta un semi-remorque de plein fouet, provoquant un bruit de détonation si violent que la montagne trembla.

Atterrée, Beth vit les roues avant de l'énorme camion avaler le pick-up et lui rouler dessus. Accompagnés par le hurlement strident de leurs tôles métalliques, les deux véhicules descendirent l'autoroute sur une vingtaine de mètres ou plus, semant une nappe huileuse derrière eux. Le pick-up de Cody était aussi plat qu'une crêpe. Beth se baissa lorsqu'une roue rebondit sur la route, manquant de peu leur véhicule avant de sauter la glissière et de disparaître dans la brume. Des morceaux de métal tordu jonchaient l'autoroute et rebondissaient sur le toit du pick-up. Sur la chaussée noire détrempée, des ruisseaux multicolores, écoulements d'huile et d'essence, traçaient des sillons. Devant eux, Ryder sortait lentement de son véhicule, indemne. Le conducteur du semi-remorque, lui, descendait de sa cabine en secouant la tête. L'accident n'avait fait qu'une seule victime : Cody. Soulagée que tous les autres aient survécu à l'horreur, Beth soupira et se tourna vers Styles.

— Ça va ?

Son coéquipier ôta son chapeau et se passa les deux mains dans les cheveux.

— Oui. Bon sang, j'aurais voulu parler à Cody et savoir comment il fonctionnait. On n'avait pas le choix. Il fallait l'arrêter. La manœuvre consistant à le serrer sur le bas-côté est une procédure normale.

Il se retourna pour examiner Bear, mais celui-ci, assis dans son harnais, les yeux brillants, ne trahissait pas la moindre inquiétude. Styles enfonça son chapeau.

— Je ferais mieux d'aller parler aux gens, reprit-il. On aura besoin de témoins et de leurs coordonnées. C'est le comté du shérif Bowman. Appelle-le. Il se chargera de l'enquête et fera venir quelqu'un pour dégager la route. Je te laisse Bear, parce qu'il y a du verre et du métal plein la chaussée. Je vais voir ce qui reste du pick-up avec Ryder.

En son for intérieur, Beth se demandait combien de tueurs en série avaient été éliminés par les forces de l'ordre, sans bénéficier d'un juge et d'un jury. La mort de Cody n'était pas de son fait, mais justice avait bel et bien été rendue aux nombreuses personnes qu'il avait assassinées et torturées. Il était étrange que les gens voient dans les accidents comme ce carambolage le signe d'une justice naturelle, tandis que sa façon à elle d'éliminer les monstres était considérée comme un crime. Jamais elle n'avait tué sans preuve absolue de culpabilité, même si cela avait signifié parfois de jouer un rôle de victime. Pour elle, il s'agissait simplement de tuer ou d'être tué. L'idée que les gens normaux se faisaient de la justice, en permettant à des types comme Cody de marcher dans les rues après avoir purgé leur peine la déroutait, mais elle s'efforcerait encore de les comprendre. Elle adressa un signe de tête à Styles.

— Pas de problème, je surveille Bear et j'appelle le shérif tout de suite.

Elle devrait le féliciter. C'était ce que faisaient les gens normaux pour évacuer le stress dans ce genre de situation, non ? Il l'avait gardée en vie et elle reconnaissait la valeur de ses compétences. Prenant une inspiration, elle leva les yeux vers le visage fatigué de son coéquipier.

— Au fait, tu conduis très bien.

Styles referma sa veste pour se protéger de l'averse de neige et secoua la tête.

— Tu as eu une sacrée frousse, hein ? Je ne crois pas que je te comprendrai un jour, Beth.

Sur quoi, le dos rond, il s'en alla affronter la brume.

Elle le regarda se frayer un chemin parmi les débris qui jonchaient l'autoroute pour s'approcher de Ryder.

— C'est aussi bien comme ça, non ? fit-elle en souriant à Bear.

44

Après avoir confié le nettoyage de la scène à l'équipe du shérif Bowman, Beth et Styles suivirent Ryder jusqu'à Rattlesnake Creek. Leurs dépositions pourraient être complétées plus tard, mais pour l'instant, ils devaient aider Wolfe à perquisitionner la maison des Cody. Ils voulaient des réponses et fouiller sa maison était le seul moyen d'en savoir plus sur le Tueur des supérettes. Le temps qu'ils arrivent, Wolfe avait fait évacuer le corps et procédait à un examen médico-légal de la scène de crime. Beth enfila une tenue de protection et suivit Styles et Ryder à l'intérieur. L'odeur de mort, qui s'était intensifiée, semblait ramper dans le couloir. Elle s'approcha de Wolfe.

— Vous avez trouvé quelque chose d'intéressant ?

— Si c'est Cody qui l'a tuée, il a bien couvert ses traces, fit Wolfe en indiquant la pièce d'un geste du bras. Vu qu'il vit ici, pas besoin d'effacer ses empreintes. On a retrouvé l'arme du crime : elle a été nettoyée avant d'être utilisée, et la personne qui l'a utilisée portait des gants. Le meurtrier a pris une douche et tout lavé à l'eau de Javel. Il y a des serviettes dans le lave-linge, ce qui me fait pencher pour Cody. La plupart des tueurs n'auraient pas pris la peine de laver les serviettes. Encore une fois, elles ont été saturées d'eau de Javel, ce qui fait disparaître jusqu'à la moindre trace. Le tueur a compris qu'il fallait détruire l'ADN.

Il se dirigea vers l'évier de la cuisine et ouvrit un placard d'où il tira une bouteille de PCR Clean.

— Et voilà une découverte importante, parce qu'elle se rattache aux meurtres. Ce n'est pas habituel d'avoir ce produit chez soi, dans la région.

Styles brandit à son tour un sac en plastique contenant un pistolet muni d'un silencieux.

— On a aussi trouvé des preuves dans l'épave. Si les balles correspondent à celles qu'on a prélevées sur les victimes, ça prouvera qu'il était bien le Tueur des supérettes.

— Et j'ai saisi un tas de cartes à gratter dans une chambre à l'étage, intervint Ryder qui leur montrait des sacs zippés. Ainsi qu'une pile de petites culottes et une collection de bijoux féminins. Si on parvient à prouver qu'ils appartenaient à telle ou telle victime, on aura au moins un résultat positif sur certaines affaires. Pouvez-vous obtenir de l'ADN à partir d'une culotte ?

Il tendit en souriant les sacs de preuves à Emily Wolfe puis regarda le légiste.

— Oui, sauf s'il les a elles aussi pulvérisées à la javel, répondit celui-ci, sourcils froncés. Je vais faire de mon mieux.

— Autre chose : il a appelé sa tante pour lui demander de passer apporter des biscuits à sa mère. À mon avis, il voulait qu'elle découvre le corps avant qu'il ait fini son travail. Ça lui fournissait un alibi. Il est passé au *TJ's* pour prendre des plats à emporter et il a claironné bien fort qu'il allait au parc. C'est probablement peu de temps après qu'il a tué sa mère. Je suppose qu'il est retourné au parc et s'est assuré d'y être vu. Je ne pense pas qu'il faille chercher un tueur ailleurs.

— Peut-être pas, en effet, convint Wolfe avant de les regarder tour à tour. Je donnerai la cause et l'heure du décès, mais j'indiquerai qu'il s'agit d'un homicide par personne non identifiée. Sauf si vous me prouvez le contraire. D'après ce que nous savons de Cody, il est probable qu'il ait assassiné sa mère, mais il était très intelligent. Nous ne connaîtrons sans doute jamais vraiment la vérité à son sujet. Jo Wells aurait aimé plonger dans son esprit, déplora-t-il avec un soupir.

Beth acquiesça en mimant la compassion du mieux qu'elle pouvait.

— C'est dommage, mais au moins il ne peut plus faire de mal à personne maintenant.

Le téléphone de Styles sonna. Il lui fit aussitôt signe de le suivre dehors et lui tendit une oreillette.

— Qui est-ce ? murmura-t-elle

— Le directeur... Oui, monsieur ?

— *Le Tueur au tarot a encore frappé. Cette fois, il s'en est pris à un représentant des forces de l'ordre : l'adjoint Branch Dryer de Mischief. Je crois que vous avez été en contact avec lui récemment, lorsque vous avez pensé que les meurtres commis là-bas pourraient être liés à votre affaire actuelle.*

— Oui, c'est l'un des membres du bureau du shérif avec lesquels nous sommes entrés en contact. Pour autant que je m'en souvienne, c'était un type ordinaire. Nous sommes allés à Mischief sur une intuition, car les meurtres avaient eu lieu à proximité et nous ne voulions rien négliger. Nous avons examiné les corps pour procéder à une comparaison, déclara Styles en jetant un coup d'œil à Beth. Les modes opératoires étaient complètement différents, entre ceux de Mischief et nos homicides, et nous avions l'avis du docteur Shane Wolfe pour valider notre décision de retourner à la base. Vous avez des raisons de croire que ces meurtres sont l'œuvre du Tueur au tarot ?

— *Non, pas les meurtres des filles. Dryer a été retrouvé mort ce matin, seul dans son véhicule, avec une carte de tarot dans la poche. Il pourrait avoir été empoisonné. Nous avons envoyé son corps à Helena pour qu'il subisse des tests. Il s'est passé quelque chose, la nuit précédant sa mort. Vu que sa voiture était endommagée, nous avons d'abord cru qu'il s'était blessé ou qu'il avait été victime d'un problème médical à ce moment-là, bref d'un incident susceptible d'entraîner sa mort. Lorsque le médecin a découvert la carte de tarot, le shérif m'a contacté. Aucune blessure n'ayant été constatée sur Dryer, j'ai ordonné des recherches complémentaires pour déterminer la cause de son décès.*

On avait donc retrouvé Dryer. Un autre impitoyable salopard avait mordu la poussière.

Ravie que son plan ait fonctionné, Beth se rapprocha de Styles, afin de participer à la conversation.

— Ici l'agent Katz, monsieur. Le Tueur au tarot est plutôt un justicier. L'assassinat d'un innocent serait un revirement complet pour lui. Vous pensez que nous avons affaire à un *copycat* ? Ces derniers temps, on parle sans cesse de lui dans les médias.

— *J'ai pensé la même chose, agent Katz, mais il est clair que c'est un assassinat du Tueur au tarot. La carte découverte sur le corps est du même genre que celles qu'il utilise, et aucune n'a été trouvée ailleurs. Pourtant, croyez-moi, nous avons essayé de localiser le fabricant ! Donc, à moins qu'il n'ait commencé à assassiner des flics innocents, ce qui n'aurait pas grand sens, il s'est passé quelque chose entre eux. Il doit y avoir une raison pour que le Tueur au tarot s'en soit pris à un représentant des forces de l'ordre. Il a une capacité étonnante à traquer les tueurs, j'aurai donc besoin de vous à Mischief dès demain matin pour découvrir ce qui se passe là-bas.*

Styles leva les yeux vers le ciel : des flocons de neige fondue s'abattaient sur ses épaules.

— Nous avons un meurtre ici, monsieur. Et lié au Tueur des supérettes. Il s'agit de sa mère, cette fois.

— *Vous avez la preuve qu'il a assassiné sa mère ?* s'enquit le directeur, accablé.

— Pas pour l'instant.

Styles regarda Beth d'un air agacé.

— *Laissez le shérif local s'en occuper. Il peut collaborer avec le légiste. Vous êtes retirés de cette affaire-ci tant que vous n'avez pas de preuves pour la relier aux autres meurtres de Cody. Pour l'instant, nous avons une affaire fédérale en cours, agent Styles, et il nous faut des preuves. Si le Tueur au tarot est à Mischief, je veux qu'il soit arrêté. Vous partez à la première heure demain matin. Et ne lâchez pas avant d'avoir des réponses à me fournir.*

Il coupa la communication.

La gorge nouée, Beth observa l'expression fatiguée de Styles. L'enquête sur le Tueur au tarot lui inspirait des sentiments mitigés. En s'impliquant dans l'affaire pour dissimuler des preuves contre elle-même, elle ne se comportait pas mieux que Dryer. Refusant de s'abaisser à son niveau, elle décida sur-le-champ qu'elle présenterait toutes les preuves qu'elle trouverait et qu'elle en accepterait les conséquences. Nerveuse, mais déterminée à ne pas laisser tomber Styles, elle sortit une barre énergétique de sa poche et la lui offrit, heureuse de le voir déchirer l'emballage et manger la sucrerie en deux bouchées.

— J'en conclus qu'on est bons pour retourner à Mischief demain matin.

Devant sa grimace, elle ajouta, perplexe :

— Le directeur n'avait pas l'air très content et je suis surprise qu'il n'ait pas envoyé plutôt Carter et Jo.

— Moi aussi, admit Styles en la considérant d'un long regard. J'en viens à croire que tu possèdes une boule de cristal. Tu te doutais que quelque chose clochait au bureau du shérif de Mischief. On aurait dû enquêter de façon plus approfondie, quand on était là-bas.

Secouant la tête pour faire tomber la pluie du bord de son chapeau, elle lui serra le bras.

— On a fait ce qu'on pouvait, avec le temps dont on disposait, Styles. Il aurait été trop chronophage de tout décortiquer et de vérifier chaque enquête. Ils se sont tous contentés du strict minimum et la faute en incombe au shérif. Si on a la preuve que Dryer a dissimulé des preuves, on se concentrera spécifiquement sur lui, cette fois-ci. Allons confier la scène de crime d'ici à Ryder, ajouta-t-elle en souriant. Avec Wolfe pour l'assister, il s'en sortira. Et toi, rentre te reposer. Je ferai le travail préparatoire sur Dryer, cet après-midi, précisa-t-elle devant son regard surpris. Viens chez moi ce soir, on commandera à dîner et on ira se coucher tôt. Qu'est-ce que tu en dis ?

— Merci, j'apprécie ta sollicitude. Je ne l'admettrais devant personne d'autre que toi, mais je suis épuisé, j'ai mal à la tête et les côtes en feu. Ça me dit bien de me joindre à toi pour déguster un plat à emporter, mais on pourrait peut-être oublier le travail et regarder un film, ou quelque chose du genre ? La charge de travail devient folle. J'ai l'impression d'être sur un manège dans un film d'horreur. Ça tourne de plus en plus vite, et je n'arrive pas à descendre.

45

Mischief

La soirée passée avec Beth avait été étonnamment relaxante. Il avait fait le plein de l'hélicoptère avant de retourner boucler ses valises dans son appartement. Il avait mal partout et, ses côtes meurtries mises à part, son épuisement après la chute dans le puits de mine l'inquiétait. Il avait toujours pris le pilotage d'un hélicoptère très au sérieux, veillant à ne jamais voler s'il était malade ou blessé. Les derniers jours avaient été un enfer, mais la chute l'avait ébranlé plus qu'il ne saurait l'admettre. Ils avaient soigneusement préparé leur mission, vérifié et revérifié l'emplacement des puits de mines de la région et s'en étaient tenus à ce qu'il avait cru être une zone sûre, quand ils avaient tenté de sauver Cheyenne. Au regard de son expérience, cette chute dans un puits de mine était impardonnable et il s'en voulait d'avoir mis la vie de Beth et de Bear en péril. Par miracle, le chien n'avait pas été blessé, mais il savait que Beth l'était. Elle camouflait bien la douleur et il admirait cette qualité chez elle.

Son inquiétude se confirma lorsqu'il l'avait trouvée assoupie dans le Jacuzzi de la salle de sport. Ils utilisaient souvent le bain à bulles après un long moment passé dehors, mais rarement ensemble. Beth, qui chérissait son intimité, ne l'éconduisit pourtant pas lorsqu'il entra. Ils restèrent assis sans beaucoup parler, à savourer l'eau bien chaude, puis mangèrent une pizza pour le dîner en discutant de tout et de rien jusqu'à ce qu'il regagne son appartement.

La matinée était claire, avec des nuages épars. Les rafales de vent avaient légèrement diminué. C'était une journée parfaite pour voler. Après avoir dormi dix heures d'affilée, il se réjouissait à l'idée de piloter l'hélico. En chemin, Beth fit quelques allusions aux meurtres du Chacal de la nuit, mais elle semblait déterminée à fouiller dans les dossiers papier conservés au bureau du shérif. Ils survolèrent une chaîne de montagnes, puis Mischief apparut. Ils se posèrent sur l'héliport de l'hôpital et eurent la surprise de voir le shérif Lance Walker qui les attendait dans sa voiture de patrouille.

— Ils étaient donc au courant de notre arrivée, glissa Styles à sa coéquipière.

— Hmm, maintenant les dossiers auront été révisés, c'est une certitude, lâcha Beth, mécontente. Je n'arrive pas à croire que le directeur l'ait prévenu.

Styles salua Walker d'un petit signe de tête et grimpa sur le siège passager.

— Merci d'être venu nous chercher. On va devoir s'enregistrer à l'hôtel et déposer nos bagages.

— Vous avez l'intention de rester un certain temps, alors ? s'enquit Walker d'un air méfiant. Vous avez des informations sur ce qui est arrivé à Dryer ?

Jetant un coup d'œil autour d'eux, maintenant qu'ils avaient démarré, Styles secoua la tête.

— La cause du décès sera révélée lors de l'autopsie. Je suis sûr que le directeur communiquera les résultats dès qu'ils seront disponibles. C'est vous qui avez trouvé son corps ?

— J'ai été appelé sur les lieux, répondit Walker en se garant devant l'hôtel. Il était stationné dans l'allée de sa maison. Juste assis là, mort. C'était vraiment flippant, je peux vous le dire. J'ai appelé les secours et ils l'ont emmené à l'hôpital, mais il a été déclaré mort sur place. Son véhicule était abîmé, certes, mais lui avait l'air indemne. Pas une seule marque.

Intéressé, Styles se tourna vers lui.

— Vous avez enquêté sur la cause des dommages à son véhicule ?

Walker poussa un soupir.

— Autant que possible dans un laps de temps aussi bref. Ça ne s'est pas produit ici, en ville, dans sa zone de patrouille. J'ai mis Boone en observation autour du saloon que Dryer aimait fréquenter à ses heures perdues. Il avait une ronde prévue, plus tard dans la nuit, mais il allait souvent au *Dancing Lady Saloon* pour passer le temps. Il ne buvait pas, se contentait de jouer au billard ou de passer le temps à discuter. Ce n'était pas comme s'il avait une femme à la maison ou quoi que ce soit. C'était un type plutôt solitaire. Allez vous enregistrer maintenant, ajouta-t-il en désignant l'hôtel. Je vous attends ici. Je me suis arrangé pour vous louer une voiture, conformément aux instructions de votre directeur. Elle sera à mon bureau vers midi.

— Merci.

Beth descendit de la banquette arrière dès que Styles lui eut ouvert la portière. Elle le regarda.

— Je déteste monter à l'arrière d'une voiture de patrouille. Être coincée dedans sans poignée aux portières, ça me fait flipper.

Attrapant leurs sacs dans le coffre, il fit rouler les valises de Beth jusqu'à elle.

— Dans ce cas, tu ferais mieux de t'asseoir à l'avant pour aller au bureau du shérif. Je ne veux pas que tu paniques et que tu te mettes à tirer par les vitres.

Il gloussa, puis considéra l'expression étonnée de Beth. De toute évidence, l'idée lui avait traversé l'esprit.

— Je n'avais pas réalisé que tu étais claustrophobe. Comment tu as réussi à le cacher pendant la formation ?

— Je ne suis pas claustrophobe, répliqua Beth en relevant le menton.

Elle se dirigea vers l'entrée de l'hôtel, une valise dans chaque main, avec plus de vêtements qu'il n'en aurait fallu pour un mois de vacances, mais cela semblait toujours être la norme avec elle.

Elle lui lança un regard noir qui le transperça.

— C'est une question de contrôle, reprit-elle. Je n'aime pas en être privée. Ça doit être un écho de mon passé. Lorsque j'étais en famille d'accueil, j'ai parfois été forcée de faire des choses, sans possibilité de prendre mon sort en main. J'ai surmonté la plupart de ces traumas, mais dans certaines situations, ils reviennent. Pendant la formation, on m'a dit de puiser dans mes mauvaises expériences pour être plus forte.

Styles opina et se dirigea vers le comptoir.

— On me l'a aussi conseillé.

Après avoir déposé leurs bagages dans leurs chambres, ils remontèrent à bord de la voiture du shérif, qui les conduisit à son bureau où ils s'installèrent confortablement autour de l'ancien poste de travail de Dryer. Il n'en fallut pas davantage pour faire le bonheur de Beth. Désormais dotée d'un accès total à l'ordinateur de ce salopard, elle allait aussi pouvoir fouiller ses tiroirs. Leur contenu s'avéra dénué d'intérêt, mais Styles avait empilé pendant ce temps tous les dossiers sur les meurtres, qu'il déposa sur le bureau. Il en ouvrit un dont il sortit deux feuilles de papier.

— Voici les meurtres du Chacal de la nuit. Il n'y a rien là-dedans. On perd notre temps.

— Si le Tueur au tarot a assassiné Dryer, c'est qu'il avait quelque chose sur lui, répliqua Beth en mordillant le bout de son stylo. Il faut qu'on trouve ce que c'était. D'après tout ce que j'ai lu sur ce fameux Tueur, il n'abat que des tueurs en série qui échappent à la justice. Si Dryer dissimulait des preuves de son implication dans les crimes, elles ne figureront pas dans ces dossiers. On doit examiner sa vie de plus près.

Styles sourit. Elle sortait toujours des sentiers battus et trouvait des solutions qu'il n'avait pas envisagées.

— On n'a pas besoin d'un mandat de perquisition pour entrer chez un mort. Dès que notre véhicule arrivera, on ira fouiller chez l'adjoint Dryer, pour voir ce qu'il cachait.

— En attendant, fit Beth qui pianotait sur le clavier de l'ordinateur, je vais en apprendre un peu plus sur lui, à commencer par son éducation et son parcours scolaire. Le truc avec les dossiers scolaires, c'est que je peux les pirater les yeux bandés. S'il s'est gratté le derrière en classe de troisième, je le saurai.

Styles se leva et se dirigea vers la porte.

— Je vais nous chercher une tasse de café.

Trois heures plus tard, Styles se passait les mains sur le visage, frustré. Les registres des meurtres – sur lesquels les officiers de justice étaient censés faire figurer des détails sur les crimes en cours d'investigation – ne leur étaient d'aucune utilité. Il se dirigea vers un autre meuble de classement et en sortit des dossiers au hasard. Il les feuilleta, puis regagna le bureau. Absorbée par son travail, sa coéquipière n'avait pas dit grand-chose de la matinée.

— Beth, tu as une minute ?

— Bien sûr, répondit-elle avec un sourire. Tu as trouvé un truc ?

S'appuyant sur le bureau, il secoua la tête.

— C'est ce que je n'ai pas trouvé, le problème. Un énorme problème. Il y a eu une dissimulation d'informations majeure, mais seulement sur les dossiers concernant le Chacal de la nuit. Il semble que Dryer ait pris la tête de toutes ces affaires et laissé Boone se charger du travail de base, lequel, en raison du manque de preuves, était négligeable. J'ai examiné quelques autres affaires au hasard et elles sont aussi détaillées qu'on pourrait s'y attendre. Parfois, les dossiers concernant les meurtres du Chacal de la nuit ne font que trois pages, maximum.

Beth s'adossa à sa chaise, étouffa un bâillement et étira les bras au-dessus de sa tête.

— Des suspects ?

Styles secoua la tête.

— Quelques-uns, mais ça n'a rien donné. Je n'arrive d'ailleurs pas à comprendre pourquoi ils ont été considérés comme des suspects, admit-il en fronçant les sourcils. Bon, un type a pris un bus qui est passé devant la scène de crime et a marché une centaine de mètres jusqu'à son domicile. On dirait qu'ils ont convoqué n'importe qui au hasard, juste histoire d'avoir quelques suspects à inscrire sur leurs tablettes.

Beth repoussa son café en grimaçant.

— Hmm. J'ai découvert un tas d'informations sur Dryer. Il n'était pas très doué à l'école, il était suivi par un psychologue en raison du harcèlement qu'il subissait. Au lycée, il a tailladé le bras d'une fille avec une bouteille cassée, mais il a prétendu que c'était un accident. Le rapport du conseiller d'éducation est assez révélateur. Il avait réussi à soutirer des informations à Dryer. L'adolescent était sorti plusieurs fois avec la fille et ils s'étaient disputés. Le lendemain, à la cantine de l'école, toutes les filles ricanaient à son passage. Dryer n'avait pas voulu s'étendre sur ce qui s'était passé, affirmant que cela n'avait rien à voir avec l'incident de la bouteille.

Elle croisa le regard de Styles et un lent sourire se dessina sur ses lèvres.

— OK, reprit-elle. Ajoute à cela qu'il vient d'un foyer brisé. Sa mère l'a abandonné et l'a laissé avec un père violent. Quand il a eu seize ans, son père a été retrouvé mort au fond d'une cage d'ascenseur sur un chantier. Dryer a été envoyé à Roaring Creek, chez sa grand-mère. L'année de ses dix-huit ans, elle est décédée et il a hérité de la maison. Il a intégré le bureau du shérif peu de temps après et continué à vivre dans la maison de sa grand-mère.

Styles, qui avait écouté avec intérêt, acquiesça.

— Tu as réussi à découvrir tout ça sur lui en trois heures. C'est remarquable. Un père violent peut causer des dégâts très précoces. Quelque chose sur sa mère ?

— Oh oui, elle est allée se mettre à couvert dans un refuge. Les rapports que j'ai sur elle disent qu'elle s'est échappée avec en tout et pour tout les vêtements qu'elle avait sur le dos. Son mari la battait. Elle voulait revenir chercher Dryer, mais craignait pour sa vie. Tout est là, non ? fit-elle en portant un long regard sur Styles. Les germes d'un psychopathe. Son père en était très probablement un, et je suis prête à parier que c'est Dryer qui l'a poussé dans la cage d'ascenseur. Ce ne serait pas la première fois qu'un enfant tue le parent qui le maltraite. Ensuite, on a cette première histoire d'amour avortée. Pourquoi ? Il s'est passé quelque chose au cours d'un rendez-vous, qui lui a valu les moqueries des filles de l'école. Et comment il réagit ? Il se venge avec un tesson de bouteille. Mais c'était probablement trop bordélique à ses yeux, alors il a décidé de donner une leçon aux femmes comme elle en les violant et en les étranglant. Sauf que le problème, on le connaît. Il ne pouvait pas les violer. Peut-être que les filles de l'école s'étaient moquées de lui, parce qu'il n'y était pas non plus arrivé avec sa petite copine.

Styles se frotta la nuque.

— Cette humiliation à l'école aurait donc été son déclencheur. Mais dans ce cas, comment ça se fait qu'il n'ait pas tué plus tôt dans sa vie ?

Beth se leva et se pencha vers Bear pour lui gratter les oreilles.

— Peut-être qu'il n'était pas sorti avec beaucoup de femmes ou que cela n'avait jamais été aussi loin. Jusqu'à ce qu'il réessaie et obtienne le même résultat. Je dirais que la plupart des femmes sauraient se montrer compréhensives, mais certaines peuvent être mesquines. Ça a peut-être été son déclencheur et, une fois qu'il a commencé, il s'est retrouvé dans l'incapacité de s'arrêter. J'ai besoin d'une pause, ajouta-t-elle après un coup d'œil à sa montre. Je pense que Bear aussi. Et vu qu'on a un peu de temps avant la livraison du véhicule, ça te dérange si on va manger un morceau et se promener dans le parc ?

Styles sourit, surpris par la prévenance de Beth envers son chien.

— Oui, c'est une excellente idée. Je vais demander au shérif l'adresse de Dryer et les clés de sa maison. Elles font probablement partie des preuves conservées ici. Et ensuite, on y va.

46

Beth avait bien sûr déniché toutes ces informations sur Dryer depuis quelques semaines déjà, au cours de sa propre enquête. La découverte de la rune gravée sur le porte-clés de ce type, lors de sa précédente visite à Mischief, et le fait qu'il ait tenté de la tuer avaient scellé son destin. Que Styles approuve les conclusions qu'elle lui avait communiquées la remplissait d'une satisfaction à laquelle elle ne se serait jamais attendue. Après avoir récupéré des hamburgers, des frites et des tasses de café à emporter au *diner* du coin, ils allèrent s'asseoir dans le parc, où ils regardèrent Bear faire la chasse aux canards pour les refouler vers la rivière. Elle s'esclaffa devant ses pitreries.

— Comment se fait-il qu'il aime les canards et déteste les poules ? Les bestioles ne sont pas si différentes que ça, si ?

— Ce qu'on ignore, c'est si ces espèces communiquent entre elles. Peut-être qu'ils connaissent leurs langues respectives, répondit Styles en riant. Peut-être que « coin-coin » signifie « bonjour » et que le cri d'un poulet signifie que quelqu'un va venir lui couper la tête. Va savoir ?

Amusée, Beth secoua la tête.

— Et dire que c'est moi que les gens traitent de folle.

Ils retournèrent au bureau du shérif, devant lequel ils avisèrent la voiture de location, les clés dans la boîte à gants comme indiqué. Ils partirent aussitôt pour la maison de Dryer en empruntant une longue route bordée d'arbres. Le soleil avait enfin fait son apparition et les feuilles naissantes projetaient des motifs tachetés sur le bitume. C'était une banlieue ancienne, bâtie de maisons en rondins. La plupart avaient de longues allées et des granges au toit rouge à l'arrière. Descendus de voiture, ils se dirigèrent vers le porche. Comme Styles ouvrait la porte d'entrée délabrée, Beth espéra qu'il remarquerait la marque sur le porte-clés, mais ce ne fut pas le cas. Une odeur de rance emplit les narines de Beth dès qu'elle entra. Traversée par un frisson, elle enfila un masque de protection. Elle avait vécu avec une vieille dame et son fils pendant un certain temps et l'odeur faisait ressurgir des souvenirs qu'elle aurait préféré oublier. Le fiston, homme d'âge mûr aux cheveux grisonnants et en surpoids, se glissait dans sa chambre la nuit et l'observait. Parfois, il tirait ses couvertures et lui touchait les jambes. Elle avait songé à le tuer. Le couteau à pain était dans sa main lorsqu'il s'était approché d'elle un matin avant l'école et il lui avait fallu déployer d'immenses efforts pour laisser tomber son arme dans l'évier. Ce matin-là, elle avait emporté son déjeuner et quelques maigres possessions, et elle s'était enfuie.

Revenant au présent, elle enfila des gants et suivit Styles. Après avoir traversé plusieurs pièces, ils trouvèrent la chambre de Dryer. L'endroit empestait la sueur et les draps sales. Ils fouillèrent les tiroirs... Elle entendit soudain un petit sifflement de Styles.

— Qu'est-ce qu'il y a ? demanda-t-elle en se retournant.

— Jackpot.

Il brandit une petite boîte remplie de photographies, qu'il approcha d'elle.

— Des images de ses victimes imprimées maison. Pour nombre d'entre elles, on ne savait rien. On dirait bien qu'il a pris des vacances dans d'autres États. Il aimait disséminer ses meurtres. Il a écrit date et lieu au dos de chaque photo, mais pas de noms.

Regardant les images macabres par-dessus son épaule, Beth expliqua :

— Elles n'avaient pas de nom pour lui. Elles ne signifiaient rien. C'était une question de domination. Il avait juste besoin de leur montrer qu'il était un homme.

— Minute, fit Styles en replongeant la main dans la boîte d'où il sortit une clé USB. Qu'est-ce qu'on a là ? Tu pourrais voir ce que ça contient ?

Beth retourna dans la petite pièce que Dryer utilisait comme bureau et ouvrit sans difficulté son ordinateur. Elle regarda les vidéos, toutes soigneusement rangées dans des dossiers datés.

— C'est tout ce dont on avait besoin pour prouver qu'il est bien le Chacal de la nuit.

— On va continuer quand même à fouiller, déclara Styles qui glissait la clé USB dans un sac de preuves. Il n'a pas été assez stupide pour se montrer sur l'une des vidéos et je ne veux pas qu'il subsiste le moindre doute.

Ils passèrent un certain temps à parcourir chaque pièce et découvrirent un tapis de yoga roulé dans le garage. Beth le considéra, intriguée.

— Il faut aussi qu'on embarque ce truc. On dirait qu'il correspond à l'empreinte dans l'herbe où on a trouvé Layla Cooper. C'est du ressort de Wolfe, ça. Il pourrait effectuer des prélèvements sur le tapis. Dryer était sacrément sûr de lui pour le garder. Il n'a jamais cru qu'on le soupçonnerait un jour.

— Et pourtant, le Tueur au tarot, si, lâcha Styles en se retournant vers la maison. Il y a des sacs-poubelles dans la cuisine. Je vais en chercher un pour qu'on emporte le tapis de yoga. Prends-en quelques photos *in situ* avant de partir.

La chose faite, Beth l'aida à emballer ledit tapis.

— Je ne vois rien d'autre d'intéressant.

— En effet, on a terminé, conclut Styles en lui lançant les clés de Dryer afin d'avoir les mains libres pour transporter le tapis. Il faudra replacer le trousseau dans le casier des pièces à conviction.

Il se dirigea vers leur voiture de location.

L'occasion rêvée de prouver sans l'ombre d'un doute la culpabilité de Dryer venait de tomber entre les mains de Beth. Elle scruta les clés.

— Mince, Styles, attends ! Je pense que ces clés aussi doivent être adressées à Wolfe.

— Comment ça ?

Styles déposa le tapis de yoga dans le coffre et sortit de sa poche le sachet de photos, qu'il posa à côté.

Beth s'approcha de lui et lui tendit le bâton de métal dont l'une des extrémités était gravée d'une rune.

— Je crois que j'ai trouvé son fer à marquer.

— C'est dingue ! s'exclama Styles après avoir examiné attentivement le porte-clés. On dirait bien la même marque. Il faut envoyer ça à Wolfe le plus vite possible. Je l'appelle.

Beth se rapprocha et grimpa dans leur véhicule.

— Mets-le sur haut-parleur. Je veux participer à la conversation.

— Bien entendu.

Dès qu'il fut au volant, Styles appela. Il mit rapidement le légiste au courant.

— *Vous avez tapé en plein dans le mille !* lança Wolfe, visiblement impressionné. *Moi aussi, j'ai quelques informations pour vous. Comme je participe à l'affaire du Chacal de la nuit, le légiste d'Helena m'a envoyé le rapport d'autopsie de l'adjoint*

Dryer. Empoisonnement au cyanure. Lequel n'a pas été ingéré, mais projeté sur son pantalon. On a trouvé des résidus de poison mélangés à du bourbon, donc je suppose qu'on lui a renversé un verre dessus, dans un bar. Il n'y avait pas d'alcool dans son organisme au moment de la mort. Aucune blessure apparente, à l'exception de ce qui pourrait être des égratignures dans son cou. Mais elles sont anciennes, d'une semaine environ. Comme la jeune Hooper a été embaumée et qu'elle est maintenant enterrée, les chances de pouvoir vérifier sous ses ongles sont infimes. Il n'y avait rien sous ceux de Layla Cooper. On peut supposer que le Tueur au tarot a croisé Dryer dans un bar, la nuit de sa mort.

Styles jeta un coup d'œil à Beth.

— Merci, on sait exactement où il était la veille de sa mort, répondit-il. On va vérifier ça tout de suite. On passera vous déposer les preuves sur le chemin du retour.

— *À tout à l'heure.*

Wolfe coupa la communication.

Beth prit une longue inspiration. Elle était sur le point de se rendre au *Dancing Lady Saloon* pour demander si quelqu'un l'avait vue, elle, la nuit où Dryer était mort. Eh bien, ce serait une première. Elle s'adossa à son siège, pour tenter d'analyser le problème. Bien entendu, elle n'avait plus du tout la même allure. Elle n'était pas maquillée, elle était blonde et ses yeux avaient une couleur différente. Elle rassembla ses cheveux et, à l'aide de l'élastique qu'elle gardait au poignet, les ramena en queue-de-cheval dans sa nuque. Elle paracheva sa toilette en attrapant son Stetson, qu'elle rabattit sur ses yeux. Décidément, elle aimait bien ce chapeau. Ses manigances n'avaient pas échappé à l'œil perçant de Styles.

— Tu n'aimes pas les saloons ? s'enquit-il.

Elle secoua la tête.

— Pas vraiment, non.

— Cela fait partie du travail, répliqua-t-il en lui adressant un petit sourire. Il suffit de rester calme. Les gars de ces petites villes ne sont pas toujours bien élevés.

Beth ricana.

— Et moi qui craignais que tu déclenches une bagarre. Mais tu t'es calmé ces derniers temps. Je dois avoir une bonne influence sur toi.

47

Le trajet jusqu'au *Dancing Lady Saloon* lui parut différent de la première fois, plus rapide à la lumière du jour, mais Beth reconnut la ruelle où Dryer avait tenté de la renverser. Elle s'en était sortie de justesse. Alors qu'ils se garaient devant le bar, elle remonta la fermeture Éclair de sa veste pour se protéger du vent qui soufflait des montagnes et jeta un coup d'œil au ciel.

— J'espère qu'il ne va pas encore pleuvoir.

— Vu l'évolution de la météo, je suis plus préoccupé par le blizzard. Je n'ai pas envie de rester coincé ici pendant des jours.

Sur quoi Styles abaissa son Stetson et se dirigea vers le saloon.

Beth le suivit jusqu'au bar et attendit que le barman s'avance lentement vers eux. C'était l'homme qui l'avait servie, la nuit où elle avait empoisonné Dryer. Elle sortit sa carte du FBI et la brandit. L'attention de la plupart des gens se portant directement sur le badge, il était probable que l'homme ne se souvienne même pas de son visage.

— Agents Katz et Styles. Nous aimerions vous poser quelques questions sur l'adjoint Dryer. C'était un habitué des lieux, je crois.

— Oui, Branch venait passer le temps ici, pratiquement tous les soirs, avant de partir en patrouille, confirma le barman dont le visage se décomposa. J'ai appris qu'il était mort subitement. C'est dommage, c'était un type bien.

— Vous souvenez-vous qu'il ait parlé à quelqu'un, la nuit précédant sa mort ? demanda Styles en s'accoudant au bar.

— Il a parlé à tout le monde... Il y aurait quelque chose à propos de sa mort qu'on nous aurait tu ? fit le barman, soupçonneux.

— Non, on essaie juste de se figurer ce qui s'est passé, répondit Styles. Vu que son véhicule est endommagé. Vous vous souvenez si quelqu'un a renversé un verre sur lui ?

— Il n'a rien bu, ou peut-être un soda, dit le barman en secouant la tête. Je me rappelle qu'une femme a renversé son verre. Il s'est cassé par terre. J'ai balayé les débris et tout jeté à la poubelle.

Bien qu'elle connaisse la réponse, Beth regarda le barman.

— Vous n'avez pas touché le verre ?

Le barman haussa les épaules.

— Non, je n'y ai pas touché. J'ai une pelle et un balai à long manche. Je n'aime pas me couper...

— Où est-il, d'ailleurs, ce verre ? l'interrompit Styles.

— Les poubelles ont été ramassées ce matin. Quel est le rapport avec la mort de Dryer ?

— Il n'y en a pas, répondit Styles en repoussant son chapeau. Vous avez parlé d'une femme. C'était aussi une habituée des lieux ?

— Non, pas une habituée, mais je pense l'avoir déjà vue, dit l'homme en se grattant la tête. On a un karaoké le samedi soir. Je n'en jurerais pas sur la Bible, mais j'ai l'impression qu'elle est venue la semaine dernière. Cheveux et yeux foncés, silhouette voluptueuse, talons hauts et jean moulant. Le rêve de tout homme. Si vous voyez ce que je veux dire...

Beth se rapprocha.

— Elle est repartie avec Dryer ?

Le barman s'empara d'un chiffon pour essuyer le bar.

— Non. Elle lui a parlé, puis elle est sortie. Et lui est parti juste après. Peut-être qu'ils s'étaient donné rendez-vous, ou peut-être pas.

— D'accord, merci pour votre aide, conclut Styles qui lui tendit une carte. Si vous la revoyez, appelez-moi.

Beth le suivit hors du saloon et fronça les sourcils.

— On sait tous que le Tueur au tarot est un homme. C'est une perte de temps.

— On sait surtout que le Tueur au tarot est passé maître dans l'art du déguisement. J'ai vu des imitateurs devenir les plus belles femmes qui soient, avec la perruque et le maquillage adéquats. C'est une piste à ne pas négliger.

En remontant dans leur véhicule, Beth secoua la tête.

— Non, je ne pense pas. Cette femme n'est qu'une habitante du coin. On sait que le Tueur au tarot ne s'attarde pas dans les parages de ses meurtres et qu'il ne se fait pas connaître des autochtones avant de frapper. Il est parti depuis longtemps. On a trouvé le flic corrompu et monté un dossier qui incrimine Dryer pour les meurtres. On pourrait peut-être rentrer chez nous ?

— Pas encore, s'entêta Styles. Si cette femme se montre ce soir au karaoké, le barman m'appellera. Cela prouvera qu'elle n'est pas le Tueur au tarot. Comme tu l'as dit, il ne s'attarde pas. Il est bien trop malin pour risquer bêtement de se faire prendre. Allez, juste encore une nuit, Beth, insista-t-il avec un sourire. Tu pourras te détendre, prendre un bain chaud, regarder la télévision. Commander un service d'étage et une bouteille de vin. Je n'ai besoin que d'un coup de fil et on sera sur le chemin du retour à la première heure demain matin.

Elle réfléchit frénétiquement à la façon dont elle pourrait échapper à l'attention de Styles pour redevenir la femme mystérieuse, puis, calée dans son siège, elle poussa un soupir.

— D'accord. Une nuit de repos, ce serait merveilleux.

À l'hôtel, Beth arpenta sa chambre. Elle devait se montrer au *Dancing Lady Saloon*, afin que le barman la repère et appelle Styles. Dans le cas contraire, son coéquipier resterait convaincu que le Tueur au tarot était une femme et cela lui rendrait la vie mille fois plus dangereuse. Pour l'instant, plus le sexe du Tueur au tarot était ambigu, et mieux c'était pour elle. Ayant enfilé une veste en cuir, elle glissa ses cheveux sous un bonnet de laine noire. Avant de partir, elle commanda le service d'étage puis descendit. Pour sortir de l'hôtel, elle mit des lunettes de soleil et se dirigea vers une supérette où elle acheta une tonne de bonbons. Tournant le dos à la caméra de vidéosurveillance, elle attrapa un téléphone prépayé sur le présentoir et apporta le tout à la caisse, où elle adopta une posture légèrement voûtée pour paraître plus âgée. Après quoi, elle sortit et se mit à courir dès qu'elle retrouva le trottoir. De retour à l'hôtel, elle retira son déguisement temporaire et utilisa le téléphone pour réserver un taxi qui viendrait la prendre au coin de la rue à 20 heures. Elle venait d'ouvrir sa porte au service d'étage quand son téléphone sonna.

— Agent Katz.

— *C'est moi*, s'esclaffa Styles. *Tu ne regardes jamais l'identité de ton correspondant ?*

Beth sortit quelques billets de sa poche et les tendit au livreur.

— D'ordinaire, si, mais le service d'étage vient de m'apporter mon dîner et je cherchais un pourboire dans mes poches. Qu'est-ce qu'il y a ?

— *Rien. Je viens d'informer le directeur de nos progrès,* répondit Styles, qu'un coup frappé à sa porte interrompit. *Attends, mon dîner vient d'arriver aussi.*

Beth patienta, le temps que s'achève la conversation en sourdine entre Styles et le garçon d'étage.

— Qu'est-ce qu'il a dit ?

— *Il veut que les preuves soient détaillées et téléchargées sur le serveur dès que possible. On attend d'abord les conclusions de Wolfe. Il a été surpris que Dryer soit le Chacal de la nuit, mais, à ses yeux, ce n'est pas une raison pour excuser le Tueur au tarot. Il pense à peu près la même chose que nous. Quels sont les éléments qui nous ont échappé et qui ont sauté aux yeux du Tueur au tarot ? lâcha Styles, pensif. Bref, je te laisse à ton repas. On se voit demain matin. Tu veux que je t'appelle si le barman me contacte ou tu préfères que j'attende demain matin ?*

Beth soupira.

— Attends demain matin. Je voudrais dormir d'une traite. Je suis épuisée.

— *Bonne nuit.*

Styles raccrocha.

48

Après avoir élaboré un plan, Beth dîna si distraitement qu'elle ne prêta aucune attention à la nourriture. Les aliments lui remplissaient le ventre et lui donnaient de l'énergie, et c'était tout ce qui lui importait. Maintenant, chaque seconde comptait. Elle poussa le plateau dans le couloir et suspendit un panneau « Ne pas déranger » à la poignée de sa porte. Puis, décrochant son téléphone, elle appela la réception.

— Je ne veux pas être dérangée. Veuillez ne pas me communiquer le moindre appel avant 8 heures demain matin.

Elle éteignit son téléphone portable, le laissa à côté du lit et regarda l'heure. Il ne lui fallut pas longtemps pour redevenir la mystérieuse inconnue qui avait renversé son verre dans le saloon, et trouver une autre paire d'escarpins convenable, qu'elle tint dans une main, le temps se glisser hors de sa chambre. Sans se soucier des caméras de surveillance, puisque l'hôtel n'en possédait pas – à l'exception de celle de la réception –, mais consciente que Styles était peut-être sorti promener le chien et qu'elle ne pouvait courir le risque de le croiser dans l'ascenseur, elle se dirigea vers l'escalier. Elle prit la sortie de secours de l'hôtel, chaussa ses escarpins et longea deux pâtés de maisons, jusqu'à un vieil immeuble en briques rouges qui proposait des appartements à louer. Cinq minutes plus tard, un taxi se gara le long du trottoir.

— 22 Barn Street.

L'adresse était proche du *Dancing Lady Saloon*, mais elle ne voulait pas que quiconque connaisse sa véritable destination, au cas où Styles se montrerait trop curieux. Il était 21 h 30 lorsqu'elle retira sa veste et entra dans le saloon. Les lieux étaient animés, la soirée karaoké battait son plein. Il régnait une chaleur torride, et des odeurs de parfums et de sueur masculine mêlées à des effluves de bière la frappèrent de plein fouet. Désirant être vue, elle se fraya un chemin dans la foule autour du bar, mais n'alla pas bien loin avant qu'un homme souriant, coiffé d'une casquette de base-ball, ne la rejoigne. Entourée d'hommes de haute taille, elle dut jouer des coudes pour atteindre le bar. L'inconnu se colla à elle comme de la glu.

— Je peux vous offrir un verre ? proposa-t-il avec un sourire. Ou vous avez un petit ami paresseux, qui a pris le risque de vous faire traverser tout un groupe de mineurs pour que vous lui rapportiez un verre ?

Comme elle ne voulait pas toucher à quoi que ce soit et qu'un verre porterait la trace de ses empreintes digitales – lesquelles figuraient déjà dans les fichiers du FBI –, elle saisit cette occasion en or. Gardant le même accent méridional que la fois précédente, elle éleva la voix pour être entendue au-dessus du vacarme de la musique.

— Merci. Je vous laisse choisir.

L'inconnu commanda deux bières et lui tendit un siège. Elle grimpa sur le tabouret.

— Je m'appelle Sue. Merci pour la bière.

Elle ne toucha pas pour autant à la bouteille, mais fixa le barman, qui lui adressa un signe de tête et se dirigea vers l'autre extrémité du bar.

— Josh, se présenta son chevalier servant, désormais planté à côté d'elle pour la reluquer lentement. Vous aimez chanter ?

Beth secoua la tête en souriant.

— Non, mais j'aime me retrouver entourée de gens.

— Moi aussi.

Josh prit une longue gorgée de bière.

Le barman avait de l'aide et ses auxiliaires allaient et venaient d'un bout à l'autre du comptoir pour servir la foule qui se pressait au bar. On aurait dit des fourmis autour d'une fourmilière, les clients changeaient de place, commandaient à boire, puis s'éloignaient. Espérant que le barman l'avait vue, elle le suivit du regard, alors qu'il se dirigeait vers l'autre bout du bar... Et tout se figea autour d'elle, son cœur s'emballa. Styles, assis au bar, la dévisageait. Elle évita tout contact visuel, mais la panique la submergea lorsqu'il se leva et tenta de se faufiler dans la foule pour l'atteindre. Elle laissa passer de précieuses secondes, le temps qu'un homme imposant s'installe à côté d'elle, et elle se tourna vers Josh.

— Vous pourriez surveiller ma bière ? Je vais faire un tour aux toilettes. Je reviens tout de suite.

— Pas de problème, fit Josh avec un sourire éclatant.

Bousculant la foule, Beth se dirigea vers les toilettes pour femmes. Au bout du couloir qui menait aux sanitaires, une lumière éclairait un panneau indiquant « SORTIE ». Elle fonça, au son du claquement de ses talons sur le carrelage. Au diable la prudence ! Elle ôta sa courte perruque brune et la glissa dans son sac à main. Ses longs cheveux tombèrent sur ses épaules. Elle retourna la veste réversible qu'elle portait et la renfila. Ses chaussures à la main, elle fonça jusqu'à la station de taxis. Sautant dans un véhicule, elle se laissa emporter à travers l'obscurité. Au moment où la voiture s'engageait sur l'autoroute, elle sortit son téléphone prépayé, retira la carte SIM et l'essuya avant de le jeter par la fenêtre.

— Madame, fit le chauffeur de taxi en la regardant dans le

rétroviseur, vous avez des ennuis ? Un véhicule nous file depuis qu'on a quitté le saloon. Il est un peu plus loin, mais quand j'ai pris une route secondaire, il m'a suivi.

La gorge nouée, Beth se retourna pour jeter un œil par la lunette arrière. Au loin, elle aperçut des phares, relativement éloignés.

— Vous pourriez peut-être quitter l'autoroute et revenir sur une route secondaire, pour vous en assurer. J'ai quitté le saloon parce qu'un type m'embêtait. Je ne pensais pas qu'il me suivrait jusque chez moi. Et si c'était le Chacal de la nuit ?

— OK, c'est dans mes cordes, mais tous ces changements de direction, ça va faire grimper votre note, grommela le chauffeur. Vous avez de quoi payer la course ?

De plus en plus inquiète à l'idée d'avoir Styles à ses trousses, Beth acquiesça.

— Je vous donnerai le double, mais semez-moi ce taré.

Le taxi fit quelques détours, sans distancer leur poursuivant le moins du monde. Beth s'agrippa au dossier du siège devant elle.

— Il est tenace. Vous n'auriez pas une idée ?

— Couvrez-vous les cheveux et mettez votre capuche. Je vous déposerai au bout d'une ruelle, pas bien loin de l'adresse que vous m'avez indiquée. Comme cette ruelle longe l'hôtel, vous pourriez entrer par une porte et ressortir par l'autre pour éviter le type. Et tenez, mettez ça.

Il lui tendit un bonnet de laine noire, sur le siège à côté de lui. Beth se fit une queue-de-cheval et se coiffa du bonnet. Retournant à nouveau sa veste, elle remonta la capuche par-dessus le bonnet. Alors qu'ils approchaient de l'hôtel à grande vitesse, elle sortit des billets de son sac à main et les tendit au chauffeur.

— Merci.

Le taxi ralentit et s'arrêta juste assez longtemps pour qu'elle puisse sauter du véhicule. Beth s'enfonça dans la ruelle, le cœur battant à tout rompre, non sans jeter un coup d'œil derrière elle. Les phares du véhicule qui les avait poursuivis n'avaient pas encore tourné au coin de la rue. Elle se précipita dans l'entrée latérale de l'hôtel et resta quelques secondes à reprendre son souffle, avant de jeter un coup d'œil, de droite et de gauche, dans le passage qui menait à l'escalier. Démarrant à fond de train, elle poussa la porte et courut jusqu'à son étage, en grimpant les marches deux à deux. Elle entrouvrait la porte quand l'ascenseur émit le bip annonciateur d'un arrêt à son étage. Figée, elle vit, par l'entrebâillement, Styles sortir de l'ascenseur et se diriger vers sa chambre... à elle. La panique la prit à la gorge. Heureusement, après avoir fixé sa porte pendant quelques secondes angoissantes, il secoua la tête et se dirigea vers sa propre chambre.

Alors que Beth s'apprêtait à pousser la porte qui la dissimulait, celle de Styles se rouvrit et il sortit, flanqué de Bear, pour aller attendre l'ascenseur. Voyant la tête du chien se tourner vers elle, Beth dévala l'escalier jusqu'à l'étage inférieur. Dans son dos, les aboiements de Bear retentissaient comme une sirène d'alarme. Elle s'engouffra dans la coursive et se dirigea vers les ascenseurs. L'un d'eux descendait et elle appuya comme une possédée sur les boutons de celui qui montait. Dès que la cabine arriva, elle se rua à l'intérieur, pour que l'ascenseur la ramène à son étage. Retenant son souffle lorsque les portes s'ouvrirent en grinçant, elle regarda dans les deux sens. L'étage était vide et elle se réfugia dans sa chambre en quelques secondes.

Fonçant aussitôt dans sa salle de bains, elle gratta la silicone qui camouflait ses traits et tira la chasse d'eau avant de retirer ses lentilles de contact. Elle s'était déshabillée et avait rangé ses déguisements lorsqu'on frappa à la porte. Son instinct lui souffla qu'il s'agissait de Styles, mais elle avait encore des restes de maquillage sur le visage. Elle se tartina donc d'une épaisse couche de crème et, après avoir enfilé son peignoir, se dirigea vers la porte, où elle jeta un coup d'œil à travers le judas.

— Styles, je refuse que tu me voies dans cet état.

— Juste une seconde, insista son coéquipier en se raclant la gorge. C'est important.

En se retournant, elle remarqua la perruque qui dépassait de son sac à main à moitié ouvert et son ventre se serra. *Quoi encore ?*

Elle entrouvrit la porte pour le considérer en silence. Dès qu'elle vit un sourire éclairer le visage de son coéquipier, elle le fusilla du regard.

— À ton avis, « ne pas déranger », ça veut dire quoi, Styles ?

— Désolé, répliqua-t-il sans cesser pour autant de sourire. J'ai suivi une suspecte, celle qu'on pensait être le Tueur au tarot. Je n'en suis pas sûr, mais je crois qu'elle est entrée dans l'hôtel par la ruelle. Juste avant, Bear s'est aussi comporté comme s'il avait flairé quelqu'un dans l'escalier à notre étage, alors je me suis dit que je ferais mieux de vérifier si tu allais bien.

Beth haussa les sourcils.

— Tu penses honnêtement que si un inconnu faisait irruption dans ma chambre, il en ressortirait vivant ? J'ai toujours mon arme à portée de main, exactement comme toi, et de toute façon, le Tueur au tarot assassine des tueurs en série. Regarde-moi, ajouta-t-elle en désignant son visage. Est-ce que j'ai l'air d'une tueuse en série ?

Styles se racla la gorge, souriant toujours. Il ricana même brièvement, les yeux allumés d'une lueur amusée.

— Non. Tu portes ce truc au lit tous les soirs ? Je croyais que c'était déjà passé de mode il y a cent ans.

Elle lui referma la porte au nez.

— Bonne nuit, Styles.

ÉPILOGUE
JEUDI, SEMAINE 3

Rattlesnake Creek

Comme Styles paraissait avoir enterré l'idée de Beth de rechercher sa sœur, ce fut elle qui aborda à nouveau le sujet.

— Elle pourrait être encore en vie. Tu n'as pas envie de savoir ?

Styles se frotta la nuque.

— Oui et non. Je me dis que si elle est vivante, elle s'est bâti une nouvelle vie. Et si elle a été assassinée, je ne veux pas connaître les détails. Laisse-moi réfléchir encore à la question. Pour l'instant, on doit boucler ces affaires. Et ensuite, j'ai envie de me reposer un peu.

La paperasserie et le suivi des dossiers prirent du temps. Beth avait présenté toutes ses preuves sur les deux tueurs. Sur une requête du directeur, qui voulait des informations complémentaires, elle avait, à contrecœur, demandé un entretien vidéo avec l'agent Jo Wells, spécialisée dans l'analyse comportementale. Chaque fois qu'elle entrait en contact avec Jo, elle risquait de se faire démasquer. Ce fut donc avec des crampes d'estomac qu'elle attendit l'appel. Si elle avait accepté de parler à Jo, c'était uniquement pour faire plaisir à Styles. Elle n'avait pas besoin que la spécialiste lui explique pourquoi le Tueur des supérettes ou le Chacal de la nuit assassinaient des femmes. Tout était là, au vu et au su de tous, surtout après quelques interrogatoires.

— Jo, quelle joie de te revoir, lança Styles, tout sourire, avant d'adresser un signe de tête à Carter. Bonjour Carter, la pêche a été bonne, ces derniers temps ?

— *Oui, je vais bientôt passer une semaine de vacances dans mon chalet à Black Rock Falls. Jo emmène sa fille Jaime et Bobby Kalo à Disney World. Pas mon truc. J'aime les endroits tranquilles, loin du bruit.*

— Moi aussi, s'esclaffa Styles. J'espère d'ailleurs persuader Beth d'essayer la pêche.

L'intéressée regarda les deux hommes.

— J'aimerais bien aller pêcher avec toi, Styles, mais à condition de pouvoir apporter mon matériel de peinture. En attendant, ça vous dérangerait si on causait des affaires ? Le directeur attend un rapport final.

Veillant à garder une expression neutre, elle se tourna vers Jo.

— Je vous ai envoyé toutes les informations que nous avons trouvées sur les deux tueurs. Nous nous sommes récemment entretenus avec la tante de Cody, ce qui nous a permis de comprendre pourquoi il était devenu le Tueur des supérettes.

— *Il présentait plusieurs psychoses différentes. La typique façade lisse et charmante, que l'on retrouve chez de nombreux types de psychopathes, masquait une nature sociopathe,* expliqua Jo avec un long soupir. *Je doute qu'il ait été récupérable. Une réadaptation était inenvisageable. Il ne voulait pas qu'on le prenne vivant. Je pense qu'il cherchait depuis le début à se faire descendre par les flics. Ce qui m'intéresse, c'est de savoir ce qui l'a mis sur cette voie. Quel a été son élément déclencheur.*

Appuyée sur le bureau, Beth ne comprenait pas l'empathie que Jo manifestait pour Cody. Ses actes de violence, sans égard pour la souffrance qu'ils causaient non seulement aux victimes, mais aussi à leurs familles, faisaient de lui un monstre, aux yeux de Beth, mais le FBI exigeait qu'ils découvrent ce qui le stimulait.

— La tante nous a raconté son enfance. Son père est parti pour une autre femme, et Cody a été maltraité par plusieurs petits amis de sa mère. Quand il s'en est plaint à sa grand-mère, celle-ci l'a répété à sa mère qui l'a battu, débita Beth avant de reprendre son souffle. Voilà le premier élément déclencheur. D'après tous les témoignages, il aimait sa mère – il s'occupait d'elle, faisait le ménage et subvenait à ses besoins. Selon la tante, sa mère le réprimandait constamment, lui disant qu'il était nul et ne servait à rien. Et la moindre fille qu'il ramenait chez lui était aussitôt flanquée à la porte.

— *Hmm, ça fait beaucoup d'éléments déclencheurs*, constata Jo, les lèvres pincées. *En assassinant des inconnus dans les supé-rettes, il s'en prenait à ceux qui avaient abusé de lui. L'enlèvement des filles qu'il gardait une nuit, c'était sa manière à lui de les fréquenter. Vu qu'il n'avait connu que la violence, c'était une façon de la leur rendre. Les culottes et les bijoux remplissaient la fonction de trophées. En cela, il adopte le schéma classique d'un comporte-ment de psychopathe. Il avait besoin d'un souvenir. Je pense qu'il comprenait jusqu'à un certain point que son comportement n'était pas normal, vu la façon élaborée qu'il avait de couvrir ses traces.*

— La grand-mère est morte subitement, intervint Styles après s'être éclairci la gorge. Un urgentiste a rapporté qu'on avait retrouvé un oreiller par terre, couvert de salive. Il a donc pu l'étouffer. Comme elle était âgée, le médecin local a attribué sa mort à une cause naturelle. Et je suis sûr qu'il a aussi tué sa mère.

— *Si elle le harcelait continuellement, ce serait probable. Il voulait la faire taire et c'était le seul moyen pour lui de se libérer d'elle,* convint Jo qui s'adossa à sa chaise. *À ce stade, il avait sans doute décidé de kidnapper encore une fille et de tirer sa révérence sous une pluie de balles.*

— Ça résume bien Cody, admit Styles avant de faire défiler les fichiers sur sa tablette. Passons à l'adjoint véreux, Branch Dryer, maintenant. On a retrouvé quelques-unes de ses amourettes de lycée. Ainsi qu'une ou deux femmes qu'il a fréquentées très peu de temps. Il a été jugé médicalement impuissant. On a vu des déclencheurs dans la gêne et les brimades reçues des filles qu'il a fréquentées au lycée.

Beth fixa Jo du regard.

— Je vous ai envoyé la totalité des renseignements dont je dispose sur lui, mais le marquage des femmes au fer rouge, pour prouver que c'est bien lui qui les a assassinées, me semble important. Il a pris la peine de les revendiquer comme lui appartenant. En les tuant, il interdisait à quiconque de les avoir. Quant à la torture par strangulation pour prolonger leur agonie, c'était une revanche sur ce qu'elles lui avaient infligé.

— *Je suis d'accord,* convint Jo avec un sourire. *Je cosignerai tous les rapports dont vous aurez besoin. Je trouve que vous avez fait un travail remarquable sur les deux affaires. Dommage que le Tueur au tarot se soit échappé, mais sans lui, on n'aurait jamais découvert tous les crimes de Dryer.*

Un frisson glacial parcourut l'échine de Beth. Elle en avait réchappé de peu et n'avait aucune envie que le scénario se reproduise. Elle sourit.

— Parfois, il faut savoir prendre les bons et les mauvais côtés des situations.

— *Vous êtes sûrs de ne pas vouloir nous accompagner à Disney World ?* fit Jo dont la chaleur leur parvint par-delà l'écran.

— Non, s'esclaffa Styles. Quelqu'un doit tenir la boutique.

On ignore quand le Tueur au tarot frappera à nouveau, mais on l'attend de pied ferme. N'est-ce pas, Beth ?

Hochant la tête, elle lui sourit. Quelle affaire stimulante allait encore leur tomber dessus ?

— Prenez du bon temps tous les deux. Je peux vous assurer que l'enquête sur le Tueur au tarot est entre de bonnes mains.

UNE LETTRE DE D.K. HOOD

Chers lecteurs,

Merci infiniment d'avoir lu Dark Hearts. Si vous souhaitez être tenus au courant de mes dernières parutions, il vous suffit de vous inscrire en cliquant sur le lien ci-dessous. Vos coordonnées ne seront jamais partagées et vous avez la possibilité de vous désinscrire à tout moment.

france.bookouture.com/subscribe/

Il est très enthousiasmant pour moi de publier un nouveau thriller sur l'agent spécial Beth Katz. Je suis ravie des commentaires positifs qui ont accueilli cette série et je suis heureuse que vous ayez apprécié les apparitions des détectives Kane et Alton. Comme les deux séries se déroulent dans le même État, il était inévitable que les représentants des forces de l'ordre locales se croisent de temps à autre. J'ai adoré développer le passé de Beth et de Styles pour vous donner un petit aperçu de l'existence compliquée qu'ils ont menée l'un et l'autre.

Si vous avez aimé mon livre, je vous serais très reconnaissante de rédiger un commentaire et de recommander le livre à votre entourage. J'aime énormément échanger avec mes lecteurs, alors n'hésitez pas à m'adresser toutes vos questions. Vous pouvez me contacter *via* ma page Facebook, sur X ou par e-mail, *via* mon site Internet.

Merci infiniment de votre soutien.

RESTER EN CONTACT AVEC
D.K. HOOD

www.dkhood.com

facebook.com/dkhoodauthor
x.com/DKHood_Author

REMERCIEMENTS

Un grand merci à mon éditrice Helen et à la fantastique #TeamBookouture, qui ont soutenu, depuis le début, mon rêve de faire naître Beth Katz.

Un grand merci à Myrto, mon attaché de presse, pour la promotion de l'agent spécial Beth Katz, et à tous les merveilleux blogueurs qui ont apprécié ma nouvelle série.

Un immense merci à tous mes lecteurs, en particulier à ceux qui prennent le temps de relayer mes posts et de laisser des commentaires. Je tire un immense réconfort de vous savoir mes amis. On dirait une grande famille composée de gens adorables et je vous remercie tous du fond du cœur.